경제대왕 숙종 〈하〉

숙종,
장옥정과 경제대국을 이루다

경제대왕

숙종 · 하

정기인 지음

매일경제신문사

경제학의 아버지 애덤 스미스는《국부론》에서 국가를 '우위(優位)산업조직'으로 보았다.《자본론》을 쓴 칼 마르크스는 "국가는 경제가 전부다"라고 말했다. 조선에서도 '국가는 산업조직이며 경제가 전부'라고 생각한 '경제대왕'이 있었다.

바로 조선 제19대 왕 숙종(肅宗)이다. 그는 박정희 대통령에 300년 앞서 조국근대화와 경제개발에 성공한 경제대왕이었다. 그는 '백성은 하늘'이라며 먹는 것과 전쟁 예방에 전력했다. 진정으로 인권을 생각한 왕이었다. 당시 조선은 임진왜란과 병자호란까지 겪으며 "부모와 자식, 형제간에도 잡아먹었다(선조실록 27년)"는 기록이 남아 있을 정도로 악몽 같은 상황이 이어지고 있었다. 숙종은 이런 악조건 속에서 거시경제운용으로 조국근대화에 착수해 국토개발과 농촌근대화, 과학기술개발의 시대를 열었다. 특히 대동법과 상평통보를 통용시켜 경제개발에 힘썼다.

숙종의 화폐경제 정립은 경제학적으로 큰 업적이었다. 국가경제는 부가가치창출이 핵심으로, 이는 저축(투자)과 소득(소비·고용)에서 나온다. 저축은 화폐가 유통돼야 한다. 위대한 세종대왕이 경제대왕이 못 된 것은 당시에 저축이 없었기 때문이다.

숙종은 화폐유통으로 저축과 가격의 시대를 열었다. 저축으로 투자와 교환, 손익계산, 대부 및 외상거래가 가능해졌다. 또한 노동의 상품화가 이뤄지고 인신의 지배예속이라는 중세적 신분제도는 서서히 변화되었다. 민간부문이 살아나고 공공부문도 숨쉬기 시작했다. 공사(公私)의 구분 및 기업과 가계의 분리가 이뤄지며 성장동력이 생겼다.

이는 영조와 정조의 부강한 왕조를 열어주었다. 박정희 대통령이 한국에 경제대국의 길을 열어준 것과 비슷하다. 숙종은 자본과 교통, 통신, 항만 등 산업인프라와 학교, 병원 등 생활 인프라가 제로인 상태에서 경제적 기반을 쌓은 것이다. 높이 평가해야 마땅하다.

숙종의 위대한 업적이 폄훼되고 영조와 정조만 부각된 것은 역대 왕 가운데 숙종만이 수차례 환국을 통해 노론정권을 교체하고 경제개혁에 반대하는 대신을 죽이는 등 강력한 통치권을 행사했기 때문이다. 이 때문에 노론은 조선이 망할 때까지 정권을 독점하면서 숙종을 '요녀 장희빈'에 빠져 국사를 팽개친 듯 묘사해 악의적 야담을 퍼뜨리며 복수한 것이다. 지금이나 예전이나 정적을 제거하는 데는 스캔들 만한 게 없었다.

장옥정(張玉貞, 장희빈의 본명)을 조선의 3대 악녀나 요화로 비하한 것도 노론의 음모다. 그녀는 조선역사상 유일하게 궁녀에서 왕비까지 오를 만큼 특출한 능력을 가진 여인이었다. 대신들을 압도하는 현실지식으로 선택된 것이지, 요설과 미색으로 된 것이 아니다.

이는 《인현왕후전》과 《수문록》, 《숙종실록》(인현왕후 오빠 민진원이 편집책임), 김만중의 《사씨남정기》 등이 악의적으로 기록했기 때문이다. 한 예로, 《수문록》은 노론의 사림학자들이 썼다고 보기에 민망할 정도로 저급하다.

"장희빈은 사약을 먹지 않기 위해 발악했고, 아들의 하초를 잡아당겨 고자로 만드는 패악을 부리다 억지로 사약이 부어졌다. 드디어 장녀가 죽으니 하늘의 천벌을 받아 시체가 순식간에 썩어 냄새가 궐내를 진동하는지라 즉시 궁밖에 내다버렸다."

장희빈에 대한 비하는 그녀가 감히 노론과 정책대결을 벌인 데서 시작되었다. 숙종은 그녀를 선택했으나 노론과의 파워게임에 져서 그녀를 죽여야 했었다. 노론은 이에 그치지 않고 그녀 사후에도 승자의 악의적 기록을 남긴 것이다.

필자는 숙종의 경제대업을 추적했으나 경제자료 자체가 없었다. 국가경제의 근원인 국내총생산(GDP)에서 부가가치를 생성하는 자본(이자), 노동(임금), 토지(임대료)와 기술(경영·이윤)에 대한 자료가 전무했다. 국내총생산은 대부분 농업에서 나왔고 부가가치는 제로였다. 제조업이나 서비스업은 아무런 자료가 없었다.

국가로서 한 해의 예산과 결산이 없고 사업내용이나 집행내역이 전무했다.

사료를 뒤지며 조금이라도 힌트가 되는 것을 모아 '현대적 경제자료'를 만들었다. 부족한 역사지식으로 없는 자료를 찾아내느라 몇 년간 밤낮으로 몰두하고 연구했다. 나이를 잊고 몰두한 탓인지 치아를 세 개나 뽑아야 했다.

숙종대의 경제사료들을 뒤지다가 실망했던 가슴에 서광이 비쳤다. 장옥정이 장사꾼이었음을 발견한 것이다. 처녀시절 칠패시장(현 남대문시장)의 큰 가게에서 장사했음을 알게 되었다. 그 가게는 한양 제일의 부자이며 무역상인이었던 장현(張炫)의 호주상회였다. 그녀의 행적을 추적하면서 흥분과 긴장감을 느꼈다.

장현은 장옥정의 당숙이었다. 장현은 소현세자와 봉림대군(효종)이 심양에 볼모로 있을 때 6년간을 모신 통역관이었다. 그는 효종의 비호 아래 비단무역과 인삼무역, 무기무역을 해서 거부가 되었다. 장옥정은 외국어를 잘해서 비단과 인삼, 무기거래 실무를 담당했다. 요즘으로 말하면 무역회사의 중역이었다.

장옥정은 장현의 권력야욕 때문에 22세 뒤늦은 나이로 입궐한다. 뇌세포가 '시장원리'와 '정글법칙'에 염색되었으니 궁중에서 '쌍스런 여인'으로 풍파를 일으킨다. 국가재건에 몰입한 숙종은 경제

감각이 뛰어난 장옥정을 내조자로 선택하고 중전을 내쫓았다.

장옥정은 성리학으로 무장된 관계(官界)가 의외로 부패하고 국방에 무지한 것을 보았다. 발이 부르트도록 일하며 돈을 벌었던 장옥정에게는 묵과할 수 없는 것들이었다. 이 때문에 장옥정과 노론 간에는 피치 못할 암투가 시작된다.

이주한은 그의 저서 《노론 300년 권력의 비밀》에서 "주자학을 유일사상으로 받들어… 위로는 임금을 독살하고 아래로는 신분제를 강요해 백성을 노예로 만든 노론. 그 결과 조선후기사회는 '노론 천국, 백성 지옥'이 되었다"라고 말한다. 장옥정은 21년간 노론과 대결하다 결국 죽임을 당했으나 승리한 여인이었다.

우리나라 역사소설은 거의가 권력투쟁, 음모술수, 전쟁에 관한 것으로 경제소설은 없었다. 서양 역시 경제 자체에 초점을 맞춰 쓴 역사소설은 찾기 힘들다. 간혹 거상(巨商)의 성공스토리를 엮은 소설은 있었다. 감히 세계에서 첫 번째 《경제역사대하소설》이라고 자부한다.

나는 소년시절 헤밍웨이를 꿈꾸며 영문학도가 되었다. 그러나 운명은 잔인하게도 사회의 첫발을 딛는 나를 '베트남 전쟁터'로 이끌었다. 전쟁터에서 보낸 2년 동안, 보아서는 안 될 것과 겪어서는 안 될 일들을 보고 겪었다. 전쟁터에서 살아 돌아오니 인생은 노동임을 알게 됐다. 가족과 먹고살기 위해 작고 예쁘게 사느라 꿈을 접었었다. 이제 나이 칠십이 훌쩍 넘어서 다시 꿈을 펼치기로 했다.

역사소설 집필에는 연륜이 오히려 장점이 된다고 생각했다. 뻔뻔하게도 성공할 것이라고 믿는다. '뻔뻔해야 성공한다'는 확신을 가지고 있다.

이 자리를 빌려 감사드릴 데가 많다. 전공이 아닌 작업을 하면서 부족한 지식을 채우느라 수많은 책과 인터넷의 덕을 봤다. 또한 직접 만나거나 대화로 도움을 주신 분들도 많다. 성균관대 한문학과 명예교수인 송재소 교수는 대학시절 선후배의 인연으로 큰 힘을 주었고, 한양대 동료인 정민 교수와 동국대 임기중 명예교수님, 명지대 한명기 교수, 진주교육대 윤정 교수께도 조언에 감사드린다. 특히 국사편찬위원회, 고전번역원, 동아백과와 브리태니커, 위키백과 등 뛰어난 자료와 지식 덕을 봤다. 또한 수많은 역사서의 집필자들에게 감사를 드린다.

이 소설을 출판하는 데 힘써주신 매경미디어그룹 장대환 회장님, 무더위 속에서 애쓴 매경출판 성철환 대표님, 한동욱 팀장, 고원상 차장, 권병규 과장께 감사드린다.

정기인

목차

●
●
●

제3장 | 경제대왕 숙종

제4장 | 강소대국의 꿈

제5장 | 노론 천국

• 경제대왕 숙종 상권 목차

서문

경제대왕
숙종

입궁

옥정은 하늘에서 떨어지듯 집으로 돌아왔다. 이게 꿈인가 생시인가 혼란스러웠다. 요시다 덕택에 살아서 돌아왔으나 북경에 벌여놓고 온 일들이 걱정됐다. 돌연 나타난 옥정을 보고 장현이 믿을 수 없다는 듯이 놀란다.

"너는 하늘에서 떨어졌냐? 청국에 있어야 할 사람이 어떻게 불쑥 나타난 것이냐?"

"죄송합니다. 큰 아버님. 저 때문에 팽광회 태사님이 곤경에 처해졌습니다. 태사님이 한양에 온 사이에 수구파가 권력을 잡았습니다."

옥정은 장현에게 폭탄개발에 관해 설명했다. 이렇게 폭탄개발은 허무하게 끝났다고 말했다. 팽광회와 대갈, 김난초, 루이텐은 옥정이 암호를 가지고 도망갔다고 배반감을 느낄 것이다. 이분들이 동창의 감시 속에 무사할지도 염려돼 잠이 오질 않았다. 옥정은 소식을 염탐하기로 했다. 역참(驛站)에 돈을 주고 꺽쇠를 북경으로 보냈다. 배금을 만나 이들의 소식을 알아오고 옥정이 도망친 게 아니라 납치된 것임을 알려주라고 했다. 꺽쇠는 자기가 없는 동안 대신 일을 시키라며 장정을 데려왔다. 그는 목에 노리개 반쪽을 걸고 있었다.

"여보게, 자네는 누구이고 그 노리개는 무엇인가?"

옥정이 번뜩 떠오르는 게 있어 물었다.

"소인은 덕팔이라고 합니다. 제 할머니가 돌아가실 때 노리개 반쪽을 주시면서 반쪽을 가진 사람이 제 어머니라고 말씀하셨는데 아직 찾지 못했습니다."

"노리개 반쪽 가진 사람을 내가 찾아 주겠네. 나에게 맡기게."

옥정은 노리개를 맡고 덕팔을 장희재에게 시장의 기도로 쓰라고 했다.

장현은 옥정이 돌아오자 다시 후궁작업을 시작했다.

"옥정아, 네가 청 황제 후실이 못 되었으니 우리 임금의 후궁이 되는 게 좋다고 생각한다. 그동안 전하께서 너에 대해 수차 물으신 바 있었다. 네가 무역상단을 이끌고 청국에 갔다고 거짓 말씀을 올렸다. 네가 뜻하는 경제와 국방문제도 힘이 있어야 할 수 있다."

"큰아버님 말씀대로 하겠습니다."

장현은 조사석을 만나 옥정의 일을 의논했다.

"대감, 옥정을 궁에 보내면 반드시 큰일을 할 수 있을 것입니다. 대왕대비께 나인으로 천거하심이 좋을 듯합니다."

"내가 누님을 만나 뵙고 적극 추천함세."

조사석도 윤 씨를 생각해서인지 옥정에 대해서는 친딸 이상으로 적극적이었다. 대왕대비 조 씨는 인조의 중전 인렬왕후가 세 왕자인 소현세자, 봉림대군(후일 효종), 인평대군을 낳고 죽은 후 15세의 어린 나이로 계비(중전)가 되었다. 기록에 의하면 늙은 인조는 중전이 너무 어린 데다 피부병까지 심해서 잠자리를 피했다고 적고 있다. 인조는 이미 무르익은 나이의 요부 소용 조 씨를 총애하고 있었다.

어린 중전은 조소용의 농간으로 창덕궁에서 밀려나 경덕궁에서 살았다. 후일 효종은 형님인 소현세자와 세자빈, 조카들을 죽게 한 조소용을 사사했다. 그리고 자신보다 여덟 살이나 적은 조 씨를 자의대비라는 칭호를 내린 후 다시 창덕궁으로 모셔왔다. 자의대비는 유일한 큰 어른이 되었다.

남인들은 5년째 집권해 온 정권을 더 강화하려면 남인 측의 후궁이 필요했다. 남인도 허적이 영의정으로 있을 때 일을 마무리 지으려 했다.

장현은 종친을 활용하기로 했다. 그는 인조의 3남인 인평대군의 둘째 아들 복창군, 셋째 아들 복선군 형제와 인조의 후궁소생인 승선군(조소용 아들)의 아들 동평군과 가까웠다. 이들이 청나라 사신으로 갈 때 역관으로 수행한 인연이 있다. 조정에는 영의정 허적, 대사헌 윤휴, 조사석 대감 등이 있다.

장현은 김대비를 피하는 방법으로 대왕대비의 시녀로 입궁시키기로 했다. 사실 옥정이 시녀가 되기에는 스물두 살이라 나이가 많았다. 조사석이 장현에게 새로운 생각을 말했다.

"옥정을 대왕대비께 천거하는 일은 여자가 해야 하니까 내가 동평군 모친인 신 씨에게 부탁해보겠네."

동평군 이항(東平君 李杭, 1660년~1701년)은 인조의 후궁인 조 귀인(소용)이 낳은 승선군의 아들로 이순의 당숙이 된다. 이순보다 한 살 위의 당숙으로 어려서 함께 뛰어놀며 공부도 같이한 사이로 이순이 가장 신임하던 종친이다. 신 씨는 조대비의 며느리가 되고 명성왕후의 시 숙모가 된다. 신 씨가 옥정을 조대비에게 시녀로 천거하면 명성왕후도 반대는 못할 것이다.

이순은 수차례 제조상궁 최소연을 옥정에게 보내 입궁을 독촉했다. 최소연은 장현의 부탁으로 옥정이 무역상단을 이끌고 북경에 갔다고 보고했다. 거의 일 년이 되어 북경에서 옥정이 돌아오자 가장 반가운 사람은 최소연이었다. 최소연은 옥정을 만나 자초지종을 얘기했다. 옥정은 현재 진행상황을 말했다.

"큰방상궁님, 당숙께서는 대비마마가 계시기 때문에 절차를 밟아야 말썽이 없다고 하십니다. 전하께는 조금만 기다리시라고 말씀 올려주십시오."

"그러세. 대비마마는 성정이 강팍하셔서 절차를 무시하는 것을 못 보신다네."

장현은 서둘러서 한성판윤실로 조사석을 만나러 갔다.

"장역관, 전하가 아무리 독촉해도 대비마마의 허락이 떨어져야 하네. 내명부 절차를 밟아야 옥정도 편할 걸세. 내가 동평군 모친에게 부탁해 놓았네."

장현은 옥정을 데리고 이항 집으로 갔다. 신 씨가 기다리고 있었다. 신 씨가 먼저 말했다.

"네가 옥정이냐? 참으로 건강하게 잘생겼다. 여자는 건강해서 아이를 쑥쑥 낳아야 사랑을 받는 법이다. 네 나이가 많은 편인데 아이를 잘 낳을 자신이 있느냐?"

옥정은 의외의 물음에 답이 나오지 않았다. 잠시 뜸을 들인 후 대답했다.

"마님, 소녀는 아이를 낳는 것에는 흥미가 없습니다. 소녀는 전하께서 조선을 부강한 나라로 만드시는 일을 도와드리고 싶습니다."

"옥정아, 어느 안전이라고 무례하게 말대답하느냐?"

너무나 의외의 답변에 가장 놀란 것은 장현이었다.

"잘못했습니다. 큰아버님."

그러나 의외로 신 씨는 크게 웃으며 장현을 제지했다.

"장역관, 그럴 필요 없어요. 이 아이가 어른 앞에서도 기죽지 않고 대답하는 당당한 모습이 맘에 듭니다. 상감에게는 이런 아이가 곁에 있어야 합니다."

옥정은 상회로 돌아왔다. 북경에 보냈던 꺽쇠가 기다리고 있었다. 팽광회와 대갈이 한 달 전에 암살당했다고 했다. 영국선박이 서면 항에서 나포됐는데 아편을 잔뜩 싣고 있었다. 팽광회는 대갈을 시켜 선박을 폭파했다. 그 후 암살되었다고 했다. 옥정은 충격을 빋았다. 중국도 폭탄개발은 수포로 돌아갔다고 생각했다.

며칠 뒤 조사석은 조 대비를 찾아가 궁녀를 천거할 뜻을 비쳤다.

"대왕대비 누님, 이 동생이 아주 똑똑하고 미모도 갖춘 궁녀를 천거하고 싶은데 허락해 주십시오."

"궁녀는 내명부 절차를 밟아야 하네. 자네는 남인이니 서인가문인 김 대비가 반대할 것이 뻔하지. 동평군 집과는 사이가 좋으니 군부인 신 씨에게 부탁하도록 하게."

"이미 군부인과 의논했습니다."

보름 후 조 대비의 궁녀 한 명이 몸이 쇠약해서 출궁하게 되었다. 이때를 놓칠세라 신 씨는 옥정을 김 대비에게 데리고 갔다. 원칙상으론 김 대비가 궁녀를 뽑아 보내주면 됐지만 예의상 시할머니께 임명권을 양보하는 게 관례였다.

신 씨는 대비전에 들어가서 김 대비와 이런 얘기 저런 얘기를 하다가 옥정을 안으로 불러들이며 말했다.

"대비마마, 어머님께서 이 아이를 곁에 두시겠다고 하시니 허락해 주시지요."

신 씨는 옥정이 남문저자에서 고급비단 장사를 하는 것을 설명했다.

"숙모께서 그리 말씀하시니 따라야지요. 헌데 네 나이가 스물 두 살이면 좀 많은데 괜찮겠냐?"

김 대비가 의아하다는 듯 물었다. 그러자 신 씨가 얼른 대신 대답했다.

"어머님께서 말동무가 필요하시다고 해서 나이든 편이 좋을 것 같아 천거했습니다."

"할마마마께서 그렇게 말씀하시니 나로서는 할 말이 없다만, 너를 가만히 살펴보니 얼굴에서 뻗치는 기상이 심상치 않아 보인다. 가히 천하를 흔들어 댈 만하구나. 그것이 마음에 걸린다만 너의 거처를 대왕대비처소로 국한하니 처신에 조심하기 바란다. 만약 이를 어기면 엄중히 문책할 것이다."

김 대비의 허락이 떨어지자 대왕대비에게 옥정을 데리고 갔다. 시녀는 보통 15세 미만에 들어왔다. 대왕대비는 조사석의 부탁에다 장현의 선물을 받았으니 물리칠 수도 없었다.

옥정은 다른 나인들보다 대여섯 살은 더 먹은 처지에 신입 시녀가 되었다. 어린 것들의 텃세가 어찌나 심한지 닳고 닳은 옥정도 눈물을 흘려야 했다. 트집 잡을 게 없으면 옥정의 치마에 국이라도 쏟고 재미난 듯 웃었다. 한심한 것은 궁녀란 게 특별히 할일이 없다는 것이었다.

궁녀들은 하루씩 당번과 비번을 교대로 했다. 지위에 따라 월봉(月俸)과 생활필수품을 지급받았으나, 그 액수는 재정형편에 따라 감해지기도 하는 등 유동적이었다. 궁녀의 최저 월급은 쌀 4말, 콩 1말 5되, 북어 13마리이고 무수리는 쌀 6말, 콩 1말 5되, 대구 4마리를 받아 궁녀 최저 월급보다 많았다.

중국대륙을 누비고 하루가 모자라도록 새벽부터 밤늦게까지 저자에서 설치던 그녀에게는 지옥과도 같은 생활이었다. 궁녀들은 꿈이 없고 장래는 포기한 채 살고 있었다.

옥정은 무료한 시간에 대왕대비에게 세상 얘기를 해드렸다. 칠패시장 얘기를 너무나 재미있어 했다. 물건값 깎는 얘기서부터 정실마님들이 슬쩍 물건 훔치는 얘기, 값을 너무 깎는 손님에게는 비단을 몇 치 에누리해서 재는 얘기, 왈패들에게 텃세를 뜯기는 얘기, 가끔 왈패들과 치고받고 싸움질하는 얘기, 청국상인들은 목욕을 안 해 너무 냄새가 난다는 얘기, 왜국상인들은 잘아서 조그만 것도 절대로 밑지지 않으려 한다는 얘기 등등을 들려드리면 매우 즐거워했다.

반달 쯤 지났을 때 큰 사단이 벌어졌다. 감찰상궁이 모든 궁녀를 집합시켰다. 궁녀 한 명이 인민재판 받듯이 앞에 서있었다. 임신을 한 것이다. 무조건 멍석을 말더니 모두에게 발길질을 하게 했다. 그녀가 피죽이 된 다음에야 심문을 했다. 그녀는 몇 달 전 야밤중에 괴한이 침입해서 겁탈하고 도망쳤다고 했다. 그러나 감찰상궁은 외간사내와 내통하고 거짓말한다고 무시했다. 해산 후 참형한다고 했다. 법에 임신부는 사형할 수 없도록 돼있었다.

옥정은 그 궁녀를 찾아갔다. 옥정보다 다섯 살이나 아래여서 동생 같았다. 그녀는 피골이 상접한 모습이었다. 밥도 제대로 얻어먹지 못한 듯했다. 어이없게도 궁녀들이 그녀를 더욱 매몰차게 냉대했다. 남의 처지를 비웃거나 비난하면서 자신을 위로하는 듯했다. 사비로 먹을 것을 사서 주었다. 불쌍해서 눈물이 나왔다.

"혹시 그 괴한의 생김새를 볼 수 있었나요?"

"어두워서 보지 못했어요. 그런데 그자가 며칠 전에 또 왔다 갔어요."

"또 겁간 당했나요?"

"네. 그런데 다시 오겠다고 했어요."

"왜 그런 일을 감찰상궁께 알리지 않았어요?"

"내 아이 아버지인데 어떻게 고발합니까? 제가 모든 것을 안고 죽는 게 낫지요."

옥정은 어이가 없었다. 그야 말로 순애보였다. 옥정은 괴한을 잡아야 해결된다고 판단했다. 그날부터 궁녀 방에서 함께 잤다. 사흘 후 한밤중에 들창문이 열리며 복면을 한 괴한이 넘어 들어왔다. 옥정이 벌떡 일어났다. 괴한의 손에는 단도가 쥐여 있었다.

"네 이놈, 단도를 던지고 굴복해라. 너는 불쌍한 처녀를 죽게 만들었다."

옥정이 이부자리를 박차고 일어나며 소리쳤다. 그자는 대답대신 옥정의 가슴을 향해 단도를 찔렀다. 옥정은 베개를 들어 단도를 막아내며 오른발로 그자의 옆구리를 힘껏 찼다. 이어서 수도로 뒷목을 쳐서 기절시켰다. 재빨리 옷고름을 잘라서 양손을 묶었다. 궁녀에게 촛불을 밝히게 했다. 행색을 보니 무관 같았다.

잠시 후 내시부 상선이 달려왔다. 이자를 아는 사람인 듯 놀란다. 포승줄로 대충 묶은 뒤 끌고 갔다. 이 일로 궁녀는 사통한 죄인에서 폭행당한 궁녀로 목숨을 건지게 되었다. 그리고 사가로 퇴출됐다. 옥정은 상회에 연락해서 궁녀를 보살피도록 했다. 옥정은 궁녀들에게 영웅이 됐다. 모두가 옥정에게 자기의 억울한 일들을 하소연했다. 듣고 보니 궁에서 일어난 모든 일들은 불법이고 폭거였다. 궁궐에서 거짓말은 가장 점잖은 것이었다. '살인 빼고는 모두 허용된다'고 할 정도로 불법이 횡행하고 있었다.

사흘 후 호위무관이 포졸 3명을 이끌고 대왕대비전으로 옥정을 잡으러 왔다. 조 대비가 막으며 물었다.

"호위무관, 무슨 일로 내 허락도 없이 궁녀를 잡아가려 하는 것인가?"

"대왕대비마마, 장옥정은 얼마 전 한밤중에 동창에서 파견한 무관을 폭행했다고 합니다. 동창에서 야단법석을 떨고 있사옵니다."

대왕대비도 동창의 일이니 막을 수도 없었다. 옥정은 포도청 심문실로 끌려갔다. 폭행당했다고 하는 무관이 정복을 하고 당당히 서 있었다. 그곳 당상에는 포도청 종사관과 김춘추가 버티고 앉아 있었다. 아니, 또 김춘추인가? 옥정은 이 자가 사건을 날조하려는 것임을 직감했다. 김춘추가 소리 높여 묻는다.

"네 이년, 북경에서 어디로 사라졌나 했더니 어느새 궁녀가 되어 동창의 군관을 폭행해?"

옥정은 이상하게도 차분했다. 중정(中正)을 잃지 말자 생각했다.

"나는 궁녀를 겁간하려는 놈을 잡았을 뿐 폭행한 것이 아닙니다."

그러자 김춘추가 무관을 불러서 물었다. 그자는 너무나 엉터리로 꾸며 답변했다.

"한밤중에 순찰을 도는데 어떤 궁녀 방에서 앓는 소리가 나서 문을 열어보는데 갑자기 저 년이 몽둥이로 내리쳐서 기절한 것입니다."

"저자의 거짓말에 대한 증인들이 있습니다. 내시감 어른, 그날 밤 직접 보시고 저자를 잡아가시지 않으셨습니까?"

내시감은 우물쭈물하며 답변했다.

"한밤중이라 나는 장 궁녀가 인계해주는 사람을 데리고 왔으나, 동창 사람이라 풀어준 것밖에 기억나지 않습니다. 전후 사정은 알지 못합니다."

김춘추가 큰소리로 말했다.

"네 이년, 감히 동창의 무관을 폭행하다니! 저년이 실토할 때까지 매질하시오!"

김춘추는 종사관은 제쳐둔 채 함부로 말했다. 가관인 것은 종사관들은 벙어리처럼 입을 다물고 있었다. 옥정은 김춘추의 명령에 따라 곤장을 맞았다. 그만 기절하고 말았다. 그러자 옥에 가뒀다. 세상에 이런 무법천지가 어디 있단 말인가? 청국 위세 앞에서는 거짓말도 정말이 되는 세상! 이런 세상이 존재하고 있다니!

장희재가 옥으로 면회 왔다. 간수를 매수했다고 했다.

"오빠, 궁에 들어가서서 겁간당한 궁녀에게 베개를 받아가지고 오세요. 내일 심문 때 그걸 가져오세요."

장희재는 궁에 들어가서 베개를 받아가지고 왔다. 다음 날 심문이 다시 시작됐다.

"어제 그렇게 고신당하고도 아직 실토를 안 하려는 것이냐?"

김춘추가 소리 높였다.

"종사관 어른 조사관을 불러주시오. 그러면 사실을 얘기하겠소."

김춘추가 고개를 끄덕였다. 얼마 후 조사관이 당도했다. 김춘추가 말했다.

"조사관이 당도했으니 사실을 실토하여라."

"조사관 어른, 제가 베개를 보여드릴 테니 살펴봐 주십시오."

옥정은 장희재에게 베개를 조사관한테 보여주라고 했다. 조사관이 베개를 받았다.

"조사관 나리, 베개에 칼자국이 선명히 보이시죠?"

"그렇소. 베개의 한복판에 칼로 뚫린 자국이 보이오."

"저 무관이 허리에 찬 단도와 베개의 자국이 똑같은지 살펴봐 주십시오."

조사관은 무관이 허리에 찬 단도를 베개에 대고 비교했다. 그리고 당당히 말했다.

"정확히 일치하오."

"보시오. 저 무관의 말이 거짓으로 드러났습니다. 저자는 들창을 넘어와 궁녀를 겁간하려해서 제가 막으려니까 저를 찔렀는데 제가 베개로 막고 발로 차서 쓰러뜨린 것입니다. 저자는 어린 궁녀를 수십 번이나 겁탈해서 임신까지 시켰습니다. 저자를 어서 체포하십시오!"

이 말이 떨어지자 무관은 도망쳤다. 그러나 잠시 후 포졸들에 잡혀 끌려왔다. 김춘추는 그자의 뺨을 냅다 후려치며 소리쳤다.

"이 병신놈아! 오입을 하고 싶으면 돈 내고 하면 되잖아!!"

무관은 끌려 옥에 갇혔고 옥정은 풀려났다. 옥정은 억울해서 포도대장을 만났다.

"포장어른, 조선백성은 동창의 무고로 고문을 당하고도 그만입니까? 김춘추란 자를 고발하오니 처벌해 주십시오."

"자네의 억울함은 잘 알겠네. 그러나 동창의 행동을 누가 막을 수 있겠나? 억울하겠지만 그만 돌아가시게."

옥정은 돌아올 수밖에 없었다. 그러나 석연치가 않았다. 장희재에게 포도청의 강장원 종사관을 통해 알아보도록 했다. 며칠 후 장희재가 옥정에게 분통터진다며 말했다.

"옥정아, 그 무관 녀석은 감옥에서 동창이 데리고 나갔다고 한다. 그리고 포도대장은 김춘추를 조사도 못하고 있다고 한다."

억울한 세상을 어디다 하소연할 것인가! 지금 백성들의 피눈물에 비하면 사치스런 한탄이라고 여기며 돌아서야 했다.

악수

옥정은 입궐할 때 안경을 대왕대비에게 선물했다. 조 대비는 안경을 쓰고 책을 읽으며 정말 좋아했다. 그녀의 유일한 낙은 독서와 자수 놓는 것이었다. 인조의 박대와 조귀인의 차가운 시선을 독서로 견뎠다.

날이 어둑해졌다. 옥정은 방안의 등불에 불을 붙였다. 환갑이 된 조대비의 얼굴에서 온갖 풍상을 겪으며 깊이 패인주름살이 눈에 들어왔다. 인조의 계비로 효종, 현종, 숙종에 이르는 4대를 지켜온 풍상이 패어있었다. 방안의 가구나 장식들은 아주 낡고 퀴퀴한 냄새까지 풍겼다. 조 대비는 아무런 느낌도 없는 듯 보였다.

조 대비는 옥정을 귀여워했다. 돋보기 안경을 끼고 책도 읽고 수도 놓으면서 다시 젊어진 것 같다고 좋아했다. 조 대비는 무엇보다 책에서는 읽을 수 없는 세상얘기를 좋아했다.

"제가 스무 살 때 북경에서 1년 머물면서 학원을 다녔습니다. 그곳에는 서양 사람들이 많이 있었습니다."

"외국인들은 징그럽다고 하는데 우리와 무엇이 다르냐?"

"처음에는 이상했는데 지나고 보니 탁 트인 것 같았어요. 서양인들은 인사를 어떻게 하는 줄 아세요? 고개를 숙이지 않고 오른손을 내밀며 상대방 오른손을 잡고 흔들어요. 우리말로 악수(握手)라고 할 수 있어요. 제가 한번 해볼게요."

옥정은 오른손을 내밀어 조대비의 오른손을 잡고 조금 흔들었다. 조대비는 처음에는 주저하더니 곧 마주 흔들었다.

"그것 참 신통하다. 네 손을 잡고 흔드니까 다정해지는 것 같구나."

"서양에서는 처음 만나는 사람이 적인지 친구인지 구분하기가 힘드니까 '나는 무기가 없습니다'라고 빈손을 내밀어 보여주는 데서 시작된 것이라고 합니다."

조 대비는 동의하는 듯 고개를 끄덕이며 크게 웃었다.

"더 놀라운 것은 친한 남녀 사이에는 다정한 인사로 서로 포옹을 해요. 서양 말로 '허그'라고 하는데 아무런 거리낌 없이 서로가 안아주고, 손바닥으로 등을 두드리기도 하는데 놀랐어요."

"그럼 너도 허그인가 뭔가를 해봤겠구나?"

"몇 번 했지요. 워낙 자연스럽게 하니까 얼떨결에 한 것입니다."

대화는 의외로 솔직한 데 이르렀다. 옥정은 대왕대비의 소탈한 성격에 감동했다. 저자에서는 양반마님이 한번 오면 세도 부리고 위세 떨곤 했었다. 옥정은 조 대비와 저자 얘기를 하는 게 탈출구였다. 무료하게 시간만 보내면서 세끼 밥을 먹여주는 궁이 싫었다. 모든 사람들은 세끼 밥을 얻어먹는 신세 때문에 순종하고 아부까지 했다.

날이 어둑해질 때 내시가 달려오며 임금이 할마마마께 저녁 문후를 온다고 알렸다.

"옥정아, 내 옆에 있어라. 내 귀가 어두우니 상감 말씀을 네가 잘 듣도록 해라."

조 대비는 넌지시 딴청을 부렸지만, 옥정을 임금에게 보이려는 것임을 알았다. 그렇게 그리워하던 임금을 보게 된다니 가슴이 콩닥거리고 숨이 가빠졌다.

드디어 임금이 대왕대비에게 문후하러 왔다. 옥정은 머리를 숙여 절을 했다. 어두운 가운데도 임금이 상복을 입고 있는 것이 보였다. 중전인 인경왕후 김 씨가 두창(천연두)으로 세상을 떠난 때문이다. 구운몽을 쓴 김만중이 인경왕후의 작은아버지였다. 그녀는 한 살 위인 이순에게 10살에 시집와서 13살에 중전이 되었다. 기록에 의하면 인경왕후는 대단한 미모여서 그녀가 열여섯이 되면서 여인의 티가 나자, 이순이 총애하기 시작해 첫딸을 낳았으나 그해에 죽었고 다음 해에 또 딸을 낳았으나 곧 죽었다. 운명은 모질어서 왕의 총애를 받기 시작하자 두창에 걸려 죽고 만다.

　스무 살의 청년 이순은 증조할머니께 천천히 몸을 숙여 절을 하며 말했다.

　"할마마마, 평안하셨는지요? 오늘은 안경을 끼고 계시네요. 책을 읽으실 때만 쓰시는 게 아닙니까? 상선이 장옥정이란 궁녀가 안경을 선물했다고 말하던데요?"

　옥정은 임금이 자기 이름을 부르자 가슴이 뛰기 시작하더니, 결국 다리까지 떨려 서 있기가 힘들었다. 그동안 이런 날이 오기를 바라며 얼마나 애태웠던가. 바로 그 청년이 눈앞에서 자기 이름을 부르는 게 아닌가?

　"주상, 이 아이가 장옥정입니다. 그런데 이 아이를 어떻게 알고 계신지요?"

　"밀행할 때 가게에서 본적이 있습니다."

　이순은 옥정이 입궁한 것을 알지만 무척 조심했다. 어머니가 아시면 그르칠 수도 있기 때문이었다. 얼마나 기다렸던가. 옥정이 눈앞에 있다. 그러나 조심을 해야 했다. 어머니는 중전 외에 다른 여인과 얘기하는 것도 금기시했다. 지금은 왕비가 서거한 후이니 옥정에게 관심을 가져도 될 것이라고 생각했다.

　"옥정아 상감께 인사드려라."

　이순은 그제야 옥정을 자세히 바라본다. 옥정도 새침 떨며 인사드린다.

"전하를 밝은 곳에서 뵈오니 미남이시고 학처럼 깊고 맑은 눈을 가지고 계십니다."

옥정은 말이 잘 나오지 않았다. 가게에서 혼을 흔들어 놓은 선비가 눈앞에서 임금으로 서있으니 온몸까지 떨렸다. 가슴이 콩닥거려 말도 잘 나오지 않았다.

"주상, 이 아이가 장사를 오래해서 말솜씨가 간장을 녹인답니다. 나는 이 아이 덕분에 다 늙어서야 세상을 알게 되었다니까요."

이순은 옥정을 뚫어지게 바라본다. 도저히 시선을 뗄 수가 없었다. 옥정을 궁에서 호젓이 대하니 감회가 일었다. 중국에 무역상단을 이끌고 갔다고 해서 얼마나 기다렸던가! 피 흘리던 옥정을 등에 업었을 때 느껴지던 젖가슴의 촉감과 착 달라붙었던 하반신의 촉감이 갑자기 느껴졌다. 늘씬한 키에 풍만한 엉덩이가 눈에 들어왔다. 그가 상대한 중전과는 너무 다른 여인이었다.

"너와는 기이한 인연이 있구나. 밤길에서 업기도 했고, 호주상회와 궁에서 다시 보게 되다니 말이다. 허허허."

"황공합니다. 저를 살려주신 은혜를 어찌 갚아야 하올지 난감하옵니다. 소녀가 호주상회에서 버릇없이 군것을 용서하시옵소서. 전하."

"아니다. 너의 자연스런 행동들이 좋았었다. 너의 현실적인 경제지식과 무기지식, 명량대첩의 수학적 전술해석과 나라걱정은 나에게 큰 감명을 주었다. 그런데 말도 없이 청국에 가서 무척 기다렸었다. 너를 어머니가 허락하신다면 곁에 두고 국사를 의논하고 싶었다."

"황감하옵니다. 소녀가 전에는 말씀 못 드렸는데, 말순 어멈한테 오시면 드리라고 안경을 전했는데 받으셨는지요?"

"그 후 간적이 없어서 안경은 받지 못했다. 지금이라도 주려무나. 허허허"

옥정의 말에 서머한 분위기가 풀어지며 이순의 입에서 농도 나왔다.

"예, 며칠 후에 전해 올리겠습니다. 약속의 표시로 손가락을 걸게요."

옥정은 오른손 새끼손가락을 세우며 임금에게도 새끼손가락을 내밀라고 했다. 임금이 주저하자 그의 손을 잡아 새끼손가락을 펴서 제 새끼손가락과 마주 걸고 흔들었다. 임금은 신기하기도하고 당황하기도 한 눈빛으로 바라보다가 웃는다.

"전하, 손가락 걸고 약속하는 걸 모르시옵니까? 우린 친구끼리 이렇게 했습니다."

임금은 이런 옥정이 무례하기도 하지만 좋았다. 내숭만 떠는 궁중의 여인들과는 너무 달라 좋았다. 당황해서 어쩔 줄 모르는 사람은 조 대비였다. 순간적으로 천연스럽게 진행돼 말릴 틈도 없었다.

"무엄하다! 옥정아. 냉큼 잘못을 빌어라."

"예? 전하, 잘못했습니다. 앞으로 조심하겠습니다."

"허허, 괜찮다 옥정아. 참으로 재미있구나. 내 속이 시원히 트이는 것 같다."

이순은 옥정이 궁녀라기보다 오랜만에 다시 만난 친구처럼 느껴졌다.

"주상, 이 아이가 더 재미있는 걸 나한테 가르쳐주었답니다. 악수라는 것인데 한번 배워보시겠습니까?"

조 대비는 악수의 유래와 하는 방법까지 설명하며 임금에게 해보겠냐고 물었다. 그러자 이순은 가르쳐달라고 말했다.

옥정은 자기 오른손으로 임금의 오른손을 잡고 흔들었다. 이순은 어색하게 흔들다가 차츰 힘주며 흔들었다. 그리고 미소까지 지었다.

"이렇게 하면 상대방이 칼을 감추고 있지 않다는 표시가 되겠구나. 편전에서는 신료들이 늘어진 긴팔소매 속에 양손을 넣고 있어서 그 속에 무기나 어떤 서류를 감추고 있어도 모른다."

"주상, 이 아이한테 허그라는 것도 배워보세요."

"네? 허그라고요? 어디 허그도 가르쳐주렴."

이순은 호기심이 많은 사람이었다.

"전하, 죄송하지만 그건 좀 곤란한데요."

"과인이 좋다는데 뭐가 곤란하냐? 설마 서로 끌어안는 건 아니겠지?"

이순은 호주상회에서 옥정을 안았던 것은 잊은 듯 했다. 남녀가 끌어안는 것은 금기시하는 게 분명했다. 옥정은 그런 생각을 깨뜨려주기로 했다. 그녀는 임금에게 가까이 가서 덥석 끌어안고 포옹을 했다. 임금도 뜻밖에 안기면서 놀라는 듯했으나 순간적으로 일어난 일에 몸을 맡기고 있었다. 그런데 의외로 기분이 좋아짐을 느꼈다.

"전하께서도 저를 안아 주셔요."

그도 옥정을 힘주어 안았다.

"허그인가 뭔가를 해보니 기분은 괜찮구나. 쌍것들이나 하는 짓인 줄 알았는데…."

이순은 쑥스러운 듯 표정 지었다. 그러나 신기하고 즐거웠다. 포옹한 채로 마냥 있고 싶었다. 증조할머니와 옥정 앞이니 권위를 차릴 필요도 없다. 늙은 대신들과 깐깐한 젊은 신료들하고 부대끼다 보면 자신은 없어지고 임금이라는 가공인물이 돼버린다. 아는 것도 모르는 척, 모르는 것도 아는 척 이중적인 생활을 강요받았다. 그러다보니 겨우 스무 살에 환갑 늙은이가 된 것이다.

"옥정아, 네 덕에 모처럼 긴장을 벗어나서 웃어보았다. 네 손을 흔들어보니 보통여자 손과 달리 억세고 나보다 힘이 센 것 같다."

"소녀가 제대로 손에 힘을 주지 않았습니다. 수도로 벽돌도 깨고 한손아귀로 사과를 빠개기도 합니다."

"허어, 그래? 네가 내 곁에 있으면 호위무사는 필요도 없겠구나. 허허허"

"황감합니다. 아마 호위무사와 대결해도 제가 이길 수 있을 것입니다."

"헌데 지난번에는 왜 무력하게 매 맞고 길바닥에 쓰러졌었느냐?"

"제가 방어하지 않았기 때문입니다. 양반에게 저항하는 것은 강상죄(綱常罪)에 해당돼 국법으로 금지돼 있습니다."

이순은 놀라는 듯했다.

"아니, 그런 법이 어디 있냐?"

"전하가 다스리는 조선에 있습니다. 그런 법이 수백 년간 시행되고 있습니다. 양반이 엉뚱한 이유로 상민을 매질하거나 착취하는 등 불법이 자행되고 있지만 호소해야 소용없습니다. 이 때문에 백성들은 자포자기하고 살 수밖에 없습니다."

이순은 순간 얼굴이 굳어지고 안면에 경련이 이는 듯했다.

"전하, 소녀의 지나친 언행을 용서해주십시오. 전하의 책임은 아닙니다. 성리학이 만든 신분제도가 일부 권력층에게 악용된 결과입니다."

"참 좋은 얘기다. 네가 청국에서 폭탄개발에 관여했다고 들었다. 상황을 좀 얘기해다오."

"청국은 팽광회 태사를 중심으로 한 개방파가 비밀리에 폭탄개발을 주도하고 있습니다. 폭탄개발은 설계도가 거의 완성되었는데 팽 태사의 죽음으로 중단되었습니다."

"참 다행이다. 청국이 폭탄까지 가지면 조선은 더 굴종해야 한다. 우리가 먼저 폭탄을 개발할 수 있다면 얼마나 좋을까."

"전하의 뜻만 확고하면 우리가 더 빨리 개발할 수 있습니다. 조정의 신료들 모르게 추진해야 합니다. 이들이 알면 청국에 밀고해서 전하는 폐위될 수도 있습니다."

"옳은 말이다. 절대 비밀로 개발해야 한다."

이순은 진지한 표정으로 옥정을 바라봤다. 폭탄으로 자주국방의 염원을 달성시킬 수 있다는 믿음이 솟았다. 이순은 목표를 정하면 어떤 난관에 부딪혀도 밀고 나가는 일벌레였다. 임금이 된 후 결재를 미룬 적이 없었다. 중전과 유익한 대화도 없이 긴 밤을 지내는 것을 시간 낭비로 여겼었다. 동침 대신 책을 읽거나 결재로 시간을 보냈다. 그날 결정해야 할 일들은 반드시 밤늦게라도 완결했다. 그러다 보니 하루에 4시간 이상을 자지 못해 건강이 쇠약했다. 이순의 건강이 쇠약한 것을 트집 잡아 역모설이 끊이지 않은 것이다.

옥문 검사

이순은 대전으로 돌아왔으나 웬일인지 마음이 허공에 뜬 듯 방 안을 서성거리며 안절부절하지 못했다. 옥정이 말한 양반들의 악 행이 떠올랐다. 옥정을 가까이 부르기로 했다. 그는 상선에게 사흘 후 옥정을 수청 들게 준비하라고 명했다. 옥정은 시녀 신분으로 입 궁한지 두 달 만에 수많은 궁녀들을 제치고 수청을 들게 됐다.

이 사실은 즉각 어머니에게 보고 됐다. 김 대비는 믿기지 않는 듯 놀랐다. 미천한 남인 출신의 나이 많은 시녀에게 승은을 입힌다는 것에 화가 났다. 궁녀는 승은을 입는 순간 신분은 급상승해 모든 시 역에서 면제되고 대우도 달라진다. 뿐인가. 임신이라도 하면 그 위 세가 충천하게 되고 친척들까지 세력을 얻게 된다.

중전인 인경왕후가 죽은지도 석 달이 지났으니 임금에게 뭐라고 말할 수도 없다. 김 대비는 엉뚱한 이유를 만들어서라도 옥정의 수청을 막아야겠다고 결심했다. 다음 날 해가 뜨기가 무섭게 옥정을 불렀다. 옥정은 나인을 따라 자경전으로 갔다. 자경전은 현종이 승하한 후 중전에게 교태전을 물려주고 머문 곳이다. 김 대비는 33세의 한창 나이에 과부가 돼 뒷방으로 물러났으나 그 기세는 전보다 더 했다고 전해진다.

옥정은 김 대비의 내실에 들어서서 큰절을 드린 후 고개를 숙였다.

"네가 무슨 요망스런 재주가 있어서 주상을 쉽게 꾀었는지 몰라도 나는 그리 호락호락 넘어가지 않는다."

"황공합니다. 대비마마. 전하의 분부는 소녀도 모르는 일이옵니다."

"앙큼하구나. 너는 장사치로 컸다니 사람 홀리는 재주가 비상하리라 믿는다. 상감은 무덤덤한 여인들과 늙은 벼슬아치들 속에서 지냈기 때문에 너처럼 눈치 있고 몸뚱이를 잘 놀리는 천것을 만나면 넘어가기 쉬울 것이다."

김 대비는 옥정의 인격은 아예 무시하고 야단인지 푸념인지 모를 말을 쏟아냈다.

"이왕 이렇게 된 이상, 임금을 모시려면 두 가지 내명부의 법도를 명심하여라. 첫째로, 임금에게 말을 해선 안 된다. 무조건 듣기만 하고 '예'하고 대답만 하여라. 둘째로, 임금의 옥체가 상하면 역모에 해당하니 절대로 요사스런 행동을 하면 안 된다. 특히 주상은 옥체가 허약한 데다 얌전한 중전에 흥미 없어 하다가 홀아비가 되었으니 너처럼 성숙하고 발칙한 여인을 품게 되면 깊이 빠질 것이 뻔하다. 특히 너는 몸이 튼실하고 홀리는 기운이 강해 보이니 옥체가 상할까 염려된다. 네가 지켜야 할 것을 명심하여라."

"예, 명심하겠습니다. 대비마마."

명성왕후는 아들이 허약한 것이 가장 큰 걱정이었다. 만약 임금이 아파서 편전에 며칠만 못 나가면 종친부와 의정부, 육조 등에서 술렁거리게 될 것이다. 그것이 장기화되면 역모설이 나오고 왕의 권위는 땅에 떨어지게 될 것이다. 김 대비는 옥정이 들어올 때 걷는 모습을 보고 충격을 받았다. 꽉 조여 맨 젖가슴이 터질듯 솟아 있고 엉덩이는 좌우로 바위처럼 무겁게 움직였다. 또한 꼿꼿한 허리와 가드라란 목이 색기가 넘쳐 보였다. 저런 처녀가 아들과 한 이불속에서 밤을 보낸다면 뼈도 못 추릴 것이란 생각이 들었다.

이에 비해 아들은 기침이나 콜록거리며 허리는 힘없이 휘청거렸다. 김 대비는 성정이 강퍅해서 현종에게 여자 관리를 엄격히 했다. 현종은 평생에 단 한 명의 궁녀도 가까이하지 못했다. 물론 후궁도 두지 못했다. 현종은 조선역사상 유일하게 후궁이 없는 왕으로 기록에 전해진다.

김 대비는 옥정의 흠을 잡아내서라도 수청을 들지 못하게 하려고 준비를 단단히 했다. 옆에는 제조상궁과 수의녀(首醫女), 무녀

(巫女)가 있었다. 무녀는 신통하다는 오례라는 무녀였다.

"지금부터 네 내궁(內宮, 질)을 검사하겠다. 제조상궁을 따라가 준비하고 오너라."

최소연이 따라오라는 눈짓을 하며 불렀다. 옥정은 일어나 옆방으로 따라갔다. 검사는 형식적 검사와 내궁검사가 있다. 형식적 검사는 역적의 후손인가를 알아보는 서류 검사이다. 이는 이조에 조회하면 곧 알 수 있었다. 다음으로는 유전학적으로 가족 내력을 조사해서 하자유무를 알아보는 검사이다. 이는 포도청에서 옥정의 집을 방문해서 3대 조상 중에 문둥병 환자나 맹인, 귀머거리, 폐병 환자, 미친 사람이 있었는가를 조사하면 쉽게 알 수 있다.

내궁검사는 처녀성을 감별하는 방법으로 1차 검사와 2차 검사가 있다. 1차는 궁녀 후보자로 13세 이상 소녀에게 처녀인지 아닌지를 의녀가 판단하는 방법이다. 의녀는 후보처녀를 목욕시킨 후 팔목에 앵무새의 피를 묻힌다. 앵무새 피가 묻으면 처녀이고, 묻지 않고 흘러 떨어지면 처녀가 아닌 것이다. 옥정은 모든 검사에서 합격했다.

이제 2차 검사만 남았다. 이는 신체를 육안으로 관찰하는 것이다. 옥정은 최소연이 시키는 대로 겉치마만 두르고 아래속내의는 몽땅 벗었다. 옥정은 아래가 휑 하니 허하면서 수치감을 느꼈다. 다시 대비 앞으로 갔다. 대비 앞에는 십 보나 되는 긴 거울이 깔려 있었다. 대비가 명한다.

"이제 치마를 무릎까지 걷어 올리고 거울을 밟으며 열 번을 왕복해보아라."

옥정은 시키는 대로 열 번을 왕복해 걸었다. 그러자 대비와 최소연, 수의녀, 무녀가 거울을 열심히 내려다보았다. 옥정은 보여서는 안 될 귀한 곳을 여러 명에게 공개적으로 보이는 것에 수치심을 넘어 비애를 느꼈다. 아마도 거울 속에 비친 옥문이 어떻게 움직이는가를 평하려는 듯했다. 열 차례 왕복한 후 최소연을 따라 옆방에서 옷을 갈아입고 다시 돌아와 앉았다.

"오례야, 네가 본 것을 말하여라."

무녀 오례가 놀랍다는 듯이 말했다.

"마마, 걸을 때 옥문 벌어지는 모습은 아기가 젖을 물리고 입술을 벌리는 입모습과 같고 옥문이 닫힐 때는 젖꼭지를 깨무는 입술 모양과 같습니다. 이는 남근을 잘근잘근 깨물어 죽어 있던 양기를 불꽃처럼 살려내서 음기와 화합해 영혼을 보양하는 절묘함으로 가히 왕후장상의 예후가 보입니다."

"그럼 왕자를 낳을 것이란 말이냐?

"예, 마마. 장 궁녀의 상에도 그런 기운이 보입니다. 경하 드리옵니다."

오례는 관상에도 일가견이 있었다. 옥정의 상에서 왕후의 기상이 있음을 보았다. 후일을 생각해서 후하게 평하는 듯했다. 김 대비는 오례의 극찬에 심기가 어긋났다. 혹 떼려다 혹 하나 더 붙인 꼴이었다. 이미 오례가 말해버렸으니 끊어내기도 힘들게 되었다. 김 대비는 옥정에게 퉁명스레 말했다.

"네가 옥문을 평소 귀하게 다루지는 못한 것 같으나 옥문의 색깔이 붉으며 치모(恥毛)도 왕성하게 자라 있고, 막일한 여인치고 움직일 때 입구도 굳게 담겨 있고 두께도 얄팍하여 숫처녀임이 분명하니 수태에도 큰 흠은 없어 보인다. 다만, 네가 걸을 때마다 옥문에 옥수(玉水)가 흘러나올 듯 비치는데 이는 내궁에 음탕한 기운이 있음을 엿보여 주는 것이라 주상의 옥체를 상할까 염려가 된다. 그것 때문에 수청을 막을 수도 없는 것이니 주상과 합방하여도 좋다."

김 대비는 수청을 허락했지만 잠시 받아들인 후 쫓아내기로 작전을 바꿨다.

옥정이 임금의 수청 들라는 명을 받은 후 며칠 만에 허적의 남인 정권이 무너졌다. 옥정을 추천했던 남인들이 권좌에서 물러난 것이다. 가루 팔러가니 바람 불고 소금 팔러가니 이슬비 오는 격이었다. 심상치 않은 징후라고 여겼다. 그러나 일개 여인으로 당쟁과는 상관없으니 괜찮을 것이라고 생각했다.

대비가 임금의 건강을 염려하는 것은 방사(房事) 때문이다. 방사를 과도하게 하면 건강이 상하는 것은 당연하다. 옥정은 저자에서 중국의학서적을 많이 읽었고, 들은 것도 있어서 방사와 건강의 관계에 대해서는 잘 알고 있었다. 방사를 잘 운영하면 다 죽어가던 영감도 벌떡 일어난다고 했다. 동녀를 늙은 영감이 품고 자면 아침에 얼굴에 화색이 돌고 눈빛이 강렬해진다고 했다. 그러나 양기가 살아났다고 동녀와 교접하고 사정을 하면 오히려 죽기도 했다.

옥정은 장희재에게 고대 중국서적을 들여보내라고 부탁했다. 《소녀진경(素女眞經)》과 《소녀비도경(素女祕道經)》,《황제소문경(黃帝素問經)》,《황제영추경(黃帝靈樞經)》 4권이다. 이 의서들은 동서고금에 최고의 의학서로 인정된 것들이다. 책에 적힌 대로 방사를 하면 천하의 어떤 남자도 못 낫는 병이 없다는 것이 검증된 바 있었다.

옥정은 책에서 가르친 대로 행해서 임금의 허약한 체질을 개선해서 장수하는 명군으로 만들겠다는 결심을 했다. 그가 건강하고 오래 살아야 폭탄도 만들 수 있다.

옥정이 살펴보니 이순은 개혁의지가 확고한 데다 대단한 일벌레였다. 성군으로서의 자질이 있었다. 다만 그의 건강이 얼마나 버틸 것인가가 염려됐다. 이순에게 건강을 챙겨주기만 하면 위대한 임금이 될 것이라고 생각했다. 이순은 몸이 피곤해도 일을 열심히 했다. 신하들이 조금이라도 게으르면 참지 못하고 조치를 취했다.

한 예로, 《실록》에 의하면 신하들이 따뜻한 온돌방에서 꾸벅꾸벅 졸자 온돌을 빼버리고 얼음장에서 일하게 했다. 대개의 경우 신하들은 왕의 나태를 채근하고 백성을 위해 근신하도록 하는데 이순의 경우는 달랐다. 이순의 신념은 '신하가 고달파야 백성이 편안하다'는 것이었다. 마치 세종 임금이 다시 환생한 듯했다.

세종 임금이 어찌나 혹독하게 신하를 부렸는지를 보여주는 《실록》의 일화가 있다. 《훈민정음》 반포축하연에는 집현전(集賢殿) 학사 절반이 참석하지 못했다고 한다. 대부분이 끝없는 과중한 업무와 임금의 요구에 시달리다 못해 병석에 누운 탓이었다. 영의정 정인지(鄭麟趾)는 임금이 너무 독촉하고 몰아치는 바람에 병석에 들어 눕기를 수십 차례 거듭했다. 마침 모친이 돌아가시자 3년 상을 핑계로 낙향해버렸다. 그러자 세종은 재상만은 효의 도리를 미루었다가 퇴임 후에 행해도 된다고 법령을 바꿨다. 그리고 정인지를 고향에서 불러와 일을 더 시켰다고 기록하고 있다.

아침부터 내시들이 찾아와 옥정에게 번잡을 떨었다. 옥정에게 별궁으로 옮기라고 했다. 마련된 곳은 취선당이라는 별궁이었다. 취선당은 유서가 깊은 곳이었다. 이순이 동궁시절 공부하던 별궁이다. 임금에게는 매우 추억이 서리고 귀한 곳을 옥정에게 하사한 것이다. 그간 비워두었기 때문에 여러 장정과 시녀들이 달라붙어 이틀이 지나서야 대충 마무리 되었다.

옥정은 취선당으로 옮겼다. 그곳에는 수발 나인(內人)으로 숙영(淑英)이 배속돼 있었다. 숙영은 옥정보다 3살 아래였다. 그녀는 아비가 작은 벼슬을 하다가 죽어서 홀어미와 살다가 나인으로 들어온 처지였다.

"숙영아, 나를 언니처럼 생각하고 잘 지내자꾸나. 나는 오라비와 언니만 있어서 동생이 그리웠단다. 이제 네가 여동생이 되었으니 기쁘구나."

"아니 됩니다. 저는 시녀로 배속됐는데 자매가 되다니요. 무슨 일이든지 가리지 마시고 시켜주십시오."

"세상에 귀천은 없단다. 너나 나나 부모님이 낳으신 후 미역국을 먹으며 기뻐하셨지 않으냐? 나는 너를 동생처럼 대할테니 그리 알거라."

옥정은 숙영의 도움을 받아 목욕을 깨끗이 하고 옥색저고리와 분홍치마를 단정히 차려입고 임금 맞을 준비를 했다. 해가 떨어질 무렵, 내시로부터 임금이 온다는 기별을 받았다. 승은을 베푸신다며, 아직 밤도 안 됐는데 벌써 오시다니? 이순은 급했던 모양이다. 사실 오늘도 늙은 신하들과 신경전을 치루면서 무척 피곤해 쉬고 싶었다. 자신을 편히 쉬게 할 수 있는 사람이 간절했다. 그런데 옥정이 곁으로 온 것이다.

"상감마마 납시오."

내시의 목소리가 들렸다. 옥정은 황급히 매무새를 가다듬고 방문을 열고 나갔다.

"전하, 어서 오십시오."

임금이 빠른 걸음으로 왔다. 옥정은 방문 밖으로 나가 머리만 약간 목례한 채 오른손을 내밀었다.

"전에 소녀하고 악수해보셨지요?"

임금도 웃으며 오른 손을 내밀며 옥정의 손을 잡고 흔들었다. 이를 본 상선을 위시한 내시와 상궁들은 너무 놀라 뒤로 나자빠지는 눈치다.

"전하, 지난번 손가락 걸고 약속한 대로 안경을 드립니다. 앞으로 책이나 서류를 보실 때는 이 안경을 꼭 쓰십시오."

"참으로 고맙구나. 어디 책을 한 권 가져 오거라."

이순은 안경을 끼고 책을 이곳저곳 펼쳐본다. 그리고 매우 기뻐한다. 안경 덕택인지 이순은 죽는 날까지 어느 임금보다 독서를 많이 하고 많은 정무를 처리했다. 그가 재임한 46년간 여러 환국과 수많은 사건들이 있었지만 대신들이 이의를 제기하지 못하고 순종한 것은 그의 열정과 학식을 인정한 때문이다.

이순은 옥정을 보자 왠지 흥분됐다. 그는 세자 시절 10살 세자빈과 결혼했으니 첫날밤을 어떻게 보냈는지 기억도 없다. 성에 무지하기도 했지만 여인으로 느껴지지 않았다. 아직 영글지 않은 몸체와 납작한 젖가슴, 성적 감흥도 모르는 앳된 소녀에게 어린 세자는 남성이 발동하지 않았다. 어머니가 억지로 맺어놓은 인연만으로 부부관계가 만족할 수는 없었다.

이순은 스무 살의 열혈 장부가 되었다. 여인을 탐할 체력도 있었다. 그에게 스물두 살의 옥정은 아름답고 완전히 성숙된 몸매에 풍만한 가슴과 엉덩이, 늘씬한 체구까지 갖춰서 여색이 충동질했다. 그녀는 눈앞에서 균형 잡힌 몸뚱이를 버들가지처럼 하늘거리며 탄력 있게 움직였다.

"전하, 미천한 소녀를 찾아주셔서 감사합니다. 오늘 피곤하신 몸과 마음을 휴식하시고 깊은 잠을 주무십시오."

"그렇게 생각하느냐? 내가 오늘 밤 너를 품을 것이다. 어서 옷을 벗어라."

"전하, 소녀에게 첫마디로 옷을 벗으라는 것은 안 될 말씀이시옵니다. 소녀를 함부로 할 수 있는 여인으로 여기시면 안 됩니다. 존중해주셔야 은애하게 되십니다."

이 말을 들은 이순은 안색이 돌변하면서 몸을 떨었다.

"참으로 무엄하구나. 과인이 너를 예뻐했다고 감히 존중해달라고 하다니 어이없다. 과인은 이 나라의 지존임을 명심하여라."

이순은 이제까지 격의 없이 대화를 나눈 것과는 정반대로 화를 냈다. 그의 골수에 박힌 특권의식이 본능적으로 터진 것이다.

"전하, 소녀를 손쉬운 여인으로 생각하시면 절대로 따를 수 없사옵니다."

"너는 지금 내 명령보다 네 생각을 우선하겠다는 것이 아니냐? 무엄하다."

이순은 화난 듯 방문을 걷어차며 밖으로 나갔다. 그는 성격이 급하고 뒤를 돌아보지 않는 외골수였다. 그가 급한 것(怒)을 참지 못한다고 옥정에게 말한 적이 있었다. 옥정은 어느 정도 각오하고 벌인 일이라 차분하게 마무리했다. 임금이 독선과 가부장적 아집에 빠져있는 것을 바로 잡지 못하면 올바른 부부관계가 이뤄질 수 없다고 판단했다.

"언니, 왜 그런 실수를 하셨어요? 수백 명 궁녀들이 전하만을 바라보며 사는데 이렇게 절체절명의 기회를 내버리다니요."

놀란 것은 숙영이었다. 그러나 옥정은 담담하게 대답한다.

"걱정 말아라. 전하는 반드시 다시 오신다. 안 오시면 오시도록 해야지."

며칠이 지나도 임금에게서는 소식이 없다. 옥정은 이순이 임금의 위신 때문에 버티는 것이라고 판단했다. 속마음은 옥정에게 오고 싶지만 체면상 억제하고 있을 것이다. 임금에게 서신을 썼다.

"전하, 그동안 옥체 만안하신지요? 전하께서 급히 돌아가신 후로 소녀는 마음이 불편하고 식음도 제대로 넘어가지 않고 있습니다. 전하께서 피 흘리며 길바닥에 버려진 미천한 소녀를 구해주신 은혜를 갚기 위해 온 몸을 바쳐 헌신하려는 결심뿐인데 어찌 소녀의 심정을 헤아려 주지 않으시는지요? 소녀는 감히 전하께 간구하옵니다. 전하께서는 공과 사를 구분하시듯 정무와 가정사를 구분해 주시기 바랍니다. 소녀는 조정의 신하가 아니오라 전하를 은애하는 한낱 여린 여자이오니 벼슬아치 다루듯 엄히 마시기 바라옵니다. 소녀를 함부로 대할 수 있는 값싼 여인으로 여기신다면 은애하는 마음이 생길 수 없을 것입니다. 이는 백성에게도 마찬가지일 것입니다. 소녀는 전하의 안식처가 되고 싶습니다."

이순은 옥정의 서신을 반복해서 읽었다. 구구절절 옳은 말이다. 균형 잡힌 시각을 가진 이순으로서는 깨달은 바가 있다. 어려서부터 왕권 수업을 받는다고 배운 것은 가부장적 독선과 아집, 타협을 모르는 강압, 죽음보다 더한 자존심을 지키는 것이었다.

이순은 옥정의 서신을 받고 크게 깨달았다. 편협함을 버려야 한다는 생각을 갖게 됐다. 태어나서 처음으로 자신의 행동을 반성했다. 자신을 낮추고 반성하니 갑자기 마음이 편해지고 옥정을 보고 싶었다.

그날 밤 이순이 옥정에게 온다는 내시의 기별이 왔다. 숙영이 정말 놀라는 눈치였다. 어둑해지자 임금이 왔다. 옥정은 악수를 청했다. 이순도 기꺼이 악수를 했다.

"전하, 오매불망 기다렸습니다. 허그해 주세요."

옥정은 임금의 품으로 안기며 파고들었다. 이순도 두 팔로 옥정을 안았다.

"옥정아, 너는 옳은 말만 하는 것 같다. 너를 손쉬운 여자로 여긴 게 사실이다. 너를 특별하고 귀한 여인으로 여길 것이니라."

"감사하옵니다. 전하께서 그리하시면 소녀를 은애하게 되고 합궁의 효력을 체험하실 것입니다. 남녀가 은애하는 마음으로 교합해야 유쾌함과 생기발랄함이 최대로 형성됩니다. 그렇지 못한 교접은 100번을 해도 무용하고 건강을 해치지요. 오늘밤은 소녀 방에 오셨으니 제 말씀을 따르셔야 합니다. 소녀를 왕으로 생각해 주셔야 합니다. 호호호."

"잘 알았다. 너를 왕으로 받들고 네 처분을 따르겠다. 허허허. 그런데 사관(史官)들이 너무 내 행동을 미주알고주알 다 기록하니 우리 일이 후세에 잘못 전해질까 염려된다."

"전하께서는 사관의 직업정신을 칭찬해주십시오. 예전에 태종께서는 사관을 멀리하려다 결국은 지고 마신 일화가 《실록》에 전해지고 있습니다."

"그래? 어디 한번 들려다오."

"태종께서 사냥을 가셨다가 말에서 떨어지셨다고 합니다. 태종께서는 창피해서 사관에게 적지 말라고 말씀하셨답니다. 그래도 사관은 적었답니다. 태종께서 제발 지워 달라고 간청했답니다. 사관은 오히려 '왕께서 말에서 떨어진 것을 적지 말라고 명하시고 적은 것을 지우라고 하셨다'라고 적었답니다. 사관을 두려워할 사람은 소녀입니다. 전하께서 소녀를 자주 찾으시면 사관은 임금을 매일 호려낸 요녀(妖女)로 기록할 것입니다. 이런 오해가 역사에 잘못 전해질까 걱정됩니다."

"나도 염려된다. 과인이 여색에 빠진 왕이라고 전해질까 걱정된다. 우리는 주로 나라 일을 논의했는데도 사관들이 알 수는 없잖으냐?"

"전하와 소녀는 똑같은 걱정을 가지고 있으니 공평합니다. 이제 사관 걱정 마시고 소녀 무릎을 베고 누우십시오. 소녀를 만난 후 전하께서 건강하고 장수해서 훌륭한 통치를 하시면 요녀라는 말이나 여색을 탐한다는 오해도 없어질 것입니다."

"과인은 어려서부터 병을 앓아 단명할 것이라는 역모설에 시달려왔다. 네가 나를 장수하게 할 수 있다니 정말 따르고 싶구나."

"소녀는 두 가지 방법으로 장수하는 임금으로 만들어드릴 것입니다. 첫째는 남녀 음양교합으로 양기를 일으켜 건강한 남자로 만들어 드릴 것입니다. 둘째는 치아를 튼튼히 관리해서 강건한 체질로 만들어 드리는 것입니다. 동물은 이빨이 빠지면 곧 죽습니다. 호랑이가 용맹을 자랑해도 11년밖에 못사는 것은 이빨이 빠지기 때문입니다. 개나 고양이보다 훨씬 짧게 사는 것입니다. 옛말 중 '식이동원(食餌凍原)'이라는 것은 잘 먹는 게 보약이란 뜻입니다."

"어떻게 해야 치아를 튼튼히 할 수 있겠느냐?"

"치아는 잇몸까지 포함한 말입니다. 좋은 음식은 물, 견과류, 김치, 사골, 멸치, 인삼, 녹용, 시금치, 가지, 양파, 죽염 같은 것들입니다. 나쁜 음식은 꿀, 설탕, 단과일, 술 등입니다. 치아만 튼튼하면 장수하실 것입니다. 소녀가 수라간에 당부하겠습니다. 또한 최소연 제조상궁에게 제가 칠패시장에서 데려온 숙수와 함께 수라간의 음식을 철저히 검사하도록 하겠습니다."

옥정의 말대로 음양교합과 치아건강법에 순응한 이순은 장수해서 46년간 재위하였다. 특히 수라간을 심복에게 관리시켜 독살을 예방하는 시스템을 구축한 것도 주목할 일이다. 조선 왕의 8할은 독살되었다고 한다. 누구도 해내지 못한 일을 옥정이 해낸 것이다. 실제로 이순은 장기간 재위해서 목표했던 조국근대화와 경제개발을 성공으로 이끌었다. 이를 통해 백성들에게 심어놓은 비즈니스 마인드가 다음 왕조에도 경제 성장동력을 이어주었다. 영조와 정조는 이순 덕택에 조선의 문예부흥을 일으킨 왕으로 평가 받은 것이다. 그러나 유감스럽게도 역사기록에는 숙종의 공적이 지워져 있다. 역대 어느 왕보다 혹독하게 노론을 다스린 데 대한 그들의 보복 때문이라 여겨진다. 순조(純祖) 이후 동력이 떨어진 것은 정순왕후(貞純王后)와 노론의 세도정치로 이순이 거시경제운용으로 마련한 성장동력을 없애버렸기 때문이었다. 조선이 망할 때까지 '노론천국, 백성지옥'의 끔찍한 난세가 진행되었다. 안타까운 일이다.

경신환국

옥정은 이순과 침상에 누운 채로 말했다.

"전하, 제가 저자에서 장사하던 얘기 해드릴까요?"

"그것 참 좋다. 어디 들어보자."

옥정은 일본어역관이던 아버지 장경에게 들은 개화된 일본 얘기와 일본어를 배운 것, 그리고 9살 때 아버지가 죽은 후 당숙(아버지의 사촌형)인 중국어역관 장현이 데려다가 기르며, 그가 경영하는 호주비단상회에서 12년간 무역과 장사한 얘기를 했다. 모화관 사건 얘기도 했다. 이순은 모화관 일을 기억하고 있었다. 그때 닌자를 때려눕힌 여자가 옥정이란 사실에 크게 놀라워했다.

"서방에서도 강한 국가 가운데 한 나라와 이웃해 있는 것만으로 불행을 겪지 않은 나라는 없었다고 합니다. 그런데 조선은 삼면을 강한 국가와 이웃하고 있으니 외교로 이들의 침략야욕을 잘 억제하면서 다른 한편으로 국방을 튼튼히 하는 길밖에 없다고 생각합니다. 전하, 우선 하루 종일 다망하신 옥체를 안마로 풀어드리겠습니다."

"네가 얼마나 안마를 잘 하기에 피로를 풀어주겠다는 것이냐? 나는 고집불통의 늙은 신료들과 논쟁하느라 너무 몸이 굳고 지쳐서 누구도 풀 수 없을 것이다."

"소녀는 시장 한약방에서 안마를 배웠습니다. 받으시면 몸이 가벼워지실 것입니다."

옥정은 열심히 안마를 했다. 먼저 척추를 풀기 위해 경추 아래와 어깨가 닿은 대추혈부터 허리 뒤의 명문혈과 항문 위의 장강혈을 풀었다. 그리고 하체에서 발바닥의 용천혈과 복사뼈 위의 삼음교혈, 무릎 밑의 족삼리, 음릉천, 지기혈을 안마했다. 이곳들은 다리 냉증과 신경통을 예방하고 정력을 보강해준다.

"옥정아, 참 안마를 잘 하는구나. 네 손이 닿으니 온몸이 시원하면서 마음도 풀어지는 것 같구나. 북경에서 무엇을 했느냐?"

"학원을 다니며 서양인들에게서 많은 것들을 배웠습니다. 북경에는 서양 사람들이 많았습니다. 서양은 항해기술이 발달돼 동서양을 자유롭게 왕래하고 무역으로 큰돈을 벌고 있었습니다."

"서양인들은 오랑캐로 예의도 없고 쌍스럽다고 하던데 어떻더냐?"

"그들은 형식을 중요시하지 않을 뿐이지 문명인입니다. 일할 때는 집중력이 높아보였습니다. 특히 과학을 통해 선택과 집중으로 나라를 발전시킨 것 같습니다."

"나는 하루가 모자라도록 일한다. 오전에는 해뜨기 전에 일어나서부터 일정을 다하느라 잠은 4시간 이상 잘 수가 없다."

"임금이 너무 바쁘면 안 됩니다. 유능한 인재를 양성하십시오. 서양은 과학인재들이 국력을 신장시킨 것입니다. 과학으로 항해기술과 신형무기를 개발해서 지구의 반대편에서 아메리카란 신대륙에 식민지를 세웠습니다. 그들은 지원이 둥글다고 말합니다. 전하와 저는 미끄럼틀에 누운 것과 같습니다."

"작년에 성균관유생 김석문(金錫文)이 지전설(地轉說)이 옳다는 상소문을 올린 적이 있다. 과인이 관상감(觀象監)의 상호군에 임명했었지."

김석문은 서양신부의 책을 통해 천문지식을 얻고 지구는 남북을 축으로 제자리에서 1년에 366회전한다고 독창적 지전설을《역학도해(易學圖解)》라는 책에서 밝힌 천재천문학자였다.

"서양 국가들은 현대식 병원과 학교, 은행을 세워 백성의 삶을 향상시켰습니다. 제가 본 서양나라는 첫째, 백성을 교육시키고 건강과 생업, 치안과 국방을 담당하며, 둘째, 백성들의 사유재산을 보호해주고 많은 세금을 받아 재정을 튼튼히 했습니다."

"잘 보았구나. 그들은 어떤 신형무기를 가졌느냐?"

"대포와 폭탄이라는 무서운 무기를 보유하고 있습니다. 폭탄 한 방에 성벽은 쉽게 무너지고 밀려오는 적군 무리는 개미떼처럼 흔적도 없이 날라 갑니다. 조선이 폭탄을 가진다면 청국과 왜국으로부터 침략 걱정은 없어질 것입니다."

"호주상회에서 너는 폭탄개발을 해야 한다고 말했었지. 네가 맡아주겠느냐?"

"전히는 모르는 것으로 하고 소녀가 비밀리에 폭탄을 개발하겠습니다. 영국이나 네덜란드는 청나라보다 수십 배 작은 나라입니다. 그런데도 폭탄을 가졌기 때문에 청국을 협박할 수 있는 것입니다."

"청국이 폭탄개발을 가만 두겠느냐?"

"그 때문에 비밀리에 개발하려는 것입니다. 반드시 폭탄을 가져 청국에 굴종하는 걸 끝내야 합니다. 청의 사신이 한양까지 오는 길에 압록강의 영칙, 의주의 연향, 연도의 향연 등 호화향연을 벌여야 하고 한양에서도 향연을 반복해야 합니다. 재정부담보다 자존심이 짓밟힙니다."

"과인이 가장 싫은 게 사신들에게 굽실대는 것이다."

"전하께서는 칙서라는 종이쪽지에 대고 4번 절해야 합니다. 물론 만조백관들도 함께 절합니다. 영접의례도 세 번씩이나 연습을 해야 합니다. 이런 행태를 더 이상 눈뜨고 볼 수 없습니다. 어서 폭탄개발을 해서 이런 수모를 받지 않아야 합니다."

"좋은 얘기다. 그러나 막대한 돈을 어떻게 댈 수 있겠느냐?"

"돈은 제가 마련할 수 있으니 염려 놓으십시오. 청국의 호부상서가 제게 돈을 마련해 준다고 했습니다. 무기개발에 앞서 사농공상의 신분질서를 혁파해야 합니다. 그래야 백성들이 충성을 바칠 것입니다."

이순은 고개를 끄덕이며 한숨을 쉬었다. 송시열이 있는 한 그것이 말처럼 되지 않을 것임을 너무 잘 알기 때문이리라. 실제로 서인은 남인정권을 몰아내는 데 혈안이 돼 있었다. 서인들은 허적의 경제운용만을 탄핵해서는 정권교체가 힘들다고 생각했다. 허적은 인조시절부터 경제전문 관료로 일관해온 데다 청국과 일본을 가장 많이 다녀온 국제 감각도 있는 사람이었다. 그와 경제문제로 다투는 것은 승산이 없다고 판단했다.

경제부흥을 하다보면 허점이 보이게 마련이다. 남인들의 부정부패였다. 허적은 깨끗하게 개혁을 추진했지만 그의 주변은 정경유착이 심했다. 그 때문에 백성들은 불만이 많았다. 개혁의 단점은 효과가 날 때쯤 부작용이 부각되는 것이었다. 민란 수준의 소요가 기호지방과 충청도, 전라도 등 여러 곳에서 일어났다.

이들은 관아에 몰려가서 항의하다가 창고를 부수고 곡식을 약탈하기도 했다. 그러나 이 정도의 소요만으로 정권을 몰아낼 수는 없다. 민심을 이용해 역모라는 큰 함정을 파야 가능하다. 파고들면 빌미가 생길 것이라 확신했다. 남인의 군권장악은 초창기에는 큰 힘이 되었지만 차츰 왕에게 위협이 되는 것을 간파했다.

　남인은 경제개혁을 시행하는 한편 자신들의 군권을 강화해 왔다. 군권을 장악해야 절대 다수인 서인들의 반발이나 음모를 견제할 수 있다고 믿었다. 자주국방을 구실로 폐지된 도체찰사부(都體察使府)를 부활시켰다. 도체찰사는 외방 8도의 군사력을 통제하는 직제로 영의정이 겸임했다. 그 외에 훈련대장 등 모든 군 요직도 남인이 쥐었다. 허적의 실수는 군권을 독점한 것이다. 아무리 이순이 경제를 중시한다 해도 왕권을 위협할 만한 군권독점까지는 양보할 수 없기 때문이다.

　남인이 군권을 모조리 장악한 것에 이순은 긴장했다. 이순은 강력한 군권을 가진 대신들을 상대하기에는 아직 어렸다. 이순은 남인의 군권장악을 큰 위협으로 판단했다. 이순은 별순검장 한태동에게 군권에 대한 내사를 명했다. 한태동은 부체찰사는 서인에게 주어 군권을 분산시켜야 한다고 보고했다. 이순은 부체찰사로 외숙인 김석주를 천거했다. 허적은 김석주가 서인이라 반대했다. 남인의 내부정보가 서인에게 흘러들어갈 것을 염려했다. 그러나 왕의 의지가 워낙 강해 양보했다.

　서인과 남인의 권력투쟁은 나라보다 자신들의 권익에 맞춰 있었다. 그 이유는 간단했다. 정권을 내놓으면 서인이나 남인 모두 하는 일이 없으니 아무런 수입이 없었다. 가족을 먹여 살리려면 당파에 목숨을 걸 수밖에 없었다.

김익훈과 김석주는 대책을 의논했다.

"남인의 동태가 수상하오. 장 궁녀가 전하와 비밀스런 얘기를 하는데 큰일을 꾸미고 있는 듯합니다. 그대로 방치하다간 큰일 나겠소."

김익훈이 말한다. 옥정이 임금과 폭탄개발에 대해 이야기하는 것을 자세한 내용을 모르니 음모라고 생각했다.

"대감, 제가 이미 허적 정권과 윤휴의 제거 작업에 착수했습니다. 아마 주상께서도 종묘사직이 걸린 일이니 어쩌지 못하고 따르셔야 할 것입니다. 허적을 찍어낸 후 장 궁녀를 찍어내면 될 것입니다."

"치밀하게 계획해서 실시해야 할 것입니다. 제가 적극 돕겠습니다."

김석주가 맞장구를 쳤다. 그는 이순의 정치적 후원자로 일벌레였다. 그는 대의명분을 존중하고 내수외양, 즉 민생안정과 자치자강을 강조해왔다. 그런 김석주도 남인의 군권독점은 불안했다. 반면 서인 중에서도 젊은 층은 정쟁보다는 실리를 중시하고 적극적인 북방개척을 주장했다.

송시열을 비롯한 서인은 신분제도를 고집해서 사대부들은 일을 안했다. 농사와 장사는 천것들이나 하는 것이라고 생각했다. 이들은 '일해서는 안 된다'는 논리를 어린이에게까지 가르쳤으니 인적자원을 낭비하는 데 앞장 선 셈이다.

어이없는 것은 양반 지주들 가운데 대다수는 자기 명의 토지가 없었다. 양반이라서 자기 땅도 직접 사고파는 것조차 천하다고 생각해서 노비를 대신 시켰었다. 노비에게 '패지(牌旨)'라는 위임장을 써주어 매매행위를 대신하도록 했다. 본인이 없으니 양안(토지대장)에도 매매를 행한 노비의 이름인 돌쇠, 갑돌이, 마당쇠 등으로 기재했다. 물론 전세(田稅)도 노비의 이름으로 납부했다. 지금 보면 우스운 일이지만 당시에는 성리학에 빠져 그런 행동이 점잖은 것으로 여겨졌다.

서인 중에도 정쟁에는 무관심한 채 직무에만 충실한 청빈한 선비도 있었다. 이순의 왕조에서 홍수주(洪受疇)가 그런 사람이었다. 충청도 관찰사, 대사간, 예조참의를 지내고 동지사의 부사로 중국도 다녀왔으며 그림과 서예에 명성이 있었다. 중앙관리보다 지방의 관찰사는 대단한 이권을 가진 자리였다. "원님은 산소(山訴) 덕분으로 먹고 산다"는 말이 있다. 문중 간 산의 소유권 소송은 원님이 판결을 내리면 끝이었다. 원님의 법해석은 이현령비현령이라 누가 뇌물을 많이 쓰는가에 소유권이 좌우됐다. 뇌물로 남의 산을 빼앗기도 했다.

이런 막강한 관찰사 자리에 있었으면서도 홍수주는 찢어지게 가난했다. 김 대비는 아들 이순에게 홍수주를 중용하도록 천거한 적이 있었다. 홍수주가 청렴하다는 소문을 들었기 때문이었다. 이순은 즉시 그를 도승지에 임명하고 최측근에 두었다. 도승지는 지금의 대통령비서실장 격으로 최고신임을 받아야 한다.

홍수주에 관한 일화는 이러했다. 홍수주의 집은 대여섯 칸에다 기둥은 낡고 기와도 깨진 곳이 많아 비가 새었다. 아내 덕택에 이런 집에 손님을 불러놓고 환갑잔치를 열게 되었다. 차린 것이 변변치 못한 것은 그렇다 치더라도, 딸이 아버지 환갑이라고 옆집 처녀의 비단치마를 빌려다 입었는데 간장국물을 떨어뜨려 난리가 났다. 홍수주는 비싼 비단을 살 돈이 없으니 생각다 못해 치마에 포도그림을 그려서 청국사행을 가는 역관에게 부탁해서 팔았다.

역관은 비싸게 팔아 치마감 열 벌을 사왔다. 심부름한 역관에게 두 벌을 주고도 여덟 벌이 남아서 한 벌을 갚고도 일곱 벌이나 남았다. 쉰 살이나 되어 본 막내딸이 또 그림을 그려달라고 조르자 "그런 일은 한 번으로 족하다. 자주 할 수 있는 일이 아니다"라고 말하며 딸을 타일렀다고 한다. 가난을 숙명으로 알고 지낸 것이다.

서인 거두들은 홍수주와는 다소 거리가 있었다. 이들은 더 많이 먹으려면 정권을 차지해야 하는데 역모로 옭아매야 임금이 움직인다고 판단했다. 그러나 허적과 윤휴에 대한 이순의 신임이 두터운 것이 두려웠다. 이들이 살아 있으면 계속 걸림돌이 될 것이라고 생각했다. 정적은 역모를 조작해서라도 죽여 없애는 것이 상책이었다. 당시 국법에 의하면 대신은 역모가 아니면 죽일 수 없었다. 또한 역모일 경우 재산과 노비를 몰수해서 가질 수 있으니 일거양득이었다. 몇 년씩 손가락을 빨다보면 그렇게 변했다.

이순은 허적과 윤휴를 대단히 신뢰했다. 그런 예로, 몇 년 전 종실의 영평정(寧平正) 이사가 "소신이 윤휴의 사람됨을 아는데 결단코 바른 사람이 아닙니다"라고 간언한 적이 있다. 이순 앞에 배석했던 허적이 "전하, 종신(宗臣)이 조정의 일을 논하는 것은 망령됩니다"라고 반박했는데, 이순은 그 자리에서 이사를 파직하고 평안도 용천으로 유배를 보냈다. 이렇게 신임 받는 사람을 제거하려면 역모가 아니면 절대로 할 수 없다고 새삼 되세겼다.

김석주와 김익훈은 은밀히 임금 앞에 나갔다. 부체찰사 김석주가 아뢰었다.

"전하, 요즘 이상한 소문이 돌고 있어서 아뢰옵니다. 전하께서 몸이 약하셔서 정무를 보시기에 힘들다는 허황된 소문입니다. 그 출처를 조사 중에 있습니다."

말이 떨어지자 이순은 몸을 떨었다. 그리고 소리치듯 말했다.

"철저히 조사하시오. 이는 역모를 도모하려는 자들이 꾸며낸 얘기일 것입니다."

"예, 전하. 반드시 잡아서 문초하여 국기를 바로 잡겠나이다."

김석주와 김익훈은 우선 이순의 허락을 받는 데 성공했다. 이제 어명을 핑계로 사정없이 잡아들이고 문초하면 된다. 서인 중에서 김익훈은 남인정권을 무너뜨리는 저격수로 자처했다. 그는 송시열의 제자로 김장생의 손자이다. 이순의 장인 김만기, 구운몽의 저자인 김만중 형제의 숙부벌이고 외척이며 문신이고 군인이며 정치인이다. 그간 부총관, 병마절도사 등을 지냈다. 그는 역모를 찾아내지 못하면 정권교체를 이룰 수 없다고 생각했다.

때마침, 부체찰사인 김석주는 허적의 서자 허견이 자신에게는 보고도 하지 않은 채 군대를 움직인다는 보고를 받았다. 김익훈과 김석주는 이를 역모의 조짐이라고 판단했다. 심복인 기패관(旗牌官, 장교) 한문교를 시켜 은밀히 조사시켜보니 허견이 아버지 의 힘을 믿고 허락도 없이 도체찰사부 소속 이천(伊川) 대흥산성의 둔군을 동원한 것이 사실이었다. 그런데 그간 둔군(屯軍)의 특별훈련을 몇 차례나 했었다고 했다. 김익훈은 허견이 인조의 손자인 복평군을 왕으로 옹립하려는 것이라는 심증이 갔다.

김익훈은 이순의 병약함과 역모설을 연계시켜 허견과 복평군 형제들이 왕위를 넘보는 것이라고 결론지었다. 그는 사실관계를 정당화하기 위해 특별훈련에는 남인계 유능한 인사들까지 연루시켜 역모의 규모를 확대했다. 이로 인해 후일 남인계 인재들은 억울하게도 목숨을 잃게 된다.

김익훈은 허견을 조사해야 했으나 심증만으로는 안 되었다. 마침 허견은 아버지의 위세를 믿고 팔도에서 뇌물을 받아 배로 들여오고 영남 역관의 노비를 빼앗는 등 행패를 부린 것이 고변되었다. 영남의 노비를 빼앗은 일은 허견이 일본의 은화를 차용해서 돈놀이를 하다가 일어난 일이었다. 허견에게서 은화를 차용한 지주가 갚지 못하게 되자 대신 노비를 빼앗아 갈음한 것이었다. 그러나 서인에게는 강제로 빼앗은 것이라는 빌미를 준 것이다.

　김익훈은 즉시 허견을 체포하고 심문했다. 김익훈은 임금을 알현하고 보고했다.

　"전하, 허적 영의정의 서자 허견이 둔군을 수차례 동원한 사실을 인정했사옵니다. 더 자세히 심문해서 수상한 동태를 밝혀내겠사옵니다."

　이순은 역모조짐에 대해서는 마음이 움직이지 않을 수 없었다. 비록 남인들과 손잡고 조국근대화와 경제개발에 박차를 가한다 해도 남인의 군권이 너무 비대한 것에 긴장하지 않을 수 없었다. 이순이 국문을 명하는 것을 주저하자 김익훈이 아뢰었다.

　"허견은 아버지의 위세로 왜국의 자본가들로부터 외화를 차용해서 관료자본가로 행세해왔습니다. 허견에게는 수많은 상인과 관료들이 줄을 서서 청탁하고 뇌물을 받치고 있다 하옵니다. 허견은 그동안 팔도를 상대로 매점매석을 하여 엄청난 재산을 형성해왔습니다. 이 때문에 조선의 사상(私商)들은 겨우 축적한 자본마저 잠식당했습니다. 허견이 그 돈으로 허새(許璽)와 그 일당에게 군사 300명을 모집하도록 하고 조련비를 대주었다고 합니다."

　"자본가로 부족할 것이 없는 허견이 어찌 모반을 꾀한단 말이오?"

　"그자는 서자라 관계에 진출하지 못하는 것에 불만이 컸다 하옵니다. 그는 전하께서 몸이 약한 것을 두고 언젠가 유고가 생길 것을 염두에 두고 행동해온 것 같사옵니다. 그는 자신의 돈과 둔군의 군사력, 그리고 허새 같은 불평을 가진 유림선비들이면 충분이 역모에 성공할 수 있다고 판단한 것 같사옵니다.”

이순도 자신의 건강이 약해서 역모가 일어날 수 있다는 소문에는 진저리가 났다. 이순은 김석주와 김익훈에게 허견의 국문(鞫問)을 허락했다. 김석주와 김익훈은 어명을 빗대며 허견을 국문했다. 국문에서 허견은 고신을 견디지 못하고 복평군과의 대화내용을 실토했다.

“나는 주상께서 몸이 약하고, 형제도 아들도 없는데 만일 불행한 일이 생기는 날에는 복평군이 왕위를 이을 후계자가 될 것이라고 했소. 이때 ‘만일 서인들이 임성군 이엽(李熀, 소현세자의 장남 경선군의 계자)을 추대한다면 대감을 위해서 병력으로 뒷받침하겠소’라고 하였으나 복평군은 아무 말도 없었습니다.”

김석주와 김익훈은 허견의 자술서를 가지고 임금에게 가서 자세히 보고했다. 이순은 가슴이 서늘했다. 자신이 몸이 허약해서 역모에 빌미를 준 것에 발이 저렸던 것이다. 김석주와 김익훈은 이 기회에 임금을 압박해서 허적 정권을 몰아내기로 결심했다. 김익훈과 김석주는 보고를 마친 그날 밤, 호위군관 몇 명을 이끌고 내전으로 긴급히 달려가 왕에게 고했다.

“전하, 지금 300명의 반란군이 궁궐을 침입하려 한다고 합니다. 어명을 내려주시어 이들을 처단하게 해주시옵소서.”

이순은 기겁했다. 광해군의 고사를 알고 있는 그로서는 겁이 났다. 광해군은 180명의 반란군에 의해 쫓겨나지 않았던가. 그런데 300명의 반란군이 쳐들어온다고 하지 않는가?

"반란괴수는 남인 유생인 허새(許璽)라는 자이옵니다. 이자를 따르는 자들이 주상이 무도하고 조정이 문란하므로 복평군을 새 임금으로 옹립하고 대왕대비(자의대비)를 수렴청정(垂簾聽政)하게 한다는 것입니다."

김익훈은 거짓말로 임금에게 겁을 주었다. 그러나 이순은 호락호락하지 않았다.

"어떻게 일개 서생이 300명의 군사로 반란을 꾀한단 말이오? 인조반정 때는 많은 대신들이 주도해 가능했었소."

"이것은 허새 외에 허영(許瑛), 유명견(柳命堅) 등이 합세해 반역을 일으킨 것입니다. 그런 사실은 기패관 한문교가 밝혀낸 것입니다. 한문교는 남인 오정위의 서녀를 첩으로 둔 서인 전병사 김환에게서 역모정보를 빼냈습니다. 그리고 이들은 화약과 화전(불화살)을 김환과 이회에게 주었다고 합니다."

허새의 역모는 남인정권을 몰아내기 위해 날조한 것이었다. 김석주와 김익훈이 휘하의 기패관 한문교를 시켜 허새가 반역을 모의한 것처럼 사실을 꾸미도록 사주했다. 역모사실을 부풀리기 위해 허영, 유명견 등 남인의 인재들도 가담한 것처럼 했다.

누가 봐도 일개 서생 허새가 그런 역모를 꾸몄다는 것은 날조임을 알 수 있는데도 서인노장파들은 눈 하나 꿈쩍 안 하고 사건을 조작했다. 서인 내부에서 소장파들의 반발이 심했다. 이들은 이순을 알현하고 부당함을 아뢰었다.

"전하, 맹자는 '나를 굽혀 다른 사람을 곧게 만들 수 없다(枉己未有能直人)'라고 말했습니다. 원칙을 버리고 조작하면 결국 영원히 비뚤어질 수밖에 없습니다. 진실을 망각하고 없는 사실을 고변한다 해도 상대를 이기는 것이 아닙니다. 이번에 김익훈과 김석주 대감이 허새를 역모로 조작하는 것을 저희 소장들은 받아들일 수 없습니다."

서인 소장파인 조지겸(趙持謙), 박태유(朴泰維) 등은 평소 친분이 있던 별순검장 한태동에게 물어본 결과 과장된 것임을 알아냈다. 이들은 이순에게 역모의 허위날조로 경세가인 허적과 윤휴를 파직하는 것을 강력히 반대했다. 서인 내부에서도 김익훈을 역처벌하라는 탄핵 여론이 일어났다. 노장파들은 박태유의 탄핵이 극심 하자 그를 거제현령(巨濟縣令)으로 좌천시키기까지 했다.

서인의 영수격인 송시열은 소장파의 손을 들어줬다. 김익훈의 역모조작을 처벌해야 한다고 동의했다. 송시열이 노장파와 소장파로부터 존경을 받은 이유는 청렴결백한 처세와 균형이룬 판단에 있었다. 또한 그는 만인이 추앙하는 학식과 덕망을 가졌음에도 관직에 연연하지 않았다. 그가 관직에 제수된 기간은 83세까지 평생 동안 5년이 못 되었다. 역사상 전무후무한 것이다. 향리에 있을 때는 가난한 선비일 뿐이었다.

　그런데 송시열이 소장파에게 실망을 주는 일이 벌어졌다. 김수항 등 몇 사람의 노장파를 만난 후 김익훈의 처벌에 반대했다. 이에 윤증을 위시한 소장파들은 존경하던 송시열의 이중적인 인격에 실망하고 갈라섰다. 그 결과 서인은 송시열을 영수로 하는 노론과 윤증을 중심으로 하는 소론으로 갈라졌다. 그러나 송시열이란 이데올로기로 무장한 노론의 도도한 물결은 기침이 없었다. 소론은 경종과 영조 시절 잠시 득세하였을 뿐이며 이후 조선이 일본에게 망할 때까지 노론의 장기집권은 지속되었다.

　윤증(尹拯)은 김집(金集)에게 배웠다. 29세 때에는 김집의 권유로 당시 회천(대전)에 살고 있던 송시열(宋時烈)에게 《주자대전 朱子大全》을 배웠다. 송시열의 문하에서 특히 예론(禮論)에 정통한 학자로 이름났다. 그럼에도 송시열, 김석주(金錫冑), 김만기(金萬基), 민정중의 세도가 바뀌어야 하고, 서인과 남인의 원한이 풀어져야만 출사할 수 있다고 했다. 대사헌, 우참찬, 좌찬성, 우의정, 판돈녕 부사 등에 임명되었으나 모두 사양했다. 그는 송시열을 "대인의 의와 소인의 이익을 함께 행하고, 왕도와 패도를 같이 쓴다(義利雙行王覇竝用)"고 비난하기도 했다.

　송시열은 날조 사실을 알면서도 허새를 강력히 처벌하라는 상소를 올렸다. 송시열의 지원을 받은 삼척은 역모사실을 왕에게 보고하고 허새, 허영, 유명견을 반역죄로 처형했다. 삼척은 외척들인 김석주(명성왕후 4촌 오빠), 김만기(인경왕후 아버지), 민정중(인현왕후 큰 아버지)을 일컫는다. 왕으로서도 송시열과 삼척이 압박하는 데는 버틸만한 경륜이 없었다. 이를 《실록》에서는 "허새의 옥사"라고 기록하고 있다.

삼척은 이 기회에 군권을 장악한 남인정권을 제거하기로 했다. 우선 의금부판사에게 영의정 허적과 훈련대장 유혁연(柳赫然)의 자택을 야간에 급습해서 연금하도록 했다. 그리고 왕을 알현하고 남인 정권을 교체할 것을 앙청했다.

"전하, 남인의 군권장악이 한계를 넘어서서 종묘사직을 위태롭게 하고 있습니다. 감히 허견이란 자가 둔군을 농락한 사실이 있지 않사옵니까? 허적의 군사요직을 박탈하시고 남인정권을 교체하시옵소서."

"과인은 허적 영의정과 권대운 우의정의 힘을 빌려 화폐개혁도 하고 금고도 설립하는 중으로 상공업이 살아나고 있는데 지금 정권을 교체한다는 것은 받아들일 수 없소. 백성들에게도 고용이 일어나서 소득도 생기는데 굳이 정권을 교체할 필요는 없을 것이오."

"그렇지 않사옵니다. 허적이 군권을 모두 쥐고 있는 상황에서 내일이라도 허견 잔당이 둔군으로 왕궁을 공격한다면 수일을 버티지 못할 것입니다. 경제는 종묘사직이 안정된 뒤에 생각하시옵소서. 오늘 밤중으로 단행하지 않으시면 큰 낭패를 겪으실 것입니다. 통촉하여 주시옵소서."

김석주와 김익훈은 물러서지 않고 더욱 압박했다. 김석주는 왕의 외당숙으로 김익훈과는 다른 사람이었다. 어머니와 어린 자신을 여러 번 절묘하게 도와 준 일이 있었다. 그런 김석주가 강력히 주장하자 왕도 서서히 물러설 수밖에 없었다.

"외당숙께서 그리 강경하게 말씀하시니 내가 어찌해야 하겠소?"

"전하께서 패초(牌招, 국왕이 신하를 급히 불러들이는 데 사용하던 패)를 내려주시옵소서. 소신들이 전히의 교지에 따라 오늘 밤중으로 완결하겠사옵니다."

김석주와 김익훈은 패초를 받아냈다. 그리고 군사책임자를 불러들였다. 이어서 군권을 서인에게 넘기는 전격적인 인사 조치를 단행하였다. 훈련대장직을 남인 유혁연(柳赫然)에서 서인 김만기(金萬基)로 바꾸고, 총융사에는 신여철(申汝哲), 수어사에는 김익훈(金益勳) 등 모두 서인을 임명하였다. 부체찰사 김석주는 그대로 남았다.

허견은 4월에 군기시 앞길에서 처형되었다. 복창군, 복평군, 복선군 형제도 사사되었다. 허적은 역모와 특별히 관련된 흔적은 없어 무관하다는 상소가 올라왔지만 서인들의 목표인 허적은 부자연좌 율에 따라 삭직되었다. 그나마 죽음을 면할 수 있었던 것은 그가 고명대신(임금의 유언을 받은 신하)이기 때문이었다. 허적과 대사헌 윤휴는 파직되고 유배되었다. 다행히 권대운은 유배를 면하고 중추부영사로 전임되었다. 서인들의 최종목표인 허적과 윤휴의 목숨은 이순의 거센 반대로 거두지 못했다.

이순은 허적의 자리에 원주에 머물던 김수항을 중추부 영사(정1품)로 복귀시킨 후 곧 영의정으로 제수했다. 남인이 실각하고 서인정권이 들어섰다.

김수항의 할아버지는 인조 때 척화파였던 우의정 김상헌(金尙憲)이고, 아버지는 동지중추부사 광찬(光燦)이다. 전 영의정 김수흥의 아우이다. 이조참판 등을 거쳐 좌의정을 지냈다. 1675년(숙종 1) 관직에서 물러나 원주와 영암 등을 약 5년간 전전했다.

이순은 원덕부에 귀양 간 서인의 영수인 송시열을 유배에서 해제하고 영중추부사(정1품)로 임명했다. 서인정권은 거의가 송시열의 제자나 문인들로 채워졌다. 이 때문에 백성들 사이에서는 '송시열의 나라'라고 불리었다.

남인의 자금줄이던 장현도 함경도로 유배를 갔다. 워낙 추운 곳이라 유배지 가운데 가장 고통스런 곳이었다. 옥정은 입궐한지 두 달 만에 장현과 조사석이 유배되는 어려운 처지에 처하게 되었다. 노론의 화살은 옥정을 겨누기 시작했다.

허견의 옥사를 기화로 노론은 남인을 몰아내고 정권을 빼앗는 데 성공했다. 이를 경신환국(庚申換局, 1680년 숙종6년)이라고 부른다. 김익훈은 남인의 역모를 미연에 방지한 공로가 인정돼 보사공신(保社功臣) 2등에 녹훈되고, 광남군(光南君)에 임명되었다.

노론은 허적과 윤휴가 유배를 갔을 뿐 살아있는 것은 큰 위협으로 여겼다. 영의정 김수항과 노론은 허적과 윤휴를 제거하기 위해 임금에게 역모죄를 계속 압박했다. 허적은 역모와 특별히 관련된 흔적은 없어 이 사건과는 무관하다는 상소가 올라오긴 했지만 이미 노론의 목표물이 된 허적도 안전할 수가 없었다. 노론은 허견의 역모사건을 재조사하면서 허적이 역모에 깊이 관여한 물증을 조작해서 임금도 할 수 없이 양보했다. 허적은 마침내 백성으로 강등되어 충주로 돌아가라는 명을 받은 지 채 한 달도 되지 않아 5월 5일에 사사하라는 명을 받았으며 5월 11일 사약을 받고 전격 처형되었다.

곧 이어 윤휴도 사사되었는데, 김익훈이 논고한 죄목은 이러했다.

"전하, 윤휴는 무례하게도 대비를 단속하라고 나섰던 점이 있습니다. 또한 복평군 형제와 친분이 돈독하였는데, 도체찰사의 복설을 주장했던 점이 수상했습니다. 그리고 부체찰사의 차출 때 도체찰사부활의 산파역할을 한 자신이 임명되지 않고 김석주 대감이 임명되자 왕 앞에서 현저하게 불쾌한 기색을 나타내었던 것을 보셨을 것입니다."

윤휴는 물증도 없이 여러 혐의들이 복합되어 의금부에 끌려가 국문을 받았다. 그는 두 차례 형신에도 굴하지 않았다. 이순은 삼척의 요청에 따라 그에게 5월 14일 다시 유배지인 갑산에 위리안치하라는 명령을 내렸다. 그리고 다음날 다시 사사하라는 명을 내렸다.

사약을 받자 윤휴는 "나라에서 유학자를 쓰기 싫으면 안 쓰면 될 것이지 죽일 필요까지 있는가?"라고 항변했다고 기록이 전한다.

이순은 옥정을 찾아가 눈물 섞인 하소연을 했다.

"옥정아, 과인이 왕의 자격이 있는지 괴롭다. 허적 영의정이 경제발전을 위해 노심초사했는데도 압박에 못 이겨 사사까지 해야 했다. 왜 이 나라에서는 정책대결은 없고 음모와 술수로 정권을 장악하려는 패도(覇道)만 있는지 이해가 안 된다. 너도 서인들에게는 걸림돌이 되어 쫓아내려할 텐데 벌써 근심이 가득하구나."

"전하, 소녀가 남인의 천거로 입궐했지만, 남인정권을 바꾸신 것은 잘하신 것입니다. 한 당파가 권력을 오래 잡으면 고인 물이 썩듯 부패하게 마련입니다. 남인의 줄을 잡고 있는 세리와 대민업무담당 관리들의 부패는 한계에 도달했습니다. 관치금융의 폐해도 심했습니다. 허적 정권은 6년 동안 썩고 곪아터질 지경으로 되었습니다. 새 정권은 이들을 정죄하고 새 풍토를 조성할 것입니다. 새 정권도 앞으로 10년 이내에 갈아치우도록 하십시오."

"너는 참으로 냉정한 여인이구나. 네가 가장 피해자라고 생각했는데 대국적 안목에서 이해득실을 떠나 말해주니 또다시 나를 감동시키는구나."

남인이 축출되자 남인의 역모사건과는 연관도 없는 옥정도 마치 한패였다는 듯 야단들이었다. 나이 어린 궁녀들도 근거 없는 얘기를 했다. 그뿐인가. 여러 대신들이 순서를 정한 듯 임금에게 옥정을 쫓아내야 한다고 고했다.

"전하, 궁녀 장옥정을 내치시옵소서. 장궁녀는 남인의 천거로 입궐한 여인으로 그들의 간자로서 내통할 수 있습니다. 출궁시켜야 할 줄로 아옵니다."

"그 무슨 사리에 맞지도 않는 말이오? 장 궁녀는 내가 곁에 두고자 함이니 내전의 일에는 왈가왈부하지 말기 바라오."

이순의 단호한 말에 이들은 작전을 바꿨다. 내전의 일은 김 대비에게 조치하도록 하면 된다. 이들은 김 대비를 찾아가서 호소했다.

"대비마마, 장 궁녀는 분서갱유를 흉내 내서 성리학 서적을 모두 불태우고 성리학자들을 땅에 파묻어야 한다고 주장한다 합니다. 출궁시킴이 옳을 줄로 아옵니다."

"잘 알았소. 내가 적절한 시기에 조치할 것입니다. 주상께서도 내가 얘기하면 물리치지 못하실 것입니다."

노론은 옥정을 몰아낼 궁리를 여러 각도에서 은밀히 추진했다.

화폐경제

이순은 군권독점을 염려하여 허적정권을 교체하였으나 금고설립을 위시한 경제개발이 가장 걱정됐다. 이순은 송시열과 영의정 김수항을 면대했다.

"과인은 백성에게 이팝에 소고기무국을 먹이겠다는 약속을 꼭 실천하고 싶습니다. 두 분께서도 금고설립 등 화폐유통에 적극 노력해 주기바랍니다."

"전하, 지금 국가기강이 문란해 금고설립은 자치자강이 이루어진 후에 해야 합니다. 지금의 난국을 타개하기 위해서는 사회제도 개혁도 중요하지만 우리 스스로 몸과 마음을 가다듬어 자강(自彊)하는 일이 급선무라고 생각합니다."

송시열이 왕에게 아뢰었다. 이순은 송시열과는 토론의 상대가 못 됨을 알았다. 그렇다고 일어나기 시작한 상업과 수공업을 멈출 수도 없었다. 이순은 옥정을 찾았다.

"전하, 경제개발은 사회기강이 다소 문란해지더라도 강행해야 합니다. 장사판은 궁궐처럼 조용할 수 없습니다. 소녀도 시장에서 는 팔을 걷어붙이고 싸움도 하면서 살았습니다. 서인이 반대하니 당분간 금고설립과는 별도로 무역에 진력하십시오. 무역상들이 청 국에 인삼을 수출한 돈으로 그곳의 값싼 수수를 수입하면 우리나 라에서 수수를 사는 것보다 10배 많은 양을 살 수 있습니다. 같은 돈으로 전보다 10배 많은 백성에게 수수로 끼니를 해결하게 할 수 있는 경제적 이득이 있습니다."

"지금도 인삼무역과 수수무역을 하고 있지 않으냐?"

"그러나 몇몇 도방들이 무역을 독점해서 인삼삼판이 늘지 않아 거래가 소량에 그치고 있습니다. 독점은 수요와 공급을 왜곡시켜 가격을 높게 만들고 다른 상인의 시장진출 기회를 박탈해서 인삼 시장은 확장되지 못합니다."

"좋은 애기구나. 장사도 권력처럼 힘이 소수에게만 몰리면 안 되 는구나. 거상들을 좀 제재해야겠구나."

"절대로 제재해서는 안 됩니다. 그들을 제제하면 경기가 죽습니 다. 큰 거래를 거상들이 독점하는 이유는 돈을 많이 가졌기 때문입 니다. 나라에서 일반상인들에게 돈을 빌려줘 경쟁력을 갖도록 하 면 됩니다."

"조정에 돈이 없는데 어떻게 상인들에게 돈을 빌려줄 수 있겠느냐?"

"금고가 설립될 때까지는 화폐를 많이 주조하면 빌려줄 수 있습니다. 또한 쌀과 면포가 화폐대용으로 쓰이는 것을 대체할 수 있습니다. 이것들을 운반, 보관, 저장하느라 많은 비용이 듭니다. 전국적으로 이러니 사회적 비용이 엄청나고 화폐기능은 못하고 있습니다. 동전을 많이 찍어서 유통시키면 이런 불편함은 없어질 것입니다."

"그런데 동전을 마구 풀어도 이용가치가 높은 동전화폐는 유통시장에서 사라지고 소재가치가 낮은 쌀이나 면포만 유통되고 있구나."

이순의 말대로 동전은 잠적하고 쌀과 면포의 사용은 더욱 확대되었다. 이순은 소재의 가치가 서로 다른 화폐가 동일한 명목가치를 가진 화폐로 통용되면, 소재가치가 높은 화폐(Good Money)는 유통시장에서 사라지고 소재가치가 낮은 화폐(Bad Money)만 유통되는 현상을 지적했다. 이는 그레샴(Gresham)의 법칙인 '악화가 양화를 구축한다(Bad money drives out good money)'는 것과 비슷한 뜻이니 놀랍다.

"관료들의 봉급과 세금을 동전으로 대신하면 차츰 화폐거래가 늘어날 것입니다. 일종의 강제 유통이지만 상공인들에게는 자금이 돌아와 저축과 투자가 일어나고 소비도 생기게 됩니다. 소비로 생산이 늘고 일하는 사람도 늘어나니, 다시 소비가 늘고 다시 생산이 증가하는 선순환이 생깁니다. 그러나 돈이 너무 많이 풀리면 물가가 상승하게 됩니다. 이것은 저소득층에게 고통을 주고 빈익빈 부익부의 빈부격차가 커지는 문제가 될 수 있습니다."

"선혜청에 화폐 주조량과 유통 상황을 감시해서 물가상승에 관심을 갖도록 해야겠다."

봉급을 동전으로 지급하지 관리들은 항아리에 넣어두었다가 필요할 때마다 사용하게 되면서 저축기능을 알게 됐다. 화폐는 한양 일대와 서북 일부지역에서 유통되며 상업을 진흥시켰다. 한양의 인구가 늘자 농업생산품과 수공업품의 수요가 증가했다. 이는 전국적으로 상업농업과 수공업의 발달을 촉진하였다. 전국적 물류유통이 시작되자 화폐사용은 증가되었다.

노동시장에서도 임금이 화폐로 지급되면서 노동력의 상품화를 가져왔고 인신의 지배예속이라는 중세적 신분제도는 서서히 변화되기 시작했다. 한양의 상업발달은 인근의 농업까지 발전시켰고 종로시전을 독점하던 도매권이 민간자본가들에게 넘어가기 시작했다. 유통체계가 자유시장원리에 의해 경쟁체제로 변화되고 있음을 뜻했다.

"부자들의 탈루세금은 어떻게 추징해야 하나?"

"소녀가 시장에서 보니 조세제도가 하류층에게 불리하게 돼있습니다. 양반사대부에게 백성들보다 세금을 더 많이 내도록 해야 합니다. 이들에게는 호조에서 재산상황을 철저히 조사해서 취득세와 재산세, 상속세를 부과해야 합니다. 부자들의 재산목록을 작성해서 징세하십시오. 부자들 재산은 자금출처를 조사해야 합니다. 예컨대, 좋은 기와집에 사는 경우 구입자금 출처를 조사하면 됩니다. 만약 자금출처를 못 대거나 댄 금액이 적으면 탈세한 것입니다. 그만큼 세금을 추징하고 담당했던 관리는 처벌하십시오. 그러면 관리들은 부자들과 유착하는 데 주저할 것이기 때문에 세금은 늘어날 것입니다. 아직 취득세와 상속세, 증여세가 없었습니다. 이 세금을 신설해서 받으면 재정 수입은 물론 큰 변화가 일어날 것입니다."

"참으로 멋진 방법이구나. 재산세와 상속세는 무엇이냐?"

"재산세는 많이 가진 자에게는 가진 만큼 세금을 내도록 하는 것입니다. 지금까지 전세가 재산세의 역할을 했으나 일괄적으로 십분의 일을 내도록 하는 것은 형평에 어긋납니다. 땅을 많이 가진 지주에게는 누진율로 징수해야 합니다. 상속세는 물려받는 재산에 높은 세금을 부과하는 것입니다. 지금까지는 한번 부자면 영원한 부자였습니다. 자손에게 불로소득을 보장해줘서 나태를 초래했지요. 또한 사회적 경쟁을 가로막아 나라발전을 저해했습니다. 상속세를 시행하면 부자 자손들도 부지런해질 것입니다."

옥정의 말을 듣고 이순은 깜짝 놀란다.

"옥정아, 재산세와 상속세를 시행하면 사대부가 집단으로 항거

할 텐데 가능하겠느냐?"

"개혁에는 피를 부르는 고통이 따르게 돼있습니다. 기득권 파괴를 위해서는 전하께서 솔선수범해야 성공하실 수 있을 것입니다. 우선 대비마마의 친정부터 과세하셔서 모범을 보이시도록 하십시오."

"어머니 외가에 세금폭탄을 물리는 것은 힘들겠구나. 다른 방법은 없느냐?"

"없습니다. 호조에 외가에서 보유한 재산에 누진율로 세금을 부과하라고 명을 내리십시오."

"알았다. 즉시 실시하겠다. 백성들에게 이팝에 소고기무국을 먹여줄 수 있다면 무언들 못하겠느냐."

"전하, 꿈이 너무 작으시네요. 개혁의 최종목표는 백성들의 먹는 것 외에 입는 것도 만족시키는 것입니다. 프랑스 유학생한테 들은 것인데, 사람은 먹는 게 삶에서 차지하는 비중이 클수록 불행하다고 합니다. 입는 것 같은 문화적 소비도 먹는 것만큼 커야 행복한 삶이라고 합니다. 잘살수록 좋은 옷을 입고 못살수록 먹는 데만 집착합니다. 부자들은 비단 옷을 좋아하고 가난한 사람들은 비단을 줘도 쌀로 바꿉니다."

옥정은 현재의 '지니계수'에 해당하는 조언을 한 셈이다. 이순은 옥정의 예지에 탄복하며 말한다.

"너는 참으로 나의 귀한 정책조언자구나. 조선백성을 행복하게 하려면 끝도 한도 없겠구나. 너는 나의 제갈공명이구나. 네가 재상을 맡는다면 잘살겠구나. 허허허."

"소녀는 전하의 곁에서 조언 드릴 뿐입니다. 전하는 강력히 실행할 의지만 있으시면 됩니다. 제가 나서면 미천한 출신이라고 유생들이 난리칠 겁니다."

이순은 피곤했는지 옥정의 말이 계속되는데도 어느새 깊은 잠에 곯아떨어졌다. 옥정은 조용히 윗목으로 물러나서 임금이 깊은 잠을 잘 수 있도록 했다. 옥정도 눈을 붙였다. 날이 서서히 밝아왔다.

"옥정아, 이리 오너라."

이순이 새벽 5시가 되었을 쯤 깼다. 옥정은 급히 그의 곁으로 갔다.

"이리 와서 내 곁에 누워라. 어제는 내가 피곤했던 모양이다. 미안하구나."

"전하, 애인을 독수공방해놓고 미안하신 것만으로는 용서가 안 됩니다. 주무시지 않기로 했잖아요? 약속을 못 지키셨으니 벌을 받으셔야 해요. 호호호."

"애인? 거참 평생 처음 듣는 말인데 참으로 감동스럽구나. 그래, 무슨 벌을 받으랴? 이리 들어오렴."

옥정은 이불을 들치고 임금의 옆에 누웠다. 임금이 옥정을 꼭 껴안아줬다. 제법 힘이 셌다. 여취를 느껴서인가? 아니면 그가 변화돼서인가? 옥정은 이순의 따뜻한 말에 인간적 다정함을 느꼈다. 그는 자신을 업고 밤길을 달려서 살려준 의협심 강한 남자가 아니던

가. 옥정은 그에게 애정을 느꼈다.

"내가 어제 밤에 지키지 못한 일을 지금이라도 지키면 되잖으냐?"

이순은 손으로 옥정의 몸을 더듬더니 속고장이를 내리려고 했다.

"전하, 안 되십니다. 옥체를 보존해야 합니다. 주자 10훈에 '색불근신병후회(色不謹慎病後悔)'이라 했습니다. 색을 삼가지 않아 병든 뒤에는 뉘우쳐도 소용없다는 뜻입니다. 의서에도 새벽에는 방사를 금해야 수명을 지킬 수 있다고 했습니다."

옥정은 은근히 몸을 빼며 빠져나왔다. 김 대비의 엄명이 떠올랐다. 임금의 약한 옥체가 정욕 때문에 손상돼서는 안 된다고 생각했다. 왕들이 단명한 것은 미녀들이 너무 많고 자제하지 않았기 때문이라고 생각했다.

젊은 왕은 화가 난 듯 했다. 감히 왕의 뜻을 거역하다니. 그러나 옥정은 이를 무시하고 재빨리 이부자리를 빠져나와 모른 척 윗목에 앉았다. 오늘은 그만 가라는 말과 같은 행동이었다. 이순은 순간적으로 생각했다. 이런 천재일우의 승은 기회를 두 번씩이나 팽개치는 여인은 무모한 것인가, 아니면 바보인가?

나를 왕으로 생각하는지? 왕에게 거역하는 일은 이제까지 없었다. 이순은 자리를 박차고 일어나 옷을 급히 걸치고 문을 걷어차듯 뒤도 돌아보지 않고 떠났다.

"언니, 어쩌자고 또 이러십니까? 제가 궁에 오래 있어서 잘 아는

데 이건 미친 짓입니다."

숙영이 놀라서 질책하듯 말했다.

"걱정 말아라. 왕께서는 다시 오실 것이다. 너는 내 예감이 맞는 것을 봤잖으냐?"

"언니, 대비께서도 전하의 성정은 폭포수 물살보다 세고 회오리바람보다 변덕이 심해서 하루에 일어나는 희로(喜怒)를 예측 할 수 없다고 탄식하신 적이 있어요. 전하께서 두 번씩이나 기분을 상하시고도 오실까요?"

"그래도 할 수 없지. 전하와 나는 다르다. 우리는 서로 은애하는 사이다."

"언니, 은애 좋아하시다가 큰 코 다칩니다. 전하는 사랑을 모르는 돌부처입니다."

"너는 잘 모른다. 나는 이제 말할 수 있다. 전하는 이미 나를 은애하고 있다. 그리고 이제는 서신을 보내지도 않을 것이다."

옥정은 잘 됐다고 생각했다. 아직 방중술 책들을 다 못 읽었는데 임금이 다시 찾을 때까지 암기할 정도로 읽어야겠다고 생각했다. 옥정은 책에 그려진 방사의 자세부터 체위변경 및 9가지 체위에 대해서도 자세히 읽었다.

처녀성

이순은 옥정이 은근히 거부한 것을 급한 성격에 참지 못하고 돌아왔으나 마음이 쓰였다. 왕이 된 후 6년 동안 뜻한 것을 못해본 적이 없었다. 늙은 신하들도 앞에서는 죽는 시늉을 한다. 스무 살의 정력이 왕성한 왕이 궁녀한테 두 번씩이나 쫓겨나듯 돌아오다니? 자존심에 상처를 입었다. 억누르기가 쉽지 않았다. 잡아다가 물볼기를 칠까? 아니면 내쫓을까? 위엄을 보여줘 버릇을 고쳐볼까 하는 심통도 생겼다.

하지만 이내 태연하게 경연에 참석했다. 강학서를 옥정이 준 안경을 끼고 읽었다. 조강에 참석한 대신들이 모두 놀라는 눈치였다. 지금까진 오랑캐들이 만든 안경이라며 거부하던 임금과 선비들이었다. 이순은 태연하게 안경을 낀 채 토론에도 임했다. 모든 궁궐내당들은 자연조명이라 안경은 효험이 좋았다. 눈도 충혈 되지 않고 머리도 지근거리지 않았다.

"짐이 경들에게 안경을 선물할까 하는데 어떤지요? 이걸 백안시하다가 사용해보니 눈도 덜 피곤하고 머리도 덜 아파서 능률이 높아지는 것 같습니다."

"전하, 지금 조정의 재정이 궁핍한데 서양물건들을 허락하시면 그동안 수입을 금지하던 규율이 깨져 경제가 위축될 수 있습니다. 통촉하시옵소서."

이순은 서양물품들에 대한 수입 금지를 강력 추진했다. 조선의 상공업은 너무 후진적이라 서양물품을 받아주면 국부유출은 물론 그나마 존재하던 국내 상공업은 모두 무너지고 사치품들이 판을 칠 상황이었다. 이를 스스로 위반할 수는 없었다.

"옳은 말씀이오. 과인이 잠시 망각한 듯하오. 과인의 말을 취소하겠소."

이순은 대신들의 갸륵한 정성에 탄복했다. 훌륭한 신하들이라고 생각했다.

"과인은 오늘부로 취득세와 재산세, 상속세를 법제화하여 부과하기로 결심했소. 우선 과인의 외가에서부터 모범을 보이겠소. 호조는 의견을 모아 실행하기 바라오."

모두가 돌연한 어명에 자지러질 듯 놀랐다. 외가부터 시행한다니 반박할 명분이 없었다. 이후 재정수입은 괄목하게 늘었다.

이순은 경연을 치루며 옥정을 지우려 했지만 되지 않았다. 체통을 내세워 억제해봤지만 잘 되지 않았다. 그녀는 미모 외에도 이순을 사로잡는 생각을 가진 여인이었다. 잊으려 진강에 전념하며 국정을 논했다. 그래도 지워지지 않았다.

옥정은 현실을 쉽게 풀어내는 경제논리를 가졌다. 의정부 대신들의 의견에서는 나라를 중흥시킬 탁견이 보이지 않았다. 화폐유통의 부진, 거상들의 폭리와 탈세, 불평등한 세금제도에 관한 혜안은 그의 가슴을 식혀주었다.

이순은 하루를 어떻게 보냈는지도 모르게 저녁을 맞았다. 옥정을 보고 싶은 마음을 억누르기가 힘들었다. 오늘 밤 옥정에게 가볼까 생각했지만 자존심 때문에 참았다. 무척 화가 났음을 보여주려는 심산도 있었다.

그의 처신이 본심이 아닌 것이 드러났다. 드디어 사흘 째 되는 밤에 옥정을 찾았다.

"전하, 어서 오십시오. 지난번에는 제가 잘못했습니다. 용서해 주셔요."

옥정이 뛰쳐나오며 오른손을 내밀며 악수를 청했다. 이순은 애써 화난 표정을 하며 옥정의 내민 손을 못 본 척 방으로 들었다. 옥정은 뒤따라 방에 들어가 이순의 오른손을 덥석 쥐며 악수를 했다.

"전하, 화나셨어요? 남자가 속이 좁으신 건 아니겠지요? 악수해 주셔요. 임금님이 심통 부리면 만백성이 괴로워진답니다. 호호호."

그녀가 애교 섞인 말투로 몸짓을 하며 악수한 손을 힘껏 흔들자 이순도 할 수 없이 손을 마주 흔들며 미소를 터뜨렸다.

"너는 어떻게 된 계집이냐? 제 잘못도 모르고, 맘대로 악수도 하고. 너는 내가 임금인줄은 아느냐? 눈치는 있냐? 허허허."

이순이 화난 척했지만 옥정은 안중에도 없다는 듯 말한다.

"전하, 저 좀 안아주셔요."

옥정은 답변할 필요도 없다는 듯 몸을 밀착하며 안겼다. 이순은 마술에 걸린 사람처럼 그녀를 힘껏 안았다. 그녀의 풍만한 몸체가 육감으로 느껴졌다. 뭉클한 젖가슴과 볼록한 아랫배가 그의 아랫도리에 밀착되자 주체할 수 없는 육감이 휘몰아쳤다. 중전을 안았을 때와는 비교할 수 없는 흥분이 온몸을 휘감았다.

"우선 심장과 치아에 좋은 죽염차를 한 잔 하고 자리에 드세요. 그래야 장수하는 것 알지요?"

이순은 옥정의 격의 없는 솔직한 행동이 좋았다. 무표정하고 생각도 없는 궁녀에 비하면 별나라에서 온 미소천사였다. 이순은 허례와 격식 속에 자랐기에 옥정에게서 해방감을 느꼈다. 그리고 빠져들었다. 이게 사랑이란 것인가? 자유분방하나 똑 부러진 사고를 가진 장옥정을 어찌 폄훼할 수 있겠는가.

"전하, 용포를 벗으세요. 제가 옷을 몽땅 벗겨드릴게요."

"너는 왜 나더러 옷을 벗으라고 하느냐? 전에 옷을 벗으라고 하자 거절했잖으냐?"

"명령과 권고는 다르지요. 전하는 평생을 명령에만 익숙하셔서 잠자리에서도 여인에게 '벗어라, 누워라' 하면 되는 것으로 아십니다. 잠자리에서는 여인을 여왕처럼 대해주셔야 은애가 생깁니다. 권위의식을 내려놓으시면 백성에게도 자애로운 명군이 되실 것입니다."

"참 멋진 말이다. 나를 깨우치는 말이구나. 나는 대신들에게는 엄하나 백성들에게는 자애로운 임금이 되고 싶다."

"그럼 이제부터 소녀 말을 열심히 들으시고 굳었던 사고를 파괴하십시오."

"사고의 파괴? 참 자극적인 말이다. 어떻게 하면 되느냐?"

"우선 저와 대화하는 방법부터 파괴해 주세요. 저를 너라고 부르시지 말고 '여보' 또는 '임자'라고 불러주십시오. 저는 전하를 '서방님'이라고 부르겠습니다. 우리는 여염집의 부부와 같이 거리를 좁혀야 진정 은애할 수 있습니다. 제가 여종처럼 전하를 일방적으로 받들고 전하는 저를 하녀처럼 생각하시면 교감이 생기지 않습니다. 제가 잠자리에서까지 '전하, 전하' 하면 서로의 거리가 좁혀지지 않습니다. 제가 사랑하는 낭군을 전하라고 부르기보다 서방님이라고 부르면 얼마나 다정스럽겠습니까?"

"그것 참 좋다. 우리끼리만 하는 비밀이라 더 흥분되는구나. 사관이 알면 안 된다."

옥정은 이순을 침상으로 이끌어 옷을 하나씩 벗겼다. 알몸을 만

든 후 자신도 알몸으로 침상으로 들어왔다. 이순은 그렇게 기다리
던 순간이 오자 못 참겠다는 듯 옥정을 힘껏 안았다.

이순은 지난번 앙금이 아직도 풀리지 않은 모양인지 한마디
한다.

"임자는 어찌된 계집이냐? 감히 왕의 수청도 거절하고⋯."

"서방님은 저한테 왕이 아니라 애인이라니까요. 이젠 수청 받는
다는 생각은 마시고 제가 위무해서 멋진 시간을 만들어 주기를 간
절히 원해야 해요. 어마마마께서는 서방님과 방사를 하면 건강이
상할까 무척 염려하세요. 저도 서방님의 건강이 우선이예요. 제 생
명의 은인이시거든요. 방사를 통해 서방님의 건강을 몇 배로 증진
시키도록 할 거예요. 호호호."

"그래서 몇 번씩 거부한 것이냐? 내 건강을 위한답시고 행한 불
복종은 의금부가 알면 곤장 30대를 맞아도 부족하다. 그래도 두렵
지 않으냐?"

"서방님, 볼기를 때려주시옵소서, 호호호. 저는 저자에서 왈패들
과 많이 싸워봐서 매 맞는 것은 두렵지 않습니다. 한 대 맞으면 한
대 때려줬지요. 한 달에 여러 차례 싸움을 해야 했거든요. 그렇지
않으면 저자에서는 장사 못합니다."

이순은 흥미를 느꼈다.

"아니 계집이 어떻게 왈패들과 마주 상대한단 말이냐?"

"제가 팔굽혀펴기 100번을 거뜬히 하는 것을 보셨지요? 전하도

100번하실 수 있으시지요?

"물론 열심히 해서 지금은 100번을 할 수 있다. 한번 보여주랴?"

이순은 벌거벗은 몸으로 팔굽혀펴기를 100번 해 보여줬다. 그리고 자랑스레 옥정을 바라본다. 옥정이 팔뚝을 잡아보자 알통이 만져졌다.

"사람은 노력하면 남녀구분이 없습니다. 계집이라고 남자와 싸우지 못한다는 생각이 조선의 남존여비사상입니다. 여자들은 교육도 못 받게 하고 능력대로 일하는 것조차 막아버리니 나라가 가난을 면치 못하는 것입니다. 저는 장사할 때 남자들보다 3배 이상 돈을 잘 벌었습니다. 조선에서 가장 시급히 해결해야 할 것은 남녀의 기회균등 보장입니다. 다행히 저는 어려서부터 무술을 익혀서 혼자서 왈패 두 명 정도는 처리할 수 있지요. 제 오라비가 무술을 잘해서 왈패들을 상대하는 법을 익혔어요. 제 오라비는 왈패 대여섯 명과 상대해도 거뜬히 이기는 실력이 있습니다."

"아니, 네 오라비가 무얼 하기에 그렇게 대단해? 내 측근에 두면 든든하겠구나. 내일이라도 데리고 오너라."

"오라비는 저자에서 기율을 관리하는 책임자입니다. 몇 년 전 무과 초시에 합격했으나 아직 복시를 못 치러 배임되지 못했습니다."

"내가 해줄 수 있는 일이 있을 테니 내일 당장 데리고 와라."

이순은 옥정을 위해 그 오라비에게 크게 선심 쓰고 싶었다. 아니 옥정에게 힘을 과시하고 싶었다. 옥정은 오라비를 위해 역할을 할 수 있다는 것이 기뻤다. 옥정은 이순의 가슴에 얼굴을 묻으며 파고들었다. 그러자 이순도 힘껏 끌어안고 온몸을 더듬었다. 이순이 깊은 곳을 만지려 하자 옥정은 제지하며 말했다.

"남녀교접을 욕망으로 하면 안 돼요. 남자가 흥분을 이기지 못해 단시간에 사정(射精)을 하면 몸에 병이 쌓이게 됩니다. 중국 의서인 소녀경(素女經)을 읽었는데 남자의 건강법으로 다접불사(多接不射)라고 했습니다. 여러 번 교접하되 사정을 하지 말아야 한다는 뜻입니다. 남자가 나이 들면서 기력이 쇠약해지는 것은 음양(陰陽)의 조화를 잃고 교접 기술을 모른 채 사정을 반복했기 때문입니다. 남자는 양(陽)이고 여자는 음(陰)입니다. 만약 교접에서 여자가 남자를 이기면 음(水)이 양(火)을 이긴 것이 돼 물로 불을 끄는 현상이 발생합니다. 남자는 기가 쇠약해지고 병에 걸리게 됩니다. 오늘밤은 사정을 참아서 저를 이겨야 참 남자가 될 수 있습니다. 그러려면 교접할 때 저를 이끼가 잔뜩 낀 기왓장 보듯 냉정해야 하며 절대로 흥분해서는 안 됩니다."

"나는 네가 사랑스러운데 기왓장처럼 보이겠느냐?"

"그렇지 않으면 급히 사정을 하게 돼 건강을 망치게 됩니다. 저를 끌어안을 때는 이끼 낀 기왓장을 끌어안았다고 상상하시고 항문을 힘껏 조이십시오. 그래야 삽입을 하더라도 사정을 참으실 수 있습니다. 만약 사정을 못 참겠다고 생각될 때는 제가 동작을 멈추라고 소리치겠습니다. 그때는 동작을 멈추시고, 제가 호흡을 하라고 말하면 깊은 호흡을 열 번만 하시면 사정이 멈춰집니다. 그것이 저를 이기는 비방입니다. 그러기 위해 저의 명령에 따르셔야 합니다. 하실 수 있으십니까?"

"알았다. 그리 하마."

옥정은 의서에서 읽은 대로 임금에게 애무를 오래 끌도록 여러 동작을 했다. 둘은 숨을 몰아쉬며 얼굴에서 가슴, 배에서 엉덩이, 다리로 옮기며 서로를 만끽했다. 이윽고 이순이 옥정의 배 위로 올라갔다. 옥정이 눕고 이순이 배위로 올라가는 정상위 자세에서 삽입을 했다. 옥정은 찢어지는 통증에 비명을 질렀다.

"옥정아, 왜 그러냐? 어디 아프냐?"

"제가 왜 그러는지 정말 모르세요?"

옥정은 아픔에 눈물을 흘리며 몸을 뺐다. 임금이 허약한 줄 알았는데 남근이 의외로 크고 뻣뻣했다. 어려서부터 산삼과 녹용 등 온갖 영험이 있는 탕제를 달여 먹었기 때문인 모양이다. 이순은 영문도 모른 채 옥정의 얼굴에서 흐르는 눈물을 보자 멈칫하며 손으로 눈물을 닦아준다.

"그래도 참아 보거라. 나는 흥분돼서 도저히 견딜 수 없다."

"서방님은 바보야. 내가 지금 어떤지 한번 보세요."

옥정은 이순을 밀어내고 자신의 아래를 보게 했다. 피가 흥건하게 흘러나 있다. 이순은 깜짝 놀란다.

"이게 웬 피냐?"

"제 처녀막이 터져서 나온 피 입니다. 오늘은 그만 두셔야겠습니다. 민가에서도 시집 간 색시가 첫날밤을 친정에서 치르고 사흘 후에 시댁으로 가는 것은 이런 이유입니다. 오늘은 너무 아파서 모실 수가 없습니다. 다른 궁녀에게 가보시는 게 좋을 듯합니다."

"다른 궁녀에게 가라고? 너는 나를 여자에 굶주린 사람으로 보느냐? 나는 네가 아니면 안 된다."

"그럼 서방님, 오늘밤은 저와 담소하며 보내시고 사흘 후로 미루셔도 되겠습니까?"

"좋다. 나는 너를 품고 있으면 족하다. 만사가 골치 아픈 듯 보이다가도 너와 함께 누워 있으면 마음이 여유롭고 골치 아프던 것들이 싹 사라지는 것 같다."

옥정은 피가 흐른 아랫도리를 닦으려 엉덩이를 들었다. 이순은 옥정의 큰 엉덩이를 보며 흠칫 놀란다. 옥정의 엉덩이에 엽전 크기의 푸른 반점이 새겨 있었기 때문이다.

"옥정아, 네 엉덩이에도 푸른 반점이 있구나. 나도 똑같은 것이 있다. 우리가 남매면 어떡하지? 근친혼은 국법으로 금지인데. 허허허"

"호호호, 서방님 걱정 말아요. 그건 몽고반점이란 것인데, 고려 고종 때 침략한 몽고군들이 40여 년간 조선의 귀부인과 민간의 아녀자를 겁탈해서 낳은 아이들에게 몽고반점이 생긴 것이래요. 몽고반점은 남매와는 아무런 관련이 없으니 염려놓으세요."

"나도 임자도 역사의 비극을 안고 태어났구나. 정치를 잘 해서 이런 비극이 없도록 하겠다."

"나라를 위급할 때 지키지 못하면 제2의 몽고반점은 또 생길 것입니다."

"나는 임진왜란 때 수령들이 관아를 버리고 도망친 기록을 읽었다. 이때 의병을 일으켜 수령 대신 고장을 지킨 임진 4충신이 있었다. 고경명(高敬命), 김천일(金千鎰), 곽재우(郭再祐), 조헌(趙憲)이다. 특히 조헌은 전쟁 초인 임진년 8월 18일 700명의 의병으로 왜장 고바야가와(小早川隆景)의 5,000군대와 금산에서 전투를 벌였지. 인원과 무기의 열세로 모두 전사했다. 그의 옥쇄항전으로 왜군은 크게 손실을 입어 호남과 호서를 포기했다. 과인은 3년 전(1677년, 숙종 3)에 김포 예연서원(禮淵書院)에 조헌의 사액(賜額)을 내렸다. 앞으로 충신들의 충절을 높이 칭송할 것이다."

이순은 이순신 장군에게 '현충(顯忠)'이라는 시호를 내리고 1709년 조헌에게 병조판서 겸 지의금부사를 추증했다. 직책을 내리는 것은 자손에게 전답을 하사하기 때문에 경제적으로 보나 명예로 보나 큰 영광이었다. 현재 우리가 쓰는 현충사 또는 현충일 등에서 '현충'이란 단어는 이순에게서 나온 것이다.

"아깝게도 의병들은 무기가 빈곤해서 패했습니다. 빨리 조선도 폭탄을 가져야 한다는 논리가 또 확인되는군요."

"폭탄개발은 잘 진행되고 있느냐?"

"아무도 눈치 못 채도록 잘 진행하고 있습니다."

농업경제

이순은 농업개혁이 백성들에게 가장 급하다고 생각했다.

"옥정아, 농사만 잘돼도 우선 먹고 살 수는 있잖으냐? 나는 조국 근대화의 첫걸음은 농촌근대화라고 생각한다."

조선의 경제정책은 농본정책임에도 농민은 절대빈곤을 면치 못했다. 농사를 천하게 여겼기 때문이었다.

"농업은 역대 왕들께서 집중하시던 정책입니다. 그러나 지도층에서 자신들은 빼놓고 개혁을 했기 때문에 효과가 미미했습니다. 제가 조사해보니 전근대적이었습니다."

조선의 최초 농업관련 서적은 세종 때의 관찬농서인《농사직설》이 있었다. 효종 때는《농가집성》이 간행되었고, 그밖에 개인의 저술로《금양잡록》,《임원십육지》,《산림경제》등이 있었다. 수리시설과 벼농사의 보급도 국가적으로 추진된 기록이 있다. 윤작법이 행해지고 이앙법도 보급되었다. 면화재배와 양잠도 발달했다. 밭농사에서는 견종법이 보급되고 인삼, 담배 등 특용작물 재배가 늘었고 일본과 중국에서 고추, 감자, 고구마가 들어와 재배되었다. 조정에서도 애쓴 흔적이 보였다.

문제는 지주들이었다. 농민들은 지주의 소유 농토나 국가소유 농토를 빌려 농사를 짓고 지대를 냈다. 그런데 지주들의 소직료가 너무 높았다. 소작인들은 열심히 노력해야 이득이 없었다. 수확이 늘면 지주들이 무조건 더 많이 가져갔기 때문이다. 농민들은 더 발전해 보려는 의욕이 없었다.

"전하, 내부 인들로는 농업개혁이 될 수 없습니다. 외부에서 전문가를 불러다 진단하고 대책을 마련해야 합니다. 제가 프랑스의 농업전문가를 초청해 보겠습니다."

옥정은 임금의 허락을 받았다. 북경에서 앙드레와 윌리엄을 초청해 농업개혁정책을 마련하기로 결심했다.

옥정은 왕 대인에게 부탁해 북경에 머물고 있는 앙드레와 윌리엄을 초청했다. 그들이 한 달 후에 도착했다. 옥정은 오랜 만에 반갑게 만났다. 두 사람은 옥정이 후궁이 된 것에 놀라는 듯했다. 옥정은 두 사람에게 손을 내밀어 악수를 했다.

"우리는 전에 악수했었죠? 그러나 허그는 사정상 안 하겠습니다. 호호호"

"옥정마마, 후궁이 되신 것을 축하드립니다. 프랑스와 영국에서는 이렇게 절합니다."

두 사람은 왼쪽 무릎을 바닥에 대고 오른 팔을 가슴에 대며 머리와 허리를 숙여 절했다.

"참으로 반갑습니다. 저는 두 분께서 들려주신 서양 얘기를 듣고 많이 깨달았습니다. 우리나라에도 서양식 농업을 할 수 있도록 진단해 주시기 바랍니다."

앙드레가 웃으며 말했다.

"제가 옥정마마는 프랑스의 뿌아띠에처럼 언젠가 왕의 선택을 받으실 거라고 말했었지요? 정말로 축하드립니다."

"이제 생각이 나네요. 당시에는 농담을 한 줄로 알았습니다. 저는 아직도 가는 것 3개와 굵은 것 3개 때문에 후궁이 되었다고 생각이 들지 않네요."

"그것은 농담처럼 전해지는 기준입니다. 마마께서 원하시는 바를 우리가 아는 대로 열심히 해서 실망시켜드리지 않도록 하겠습니다."

이들은 한 달간 체류하면서 장희재와 통역의 안내로 전국을 돌아보고 농가의 근본적 문제를 분석했다. 이들이 방문한 지역은 기호지방에서 이천과 김포, 전라도에서 나주와 전주, 경상도에서 대구와 부산, 충청도에서 청주와 대전, 강원도에서 원주, 황해도에서 개성, 평안도에서 평양과 신의주, 함경도에서 함흥과 나진이었다.

정확한 자료수집과 대책을 찾기 위해 방방곡곡을 샅샅이 훑었다. 만난 농민과 지방 관료들도 수천 명에 달했다.

앙드레와 윌리엄은 한 달 동안 6가지 문제를 진단하고 해결책으로 3가지 통제경제정책(統制經濟政策)을 제시했다. 이것은 앙드레가 브르따뉴에서 시행해본 것이라고 했다. 그 정책은 일종의 공산(共産)경제로 조선 역사상 없었던 전혀 새로운 조치였다. 옥정은 앙드레와 윌리엄이 써준 대로 이순에게 대강을 설명하고 농업정책에 대한 획기적 개혁을 촉구했다.

"전하, 농자천하지대본(農者天下之大本)이란 것이 조선의 건국정책인데 지금 농업이 너무 낙후되어 백성들의 삶이 힘들고 있습니다. 상공업은 일부 사람들이 종사하지만 농사는 온 백성이 해오던 것입니다. 농업을 개혁해야 온 백성이 전하의 은덕을 느끼게 될 것입니다. 제가 구상한 것을 말씀드리겠습니다."

"네가 장사로 돈 버는 얘기를 했는데 농사로 돈을 버는 얘기라면 정말 좋겠구나."

"제가 북경에서 알던 프랑스와 영국의 농업전문가를 초청해서 우리나라 농업을 진단하고 대책을 마련했습니다. 의정부에서 시행한다면 큰 변화가 일어날 것입니다."

옥정은 정리한 내용을 이순에게 드렸다. 6가지 진단내용과 3가지 대책을 적었다.

● 진단

대체로 아래의 6가지에 관해 나태하고 무관심한 것을 발견했다.

첫째, 농사를 위한 모든 자원이 사전에 파악되지 않았음. 사대부는 노동을 하지 않아서 사용가능한 노동력이 왜곡되었음. 농토, 자본, 생산농작물의 종류(곡식, 채소, 경제작물), 최대생산 가능한 수확량을 계산하지 않았음.

둘째, 농작물 종류의 올바른 예측과 선택을 잘못했음. 배추를 심었다가 값 폭락으로 손해보고 다음해에 마늘을 심었다가 값 폭락으로 또 손해를 보는 경우가 많았음. 농민들은 이런 잘못된 선택을 매년 반복하지 말아야 함.

셋째, 국가가 통제경제를 하지 않고 있었음. 국가가 농민들에게 농작물의 종류와 수량을 결정해 줘야 함. 농민은 나태할 수 있으므로 최선을 다해 노력하도록 감시해야 함.

넷째, 철저한 감시체제를 수립하지 않았음. 수확량을 초과달성하면 농민영웅, 훈장 등으로 표창하지만 달성 못하면 감옥이나 유배를 보내는 등 노력을 강요해야 함.

다섯째, 농민들은 농작물의 원가계산을 사전에 수립하지 않았음. 농가는 땅을 빌렸기 때문에 지대(소작료)를, 농자금을 고리채를 썼으니 이자를, 노동력을 제공해준 품앗이에게는 임금을, 소나 농기구를 빌려준 사람에게는 임대료를, 그리고 국가에는 세금을 내야 함. 이 모두를 지불하고 난 후 남는 것이 소득인데, 지금까지는 남는 것의 유무를 계산하지 않고 계속해서 개선의 여지가 없었음. 적자를 발견하면 어디에서 문제가 있는지를 분석하고 다음해에는 조정을 해야 함.

여섯째, 양반지주들의 지대가 실제보다 비쌌음. 농민들의 상당수는 매년 고리채와 지대를 물고 나면 세금을 못내 도주하는 사태가 있었음. 그럼에도 양반들은 소작료를 내려주지 않았음.

• 대책

이 문제 해결을 위한 근본적 대책을 제시한다.

첫째, 양반은 노동을 귀하게 여기고 농사에 참여한다. 모든 농토를 국가가 몰수하고 양반과 농민에게 고루 분배하며 농지소유자는 스스로 농사를 짓는다. 몰수한 토지대금은 어음채권으로 보상한다.

둘째, 수확량을 국가에서 공출 받아 공동으로 분배하는 통제경제정책을 시행한다.

셋째, 수확량은 매년 100분지 5씩 증가해야 한다. 만약 이행하지 못하면 제재한다.

이순은 옥정이 준 농업 진단과 대책건의서를 보고 기뻤다. 이대로 실행된다면 사대부를 견제할 수 있고 농민들은 배곯는 사람이 없어질 것이 분명했다. 이순은 영의정 김수항을 불러 건네주며 의정부에서 의논하도록 했다.

정청(政廳)에서 시안을 보고 서인과 남인 모두가 자지러졌다. 의정부 대신 모두가 사직서를 들고 반대했다. 전국 곳곳에서 송시열을 추종하는 선비와 서당의 유림들도 죽기로 반대했다. 이순의 뜻이 완고했지만 완전한 패배였다. 이순은 며칠을 버텼지만 기득권을 깨트릴 수 없었다.

영의정 김수항은 김 대비를 찾아가 이순이 시행하려 한 농업경제정책에 대해 말씀드렸다. 김 대비는 조정이 농지를 몰수한 후 농민들에게 나눠주고 수확을 공동 분배한다는 것에 놀랐다. 김 대비는 문중 땅으로 부를 지켜왔기에 펄펄 뛰었다.

"영상대감, 어째서 이런 상소가 들어온 줄도 모르고 있었단 말이요?"

"대비마마, 이것을 장 궁녀가 전하께 직접 드렸다고 하옵니다."

"그 앙큼한 것이 무얼 안다고 주상께 직소한단 말이오? 이 계집 때문에 친정에서 재산세를 엄청 물게 됐다고 들었소. 그대로 뒀다가는 서인들이 쫓겨나게 되겠소."

김 대비는 옥정을 내쳐야겠다는 결심을 굳혔다. 김수항이 돌아가자 옥정을 불렀다.

"네가 주상의 총애를 믿고 엉뚱한 일을 꾸민 모양인데 내 눈에 흙이 들어가기 전에는 절대 안 된다. 네가 원래 천것이라 남의 땅이 탐난 모양인데 절대로 안 된다."

"대비마마, 눈을 돌려서 나라 전체를 살펴 주시옵소서. 지금 백성의 3분지 1은 나무껍질을 벗겨 먹고 흙을 체로 걸러서 먹기도 합니다. 그 외에 절반은 소작인으로 남의 전답을 갈아서 피죽도 먹기 힘들어 매년 수천 명이 굶어죽고 있사옵니다. 이들이 전하의 백성이고 마마의 백성이 아니옵니까? 지금 소수의 양반권세가들은 대대로 물려받은 전답으로 호의호식하면서도 고통을 나눌 생각이 없으니 나라가 나서서 해결해주어야 하는데, 방법은 이 길뿐입니다. 증조부이신 김육 영의정께서 추진하셨던 대동법을 생각해주시옵소서. 아드님의 통치이념이 성공하도록 성원해주시옵소서."

"증조부께서 개혁을 추진하신 뜻은 너의 해석과는 다르다고 본다. 대대로 물려받은 땅을 아무런 공헌도 없었던 자들에게 나눠준다는 것은 없었다. 그렇게 한다면 앞으로 외적이 침입할 때 누가 공을 세우려 희생한단 말이냐?"

"마마, 이제까지 전쟁에서 목숨을 걸고 싸운 사람은 군역을 담당한 양민들이었습니다. 현직관료는 관직을 신역과 상쇄해서 군역을 대신했습니다. 또한 성균관과 향교의 유생 역시 학업에 종사하는 것을 직역으로 간주 받았습니다. 양반들은 여러 명목에 의해 군역이 면제되었습니다. 전사하거나 부상당해 병신이 된 군인은 양민이었습니다. 그러나 논공행상은 관료들이 했기 때문에 뒷전에서 호령하던 양반들에게는 큰 포상을 하고 양민들에게는 적게 했습니다. 그래서 이들은 양반들의 땅을 갈고 있는 것입니다. 이들에게 합당한 분배를 해줘야 합니다. 그러면 전쟁이 날 경우 자기 농토를 지키려고 목숨을 바쳐 싸울 것입니다. 진정한 충성은 나라가 배려할 때 나옵니다.”

“조선은 성리학에 의해 신분이 정해져서 각자 소임대로 해야만 기강이 바로서고 유지될 수 있다. 지금 네 말은 홍길동의 활빈당에서나 하는 위험한 것들이다. 부자 것을 뺏어 가난한 사람들에게 나눠 주면 행복할 것이라고 그럴듯하게 말하지만 모두가 평등하게 가난해지는데 말이 되느냐? 절대로 안 된다.”

“이 정책은 강제로 뺏는 것이 아닙니다. 너무나 기울어진 것을 바로 세우는 것입니다. 병자호란 때 부상당한 군인들의 후손은 거지가 되었습니다. 지금이라도 땅을 나눠주고 자립할 수 있도록 한다면 전하에 대한 칭송이 자자하고 충성을 바칠 것입니다. 백성들에게 가장 귀한 것은 희망입니다.”

옥정은 지지 않고 응대했다. 그러자 대비는 화를 내고 꾸짖었다. 그녀도 역시 서인의 분파일 뿐이었다.

“네가 감히 나를 가르치려드느냐? 너는 무조건 가난한 자들에게 붙어 나라의 재물을 뿌리려는 모양인데 절대로 안 된다. 너는 재산세와 상속세인가를 내 친정부터 과세하라고 주상께 주청했다고 들었다. 어쩌면 하나 같이 부자 것을 뺏어 가난한 사람들에게 주려는지 모르겠다.”

옥정은 입을 다물었다. 말이 통하지 않았다. 임금의 결단에 달렸다고 생각했다.

유비무환

이순은 옥정과 국사를 논하는 게 취미가 됐다. 옥정의 자주국방은 자신의 조국근대화와 일치했다.

"옥정아, 폭탄개발을 하면 주변국과의 문제가 있을 것이다."

"폭탄개발이 완성되면 주변국에 폭탄을 보유했다는 것을 선언해야 합니다. 폭탄폭파실험을 공개적으로 실시해서 주변국에 폭탄의 위력을 알려야 합니다."

"좋은 방법이다. 지금까지 폭탄개발을 진행한 얘기를 해다오."

"북경의 호부상서께서 돈을 일부 융통해 주셨고 앞으로도 계속 융통해주신다고 했습니다. 폭탄전문 과학자인 네덜란드의 루이텐 박사가 조선에 와서 개발하기로 약속돼 있습니다. 그분은 질산의 대량생산방법을 알고 있으며 유황으로 폭발력을 증폭하고 고령토로 안전하게 하는 방법을 개발하고 있습니다. 아직 청국과의 계약 기간이 끝나지 않아 3년은 기다려야 합니다. 전하께서 별순기무사(別巡機務司)를 설립하셔서 간첩을 양성하고 활용하시기 바랍니다. 이들에게 청국의 기밀을 탐지하고 기술을 훔쳐오도록 하시기 바랍니다."

"지금도 첩보활동을 하는 별순검이 있지 않으냐?"

"그들은 국내에서밖에 용도가 없습니다. 청국을 정탐하려면 사역원에서 수준 높은 역관을 선발해야 합니다. 우선 사역원 김지남(金指南) 역관을 북경으로 보내 루이텐 박사로부터 염초의 대량생산방법을 배워오도록 하겠습니다."

"김지남은 외교와 통상전문가로 특출한 인재이다. 그에게 염초의 대량생산방법을 배워서 조선에 화약제조법을 들여오도록 교지를 내리겠다."

"비밀리에 김지남을 보내야 합니다. 사대부들이 알면 반대할 것입니다. 이들은 중국을 뛰어넘을 생각은 안 하고 조공으로 안보우산만 받으려 하니까요."

"나도 그런 현실에 짜증난다. 개혁을 통해 사대부들도 일하고 농사짓고 장사하는 풍토로 바꿔야 한다. 나는 항상 개혁을 꿈꾸고 있다. 노론당파가 너무 강해 허적의 경제개혁을 계속 밀어주지 못하고 죽여야 했으니 한탄스럽다."

"백성들 사이에서는 '송시열의 나라'라는 말이 떠돕니다. 그분이

107

뿌린 성리학은 전국의 1만 6,000여 개의 서원과 서당에 뿌리를 내렸습니다. 이들은 소년들에게 노동을 천시하도록 가르칩니다. 이는 미래의 국가경제와 국방력의 쇠약을 초래할 것입니다. 또한 노론에게는 천국, 백성에게는 지옥을 만들고 있습니다."

"지금도 신하들이 성리학에 빠져 예송논쟁에 주력하고 있으니 큰일이다."

"전하, 사대부들이 얼마나 웃기는지 아십니까? 제가 북경사행에 따라갔을 때 보니 정사와 부사, 서장관 모두 중국말을 한마디도 못했습니다. 그들은 청의 관리들과 교섭할 때 역관이 말하는 대로 고개를 끄덕이거나 가로 젓는 것으로 응수했습니다. 지금도 여진의 청나라를 부정하다보니 청국어를 배우지 않는 것입니다."

"그래서 사신들이 돌아와서는 별로 보고할 것이 없었구나."

"전하, 성리학을 끊어내야 실학(實學)이 살아날 수 있습니다. 우선 성리학의 거두인 송시열 대감을 죽이십시오. 머리가 없어지면 몸체는 따라 죽게 됩니다. 전국의 서원과 서당의 훈장들은 송시열의 추종자들로 향촌사회에 신분차별을 포함한 예법과 성리학의 전파에 열을 올리고 있습니다. 어린 훈도들에게 사농공상의 신분을 강조하는 것은 자원낭비를 초래합니다. 서원과 서당을 폐쇄시키셔야 합니다."

"어찌 그런 무서운 얘기를 하느냐? 송시열을 건드렸다간 나도 성치 못할 것이다."

"전하께서는 정도전과 이방원의 고사를 잊고 계시는군요. 정도전은 조선을 건국하는 데 큰 공을 세웠지만 자신의 정책에 걸림돌이 되는 이방원을 차마 죽이지 못했습니다. 반대로 이방원은 정도전을 죽였습니다. 그리고 왕권을 탄탄히 했지요. 이 점을 명심하십시오."

"그래도 지금은 송시열을 죽일 때가 아니다."

이순은 말은 이렇게 하면서도 등극 초에 대사헌 허목이 송시열을 사사하라는 충언을 실행하지 못한 것을 후회했다.

"당장하시라는 게 아닙니다. 언젠가 기회가 올 것입니다. 그때는 주저 말고 죽이시고 서당도 폐쇄하십시오. 태종 임금께서 하신 바를 절대로 잊지 마십시오. 권불십년(權不十年)이라고 했습니다. 정권을 10년 이상 허락지 마십시오. 서인이 100년 가까이 정권을 쥔 결과 무능과 부패를 낳았습니다. 지금부터 서인정권을 교체하기 위해 남인을 염두에 두고 서인내부의 소론을 양성하시옵소서."

"소론에 실학을 중시하는 젊은 학자들이 많다. 이들을 등용하도록 하겠다."

다음날 이순은 편전에서 송시열의 세력이 되는 서당과 서원문제를 거론했다.

"오늘 과인은 서당과 서원에 대해 새로운 결단을 내리겠소. 이는 논의할 사항이 아니라 과인이 오랜 숙고 끝에 내리는 것이오. 앞으로 서원과 서당의 신규설립을 금지하겠소. 그리고 문제가 있는 서원과 서당은 폐쇄시키겠소."

　젊은 왕의 강력한 의지에 송시열을 비롯한 원로대신들은 위협을 느꼈다. 그러나 폐쇄되는 서원은 소수에 불과했다. 이후 영조와 정조도 서당과 서원을 규제하고 문제를 발생시키는 곳은 즉각 폐쇄시켰다. 그러나 노론의 훼방으로 효과는 미미했다.

상공업의 진흥

옥정은 이순과 이부자리에 누워 정담(政談)을 나누었다. 앙드레
가 권고한 농업개혁을 일부라도 시행하고자 했다.

"전하, 노론이 극렬히 반대하니 앙드레의 농업개혁보고서에서
농지를 몰수하는 것과 수확물을 공출해서 분배하는 것은 지나치니
안 하더라도, 지주가 과다한 농지를 소유한 것만 분배하는 것으로
결론을 내리시는 게 좋을 듯합니다."

"왜 갑자기 전하라고 부르냐?"

"지금은 잠자리지만 국사를 논하는 중이라 그렇게 부르는 것입
니다. 저는 공과 사를 구분하는 것입니다."

"허참, 너란 여자는 갈수록 태산이구나. 농업개혁을 조정하는 것
은 좋은 생각이다. 나도 고민 중에 있었다. 농지분배만은 반드시 시

행하겠다."

"농업개혁이 성공하려면 화폐가 유통돼야 합니다. 그러면 농업도 공업처럼 부가가치를 산출하게 될 것입니다."

"잘 알았다. 화폐유통 후에는 어찌해야 하느냐?"

"화폐가 유통되면 사람들은 저축에 관심을 갖게 됩니다. 돈에 대한 유혹이 사람을 부지런하게 만들고 상업을 발전시키는 자극제가 될 것입니다. 소녀가 두 달 동안 살펴보니 조정이나 궁궐에서 하는 일들이 매우 비효율적이었습니다. 소녀가 1시간이면 할 일을 온종일 걸려 하는 조직문화였습니다. 똑같은 일을 여러 명이 중복해서 맡고 있습니다. 경쟁을 도입해서 능률을 낸 사람에게는 보상을 해줘야 합니다. 처음에 임직하는 관료는 모두 임시로 임명했다가, 공적이 있는 자는 직책을 주고 그렇지 못한 자는 체임(면직)하면 됩니다."

"일을 효율적으로 하려면 어떻게 해야 하겠느냐?"

"중복된 조직을 단순하게 조정해야 합니다. 중복된 조직을 떼어내 국영기업을 만드십시오. 그러면 새 일자리도 창출될 수 있습니다. 예컨대, '농산물유통상전'이란 공사를 설립해 농촌과 도시를 연결해 주는 일을 맡기는 것입니다. 남아도는 관료들을 이 기업에 전직시키고 그들이 번 돈만큼 월봉을 주십시오. 그들은 더 받으려고 죽기 살기로 일할 것입니다. 저자에서는 한 사람이 두세 사람의 일을 해야 생존할 수 있습니다. 그렇지 못하면 도태됩니다. 한 예로, 저희 상회에서는 놋그릇의 납품가격이 비싸면 싼 가격을 제시하는 공방으로 납품처를 바꿉니다. 가격이 비싼 이유는 공원들이 비효율적으로 일하기 때문입니다."

"그렇지만 어떻게 한 사람이 두세 배로 일할 수 있겠느냐?"

"저의 상회에 납품하는 유기 공방을 온종일 살폈더니 가공공정이 비효율적이었습니다. 놋그릇 한 개 만드는 공정에는 기물 올리기, 거푸집 만들기, 개토 만들기, 개토 다지기, 그을음질하기, 쇳물 붓기, 기물 꺼내기, 가질(다듬기)의 8공정이 있습니다. 이 모든 공정을 한 사람이 혼자 하는 것이었습니다. 한 사람이 하루에 놋그릇을 1개 만들더군요. 마냥 흥얼거리며 만들고 있었습니다."

"그게 당연한 공정아니냐?"

"저는 8개의 공정을 여덟 사람에게 한 공정씩 나눠주고 여덟 사람에게 한 공정씩만 하도록 분업을 시켰습니다. 첫 사람은 온종일 기물 올리기만 하고 이를 옆 사람에게 넘겨주면 거푸집을 만들고, 또 옆 사람은 개토 만들고, 하는 식으로 분업을 했더니 하루에 100개를 만들어냈습니다. 옆 사람이 넘기니까 흥얼거릴 틈이 없어졌고 한 가지 일만 하니까 기술이 숙련된 것입니다. 한 사람이 12개씩 만들어낸 것입니다. 너무 많이 만들어내니 판로가 없었습니다. 그래서 값을 반으로 내렸더니 모두 팔렸습니다. 저는 엄청난 이문을 남겼습니다. 대신 다른 상점과 공방들이 줄도산했지요."

"그것 참 놀라운 사실이구나. 그럼 그들이 원망하지 않겠냐?"

"바로 그것이 시장원리이고 경쟁입니다. 다른 가게들은 살기 위해 제 거래 공방에 찾아가 자기들에게도 그릇을 대달라고 요청했습니다. 그러나 공방 주인은 의리상 거절했습니다. 그러자 그 공장의 공원 몇 명이 뛰쳐나와 근처에 새 공장을 짓고 그 방법대로 만들어 다른 가게들에게 싼값으로 그릇을 납품했지요."

"참으로 괘씸한 놈이구나. 주인을 배반하다니, 역모에 해당하는 짓과 같다."

"전하, 칼 들고 돈 뺏는 범죄가 아니면 어떤 행위도 자유롭게 허용해야 합니다. 이것이 모방창업이란 것입니다. 모방제품 때문에 다른 가게들도 다시 번성했지요. 제 가게는 매상이 떨어졌습니다. 이것은 배반이 아니라 모방이고 창조이며 경쟁을 허용하는 자유입니다. 창조는 모방에서 나오는 것입니다. 이것이 시장원리입니다. 이런 모방 기업이 많이 생길수록 경쟁이 치열해지고 창조가 생겨 국력을 신장시키는 것입니다. 저는 떨어진 매상을 회복하기 위해 놋그릇 모양을 여러 가지로 아름답게 만들었습니다. 그랬더니 제 그릇만 팔렸습니다. 그러자 그들도 곧 같은 모양의 그릇을 만들었지요. 저는 또 다시 연구해서 그릇에 조각을 새겨 새 모양의 그릇을 만들어 선두를 지켰습니다. 경쟁에서는 끊임없이 연구하고 개발해야 선두자리를 지킬 수 있습니다. 관료들도 경쟁을 시키면 연구하고 노력하지 않을 수 없을 것입니다."

이순은 놀라는 눈치였다.

"무식한 줄 알았던 장사꾼과 공원들이 그토록 머리를 쓰며 생존 경쟁을 하는 줄 몰랐구나. 사대부들은 관료제적 통치질서와 신분 계급적 사회질서, 가부장제적 가족질서 등 명분론적 낡은 질서에 빠져 있다. 농사나 장사는 천민들이 하고 자신들은 지위에 합당한 일만 해야 하는 존재로 머물고 있으니 큰일이구나."

"박지원의 양반전을 읽으면 웃음보다 비애의 눈물이 나옵니다. 모두가 성리학에서 나온 것입니다. 양반은 노동을 천시하면서도 농민과 상공인보다 높은 대가를 받으려 하니 국가의 생산성은 점점 뒤떨어집니다."

"그럼 어떻게 해야 하겠냐?"

"진시황처럼 분서갱유를 해서 성리학 같은 비경제적 사상을 강조하는 책들은 모두 불태워 버려야 합니다. 그리고 그런 학자들도 모두 땅에 묻어야 합니다. 그 대표가 송시열 대감입니다."

숙종은 벌떡 일어나 옷을 입었다. 벌거벗고 할 얘기가 아니라는 생각이 들었다. 정색을 하며 옥정에게도 옷을 입혔다.

"옥정아, 너는 여인이지만 평소 내가 막연하게 생각하던 것들을 명확히 해줬다. 네 말대로 송시열을 언젠가는 반드시 사사할 것이다. 그리고 성리학 서적을 모두 모아 불태워버릴 것이다. 내가 너를 평생 곁에 두고 은애할 것이니라."

"말씀은 그리하시지만, 전하는 사대부들에 동조해서 기득권을 지키려 할 것입니다. 이것이 조선의 한계입니다. 명나라가 망한 것도 상공업을 억제하고 농업을 권장했기 때문입니다. 명나라를 세운 주원장은 농가 출신이었기 때문에 간소한 농업사회를 지향했습니다. 기존의 화폐제도와 상품거래마저 제한했습니다. 심지어 해금정책을 써서 일본과의 교역을 금지했습니다."

이순은 침을 꿀꺽 삼키며 옥정의 말에 귀 기울였다.

"명나라 황제 가운데도 선견지명이 있어 상공업을 진흥시킨 분이 계십니다. 영락제는 세계대국을 꿈꾸고 정화항해를 시행했습니다. 황제는 수군제독 정화(鄭和, 1371~1435)를 서양항해사절단의 총사령관으로 임명했습니다. 정화는 1405년 62척의 배와 2만 7,800명을 거느리고 원정에 나섰습니다. 선단은 참파(지금의 베트남), 시암, 말라카, 자바를 방문하고 인도양을 건너 캘리컷, 코친, 실론(지금의 스리랑카)을 방문한 뒤 1407년 여러 명의 외국사절과 장사꾼을 동반하고 중국으로 돌아왔지요. 그 후 제2~6차 원정에서 동남아시아, 인도, 페르시아 만, 아라비아 반도, 아프리카 동부해안 케냐의 말린디 등을 차례로 방문했습니다. 이때마다 각국의 외교사절단을 중국으로 데려와 경제적·문화적 교류를 촉진했습니다."

옥정의 말이 이어졌다.

"1424년 영락제가 죽은 후 새로 등극한 홍희제(洪熙帝)는 해상원정을 중단시켰습니다. 자유방임사상이 흘러들어 황권이 위협받는다고 판단한 것입니다. 만약 정화항해를 지속했다면 영국이나 스페인, 네덜란드에 앞서 세계 제일의 해양강국이 되었을 것입니다. 참으로 후회할 만한 역사적 선택이었습니다."

약 90년 후인 1492년에 콜럼버스가 선박 3척에 120명의 선원으로 항해를 했고 바스코 다 가마는 배 4척에 170명 선원으로 인도 항해를 했다. 또 마젤란이 1519년 세계 일주하는 데 배 5척에 265명의 승무원이 탔다는 사실과 비교하면 정화함대의 대단함을 알 수 있다.

"조선에서도 상공업을 권장하면 나라의 안정이 위태로운 것이 아니냐?"

"서양이라고 정권에 위협을 받으며 무역과 상공업을 진흥하겠습니까? 경제력은 통치력을 강화시켜줍니다. 백성들의 사유재산을 보호해주시면 됩니다. 백성들은 재산을 지키기 위해 나라의 안정을 원하는데 누가 반역을 꿈꾸겠습니까?"

"너는 나라의 운영을 잘 몰라서 그런다. 자유를 주거나 융통성을 주면 다른 생각을 하게 되고 결국 모반을 일으키게 된다."

"그것이 바로 조선의 발전을 가로막는 성리학자들이 주장하는 신분차별 논리입니다. 전하는 병권과 비변사를 꽉 장악하시면 됩니다. 병권을 장악하려면 군인들에게 충분한 급료를 주어 마음을 얻어야 합니다. 결국 재정입니다. 상공업이 번성돼 세금이 많이 걷혀야 합니다. 양반들에게도 무거운 세금을 물리셔야 합니다. 이들은 세금을 적게 내서 지금 가진 것으로 만족하기 때문에 더 이상 노력을 하지 않습니다. 배부른 사냥개는 사냥을 하지 않습니다. 이들의 효용은 한계에 도달했습니다. 배고픈 사람에게 밥을 준다고 일을 시키면 열심히 하지만, 세 끼를 먹은 사람에게 네 끼를 준다고 하면 일을 안 하려는 것과 같습니다."

"지금 조선은 사농공상 계급이 굳어 있어서 내가 어떤 개혁을 하더라도 노론세력들 때문에 시행되지 못한다."

"그런 세력을 물리적으로 개혁할 수는 없습니다. 전하께서는 장사치들이 세금만 내면 사유재산을 보장해주십시오. 사람은 이익을 극대화하고 지출은 극소화하려는 본성이 있습니다. 상공인들은 자기재산을 늘리려고 목숨을 걸고 일할 것이며 낭비는 줄이려고 몸부림칠 것입니다. 자연히 그들은 양반들보다 몇 배 잘살게 될 것입니다. 그렇게 사회가 변화되면 사농공상의 구분도 자연히 없어질 것입니다. 수염이 석자라도 먹어야 양반입니다."

"장사는 어떻게 진흥시킬 수 있느냐?"

"상인들에게 금고를 통해 자금을 대여해주고 어음을 유통해주면 상업이 흥할 것입니다. 대신 관아에서는 장시를 위해 길을 정비해주고 다리를 놓아주는 등 시설관리를 계속해줘야 합니다."

"허적과 권대운이 말한 것과 똑같은 얘기를 하는구나."

옥정의 명쾌한 개진에 이순은 얼굴이 밝아졌다. 그리고 편히 잠이 들었다.

제4장

強 小 大 國
강소대국의
꿈

과학 학당

옥정은 숙영에게 홍문관에 가서 최석정 부응교(정5품)를 모시고 오라고 했다. 최석정은 임금의 밀명으로 북경에서 폭탄제조기술을 배우려 했지만 실패하고 서양수학에 관해 많은 것을 배우고 돌아왔다. 옥정은 최석정의 과학지식이 밑바탕이 돼야 자주국방도 가능하다고 생각했다. 오후에 취선당으로 최석정이 책 3권을 들고 왔다. 이 책들은 북경에서 앙드레의 추천으로 구입한 것인데 서양의 기술에 관해 소개한 것이다.

"마마, 빌려주신 책을 잘 읽었습니다. 전하께서 조국근대화의 하나로 과학기술개발을 지적하셨습니다. 이는 조선의 학문체계를 완전히 바꿔야 가능합니다. 서양은 철학이 분화해서 정치학, 신학, 과학을 이뤄냈습니다. 성리학으로는 농업기술과 경제, 의학, 군사무기, 천문기상 등을 발전시킬 수 없습니다. 과학학당을 만들어야 합니다. 현재 한양에 학당(4학)과 성균관이 있고, 지방에 향교가 있으나 문과와 무과를 준비하는 곳으로 경제나 과학과는 거리가 있습니다."

"서양학교에서는 어떻게 과학을 가르치나요?"

"산수를 통해 과학을 가르칩니다. 서양의 산수는 더하기 외에 빼기, 곱하기, 나누기기 있고 기하급수와 제곱이 있습니다. 이런 산수는 실생활에 필요하지 않을 것 같지만 서양에서는 이러한 법칙을 통해 과학을 발전시키는 것입니다."

옥정은 그의 말을 들으면서 최석정이 진정 수학자임을 인식했다. 신비한 과학의 힘을 느꼈다.

"서양의 아라비아 숫자를 도입해서 사용하는 게 필요합니다. 산수에서는 0, 1, 2, 3, 4, 5, 6, 7, 8, 9의 10개의 숫자로 모든 과학문제를 풀어나갑니다. 인도에서 1,500년 전에 처음 쓰기 시작했으나 아라비아 상인들이 유럽에 전하였기 때문에 아라비아 숫자라고 이름 붙였다고 합니다. 아라비아 숫자는 피타고라스 시대의 숫자보다 덧셈과 뺄셈, 곱셈, 나눗셈, 제곱을 쉽게 할 수 있어서 상인들이 사용했고 과학자들은 난제를 숫자로 표시해 풀었더군요."

후일 최석정은 세계 최고(最古)의 위대한 학자로 인정받지만 당시에는 단순히 조선에서 수학과 과학교육의 중요성을 강조하는 선비에 불과했다.

"제가 장사할 때 아라비아 숫자를 써서 장부를 정리했더니 편리했습니다. 제가 전하를 설득할 테니 과학학당을 만들도록 하시지요."

"걱정이 있습니다. 사대부들과 성균관 유생들이 반대할 것입니다."

"과학학당만 세운다면 그런 반대는 무시할 수 있을 것입니다."

최석정은 내심으로 옥정의 확고한 의지력과 배짱에 놀랐다. 이순은 조국근대화에 목숨을 걸고 있었다. 과학기술개발에 대해서도 마찬가지였다. 며칠 후 옥정은 최석정을 내전으로 안내해서 이순에게 소개했다.

옥정은 아라비아 숫자 '0, 1, 2, 3, 4…'를 써서 보였다.

"전하, 이 글자가 무엇인지 아시겠습니까?"

"처음 보는 글자인데 무엇이냐?"

"아라비아 숫자라고 합니다. 그리고 2×2=4, 2×3=6, 2×4=8은 구구단이라는 곱하기와 나누기 공식입니다. 이에 관해서 최석정 부응교에게 자세히 청문하시지요."

"최 부응교는《구수략》이라는 고도의 수학책을 썼다고 알고 있소."

"황공하옵니다. 이것은 아라비아 숫자인데 '0'이 있어 계산방법에서 무한합니다. 이 숫자로는 덧셈과 뺄셈, 곱셈과 나눗셈, 제곱이 아주 쉽습니다. 일본에서는 왜란 때 조선의 산수책을 가지고가서 일본어로 번역해서 '화산'이라는 수학을 개발해서 산수가 매우 발달하였습니다. 서양에서는 수학을 이용해 상업, 농업, 공업, 의학, 천문, 무기, 운송, 제조 등 모든 분야에서 규칙을 만듭니다. 그 규칙을 과학이라고 부릅니다. 우리는 기본적 수학교과서로 중국의 유명한 수학책들을 번역해서 사용하고 있습니다."

최석정이 말을 이었다.

"첫째로 《구장산술(九章算術)》은 중국의 수학고전을 완역한 것입니다. 방전(전답의 넓이와 가로세로의 길이), 속미(곡물 교역의 문제), 상공(토목공사의 공정과 부피), 구고(직각삼각형의 높이, 길이, 넓이와 거리) 등 9개장으로 나누어 설명과 함께 246개의 문제가 실려 있습니다. 둘째로 《상명산법(詳明算法)》은 명나라 안지제(安止齊)가 1373년에 지은 것인데 시민생활에 필요한 근량(斤兩) 환산법, 가감승제(加減乘除)의 응용을 다루고 있습니다. 셋째로 청국에서 1605년에 서양의 유클리드 기하학을 번역해서 《기하원본(幾何原本)》이라는 6권의 책을 출판한 것입니다. 서양신부 마테오 리치가 구두로 해석한 것을 중국관리 서광계(徐光啓)가 받아 적은 것이라 합니다. 우리나라에는 산학자(算學者)제도가 있습니다. 산학자가 되려면 산학시험에 합격해야 하는데 이런 책들로 공부하고 있습니다. 앞으로 산학자를 대량 양성해서 서양의 과학에 버금가는 학문을 배우도록 해야 할 것입니다."

"주역에서 8괘를 상하로 배치하면 64괘가 나오는 것도 산수이군요. 주역도 자연에서 일어나는 현상을 풀이한 것이니 과학이라고 볼 수 있지 않소?"

"주역도 과학으로 볼 수 있지만 인간사에 한정돼 문명발달에는 이바지하지 못했습니다. 주역으로는 상업이나 농업, 의학, 무기, 제조 등을 발전시킬 수가 없습니다. 그러나 산수로는 발달시킬 수 있습니다. 서양에서는 몇 백 년 전부터 대학을 세워서 과학을 공부시키고 있습니다."

"좋소. 그럼 최 부응교가 과학학당의 당위성을 작성해서 올리도록 하시오. 과인이 편전에서 토론하도록 할 것이오."

"황은이 망극합니다. 전하."

최석정이 돌아간 후 이순이 말한다.

"옥정아, 사대부들을 설득할 방법이 없겠느냐?"

"전하께서도 이순신 장군의 수학적 전술의 위대함을 아시지 않았습니까? 최 부응교를 당할 만한 산학자가 없다고 생각됩니다. 또한 서인이니까 대화가 되지 않을까요?"

"좋은 생각이다. 내가 자리를 마련하겠다."

며칠 후 편전에 의정부와 삼사, 성균관 유생대표 모두가 모였다.

"경들을 이 자리에 모이게 한 것은 중요한 의논이 있어서입니다. 그동안 경들과 백성들이 열심히 노력한 결과 상업과 수공업, 그리고 소비도 살아나고 있습니다. 이제 자주국방을 위해 과학에 힘써야 할 것입니다. 경들은 임진왜란에서 조총 하나 때문에 전 강토가 유린된 것을 잘 아실 것이오. 반면 이순신 장군만은 수학을 이용해 23전 23승을 이루었소. 명량해전에서 12척의 배로 왜선 133척을 격파한 기적도 수학을 이용한 전술 덕이었소. 수학은 과학의 기초라 하오. 젊은이들에게 과학을 가르치는 학당을 만들고자 하는데 토론해서 좋은 결과를 내주길 바라오. 최석정 부응교가 취지를 설명하시오."

"예, 전하. 서양에서는 천문, 지리, 무기, 농업, 건설 등에 수학과 과학이 적용돼 기술이 발달했습니다. 과학은 산수를 기초로 기하, 화학, 물상, 건축, 운송 등을 정확하게 완성할 수 있는 학문입니다. 우리도 과학학당을 세워서 이런 학문을 젊은 유생들에게 가르쳐 서양의 진취적 발전을 따라야 할 것입니다."

그러자 한중택이 이의를 제기했다. 그는 최석정과도 잘 아는 사이였다.

"최 부응교의 설명은 매우 위험합니다. 지금 말씀하는 것은 천주장이들이 하는 말과 똑같습니다. 천주교 신부들은 과학교육을 통해서 선교하면서 천주를 믿어 자유와 평등한 권리를 주장하며 왕권을 위협해서 우리가 금지시킨 것 아닙니까?"

"나는 천주장이는 모릅니다. 서양은 대단한 나라들입니다. 프랑스의 파리대학은 5백 년 전에 세워졌는데 철학은 물론 산수, 기하, 음악, 천문학 등을 가르치고 있습니다. 서양의 건물과 선박, 무기를 만든 기술자들은 모두 산수와 기하를 공부한 사람들입니다. 그들은 이미 100년 전에 신형선박으로 바다를 건너서 아메리카라는 신대륙을 발견했습니다. 우리도 빨리 과학을 가르치는 학당을 세워야 할 것입니다."

"만약 우리가 과학을 들여온다면 천주장이들도 숨어서 들어올 것입니다. 천주장이가 들어오면 성리학과 사농공상 체계는 무너지고 종묘사직도 무너질 것입니다."

그러자 숙종의 안색이 변했다.

"종묘사직이 무너진다는 것은 무슨 뜻이오?"

"천주장이들은, 사람은 하느님이 평등하게 창조했기 때문에 누구나 자유와 평등한 지위를 가질 권리가 있다고 떠듭니다. 여기에 빠지면 붙잡혀가서 불속에 집어넣는 화형을 당해도 행복하게 죽는다고 합니다. 백성들이 이런 환상에 빠지면 종묘사직은 누가 지킬 것입니까? 아주 위험한 주장입니다."

"최 부응교, 이 주장이 사실이오?"

이순은 언성을 높여 물었다.

"전하, 그런 부류가 일부 있다고 들었습니다. 그러나 세상은 변했습니다. 《정자(程子)》에 이르기를 '백성이 궁하면 성왕(聖王)의 법이라도 바꿀 수 있다'고 하였습니다. 백성을 먹여 살리려면 뒤처진 제도를 과학의 힘으로 바꿔야합니다. 또한 《주역》에 이르기를 '궁하면 변하고 변하면 통하고 통하면 오래간다(窮則變 變則通 通則久)'고 하였습니다. 나라의 궁핍함을 변화로 통하게 한다면 종묘사직은 영속할 것입니다.”

“과인은 청에는 천주교 신부가 많이 들어와 있다고 들었소.”

“마테오리치라는 신부는 서양의 유클리드기하학 책을 번역해서 큰 반응과 변화를 일으켰습니다. 과학은 인간의 삶을 풍족하게 해 주고 있습니다.”

“아니오. 과학학당이 세워지면 젊은 남녀들은 자유롭게 만나서 천주 교리를 토론하고 이를 퍼뜨리게 됩니다. 이는 종묘사직을 위태롭게 할 것입니다.”

“한중택의 말이 옳다. 최 부응교는 다시 생각해서 아뢰도록 하시오.”

이순은 왕이고 정치가였다. 종묘사직이 불안하면 천금이 떨어진다 해도 과학을 받아들이지 않을 것이다. 참으로 안타까운 일이다. 종묘사직을 지키려면 퇴보를 감내해야 한다는 논리가 왕과 관료들의 사고였다. 왕정체제의 한계였다.

그날 밤, 옥정은 취선당에 찾아온 이순에게 과학학당에 대해 강력히 권했다.

“전하, 천주장이가 무서워서 과학을 진흥시키지 못한다면 조국 근대화는 불가능합니다. 이들은 ‘우려’가 마치 현실인양 단정하면서 과학의 효율성은 배척합니다. 이는 1점을 걱정하느라 99점을 놓치는 격입니다. 좋고 나쁨은 공존합니다. 손실보다 효용이 크도록 하면 경제발전이 가능합니다. 특히 최석정 같은 대 수학자가 추진하는데 과학교육은 절대로 미룰 사항이 아닙니다."

"나도 그렇게 생각한다. 그러나 통치는 다르다. 강둑의 조그만 구멍 하나가 둑을 무너뜨리는 것처럼 조그만 틈을 주면 걷잡을 수 없이 벌어진다. 종묘사직 보존은 내가 좌우할 문제가 아니다. 어머니를 비롯한 종친부가 함께 판단하기 때문에 천주장이가 들어오는 것을 예견하면서 나 혼자서 앞서 갈 수는 없다. 미뤄야 할 것 같다."

옥정은 한 번 더 설득하고 싶었지만 임금의 고뇌를 이해했다. 나라는 크고 복잡해서 장사처럼 신속히 결단하기가 어려웠다.

"전하, 잘 알겠습니다. 대신 기존의 학당에서 어린이들에게 산수를 가르치도록 허용해주십시오. 백성에게 미래에 대한 희망을 심어주셔야 합니다. 그 희망의 하나가 과학입니다. 전하께서도 희망을 약속해주십시오. 사대부의 나라가 아닌 백성의 나라, 청국과 일본에 대등한 강소대국, 이팝과 소고기국을 먹을 수 있는 나라라는 청사진을 행동으로 보여주셔야 합니다. 과학교육이 청사진이 될 것입니다. 백성들은 전하의 말씀은 믿을 것입니다."

"옳다. 과인은 어린이들에게 산수를 가르쳐 훌륭한 과학자가 나오게 하겠다. 그리고 최석정을 내 생애동안 영의정으로 책봉해 과학기술개발로 조국근대화를 성공하도록 할 것이다."

이순은 후일 최석정을 노론의 저항에서도 8차례나 영의정으로 책봉했다. 이순의 조국근대화와 과학기술개발의지를 알 수 있다.

이순은 교지를 내려 최석정을 제조로 삼아 산수교육제도를 강력히 시행했다. 최석정은 후배 산학자들을 모아 교수진을 구성했다. 이들은 젊은이들에게 자신의 수학지식으로 지성껏 가르쳤다. 의외로 젊은이들은 열심히 배웠다. 옥정과 최석정은 부족한대로 과학 마인드를 심는 데는 성공했다.

이들 가운데서 홍정하(洪正夏, 1684)와 유수석(劉壽錫, 생년미상) 같은 천재 수학자가 배출되었다. 홍정하는 동양 최고의 수학자로 명성을 날리게 된다. 홍정하의 저서인《구일집(九 集)》은 9권 3책의 목판본으로 그의 5세손 홍영석(洪永錫)이 간행했다. 1권에서는 물물교환 상품의 판매 값, 농지측량법, 가격이 다른 물건을 사는 법 등을, 2권에서는 배분문제, 여러 종류의 물건을 구입할 때 각 단가나 구입개수를 구하는 문제를 소개했다. 3권은 분수의 통분과 부정방정식을, 4권은 다원일차연립방정식, 부피와 두께가 있는 구(球)의 무게 계산방법, 급수(及水) 및 용량과 부피의 셈을, 5권은 피타고라스의 정리를 다루었다. 6~8권에는 제곱근, 세제곱근과 천원술(天元術)에 의한 2·3차 방정식을 구하는 문제를 다루고 있다. 9권은 〈잡록〉으로서 간단한 천문계산과 전통음악의 음계, 피리구멍 사이의 거리문제를 문답식으로 설명하였다.

이순은 잠시 눈을 붙였다. 새벽이 오자 서둘러 경연에 참석했다. 이순은 역대 왕들 가운데서도 가장 급한 성격의 소유자로 평가받고 있다. 그는 자신의 성정을 순화하기 위해 그림에 취미를 붙였다. 취미로 궁중의 도화 사업을 장려하고 제도화했다. 그는 역대 왕들

가운데 화제(畵題)를 가장 많이 남겼다. 또한 역대 왕들의 시문을 모아 《열성어제(列聖御製)》를 편찬했다. 이순은 열성어제에서 "나는 서화의 묘한 것을 좋아하니, 깊은 궁 맑은 낮에 때때로 펼쳐보면, 한가로운 마음의 경지를 스스로 깨치네"라고 썼다.

이순은 그림을 통해서도 항상 경세를 염원했음을 볼 수 있다. 그의 그림 어제(御製) 가운데 〈잠적도〉와 〈진단타려도〉를 보면 알 수 있다. 〈잠적도〉는 숙종 23년 화원 진재해를 시켜 그린 병풍으로 세자에게 주었는데 병풍의 한 폭에 '옷감 짜주기'를 주제로 했다. 이 그림 속에 숨겨진 뜻은 세자에게 백성의 수고를 깨우쳐 주려는 의도가 있었다.

〈진단타려도〉는 윤두서가 그렸는데 북송대의 학자 진단(陳博)이 조광윤이 송나라를 건국한 소식을 듣고 기쁨을 주체하지 못해 나귀에서 떨어졌다는 일화를 그린 것이다. 이 그림의 주제는 평화로운 세상을 바라는 백성의 바람을 상징화한 것이다.

이순은 어두워지자 취선당으로 갔다. 옥정이 뛰어나와 악수를 청하려 한다. 이순이 먼저 손을 내밀며 악수를 청했다. 서로가 키득거리며 웃었다. 이심전심이다.

"서방님, 오늘은 나와 얘기만 하시는 거 알지요?"

"아암, 잘 알지. 새색시는 친정에서 첫날밤을 보내고 사흘 후 시댁으로 간다는 것 말이다. 사흘 후를 기대할 것이다. 허허허. 오늘은 네 장사 얘기를 듣고 싶구나."

"제가 경영하던 상점은 청국상인들로 붐볐습니다. 놋그릇이 자기네 나라보다 5배나 싸니까 줄을 서서 기다리고 있었습니다. 제 점포뿐 아니라 모든 놋그릇 가게도 똑같이 청국상인들로 붐빕니다. 그러나 관리들은 점검한답시고 수시로 쳐들어와 창고를 뒤지고 장부를 가져가서 청국상인들은 돌아갔지요. 관리들은 자기 호주머니를 채우는 데는 체면도 없었습니다. 봉급이 적으니 그럴 수밖에 없습니다. 지방관아는 훨씬 더합니다. 웃지 못할 일은 중앙관료 중에는 뇌물을 주고 지방관아로 옮기는 경우도 많다는 것입니다. 지방은 감시를 받지 않고 권력을 휘두르기가 쉽기 때문입니다."

"참으로 현실은 복잡하구나. 어명이 전혀 먹히지 않는 부패 사각지대가 있는 줄은 몰랐다. 오랜 기간 내려온 병폐지만 뿌리를 뽑아내지 않으면 안 되겠다. 내가 암행어사를 많이 내보내 이를 감시하도록 하마."

이순은 역대 왕들 가운데 가장 많은 암행어사를 각 도에 파견해 부정을 추호도 용납하지 않았다고 기록이 전한다. 이순은 임무를 잘 수행한 어사는 중용했다. 그런 예로 유명견(대사간, 이조참판), 오도일(병조판서), 목임일(대사헌), 이세백(좌의정), 이정명(관찰사), 최석항(좌의정), 민진주(병조판서), 서문유(형조, 예조판서), 임상원(대사간, 대사헌, 도승지, 의정부 우참찬), 권해(대사간, 대사성, 대사헌, 경기도와 평안도 관찰사), 박태상(대사헌, 형조판서,

이조판서), 권한(대사간, 대사성, 황해도 관찰사, 한성부 좌윤), 강석빈(동부승지, 대사간) 등이 있다.

"관료들의 횡포를 피해 상공인들은 경기도 안성에 유기그릇을 만드는 공방도시를 만들었습니다. 여기서는 청동기, 도자기, 생활용기들과 제기, 반상기 등 각종 유기들을 생산하고 있습니다. 이들은 수탈을 피하려고 관리들의 손이 못 미치는 먼 고장에서 뭉친 것입니다. 요즘은 청국상인들이 그곳까지 찾아가 주문을 하기 때문에 '안성맞춤'이라는 유행어가 생겼다고 합니다."

두 남녀는 정분을 나누기보다 국정에 대해 밤을 새우며 얘기했다. 이순은 조선 역사상 가장 많이 백성의 인권을 생각하고 먹는 것을 위해 뛰어난 경제 마인드를 실천하려고 한 임금이었다. 첫째가 자주국방(나라걱정)이요, 둘째가 경제개발(백성걱정)이요, 셋째가 기득권세력과의 싸움(개혁)이다. 그는 한번 생각한 일은 밤을 새며 반드시 마쳤다고 한다. 이순과 옥정은 서로 일맥상통했다.

이순은 새벽 통이 트자 대전으로 돌아갔다. 잠을 조금만 잤는데도 몸과 머릿속은 가벼웠다. 옥정을 통해 현실사정을 익히고 나니 자신감도 생겼다. 그는 옥정이 사랑스럽다 못해 몽땅 복제하고 싶었다.

열애

사흘이 지났다. 이순은 사흘이 지났으니 가도 되느냐고 내시를 통해 물어왔다. 옥정이 사흘이 지난 것을 잊지 않고 있었다고 답하자 즉시 달려왔다.

"너는 한번 말한 것은 정확히 지키는구나. 나는 네가 말하는 사흘은 핑계일 것이라 생각했었다. 그런데 네가 사흘을 먼저 말하니 신뢰가 간다."

"저는 잔머리 굴릴 줄은 모릅니다. 전하를 기쁘게 해드리고 건강하게 해드릴 생각만 하고 있지요. 전하께서는 오늘 밤을 지나시면 이제까지와는 전혀 다른 건강한 장부가 되실 것입니다. 평생을 장수하시면서 위대한 임금이 되실 것입니다. 제가 옷부터 벗겨드리겠습니다."

이순은 재위 6년째에 옥정을 만난 이후 돌연 건강해져서 46년간을 자주국방과 경제개발을 위해 불철주야로 회의를 하고 서류를 읽고 명확히 처결했다. 건강이 받쳐주지 못하면 불가능한 일이었다. 전에는 병을 자주 앓아 곧 죽을지도 모른다는 추측으로 역모설이 나돌았는데 놀라울 뿐이다.

젊은 두 남녀는 알몸이 되었다. 한참을 뒹굴고 거친 숨을 몰아쉬며 온몸의 구석구석을 애무했다. 서로 부둥켜안고 뜨거운 체온을 느꼈다. 드디어 이순이 정상 위 자세에서 삽입했다.

"이제 천천히 동작을 시작하세요. 동작은 구천일심(九淺一深), 즉 9번은 얕게, 1번은 깊게 밀어 넣으세요."

이순은 옥정의 명령에 따라 허리와 엉덩이를 앞뒤로 열심히 움직였다. 옥정의 눈에서 흰자위가 커지며 최고조에 달했다. 온몸이 떨리며 절로 큰 신음소리가 나왔다. 참으려 해도 산모의 신음소리처럼 점점 커지며 문밖을 넘어 궁궐로 퍼져나갔다.

이순도 견디기 힘든 듯 얼굴을 찌푸렸다. 그러자 옥정은 다급하게 임금에게 잠시 동작을 멈추라고 큰소리쳤다.

"서방님! 몸을 움직이지 마세요! 저한테 지시면 안 됩니다. 동작을 멈추세욧!"

옥정이 소리쳐도 젊은 이순은 숨을 헐떡이며 잘 멈추질 못했다.

"동작 그만!"

옥정이 크게 소리쳤다. 이순이 잠시 멈추는 듯하다 이내 미세하게 움직였다.

"어명이요! 동작을 멈추시오!"

옥정이 있는 힘을 다해 목청껏 소리쳤다. 그러자 이순의 동작이 찬물을 끼얹은 듯이 즉각 멈춰졌다. 어명의 지엄함이 효력을 발휘한 것이다.

"서방님, 이제 호흡을 천천히 깊이 마시고 천천히 뱉으십시오. 자, 시작하세요. 하~나아, 두~울, 세~엣, … 여~얼."

이순은 어명에 따라 호흡을 천천히 깊이 마신 후 길게 토하는 것을 열심히 따라했다. 신통하게도 옥정의 어명이란 소리에 동작이 즉각 멈춰지고, 그녀가 세는 숫자에 맞춰 깊은 호흡이 절로 됐다. 이순은 일개 궁녀로부터 어명을 받고 몸동작이 멈춰지는 데 스스로도 놀랐다. 하물며 지존인 임금이 어명을 남발한다면 얼마나 무서울까를 생각했다.

"서방님, 이번에는 체위를 호랑이 걸음 자세로 바꿔서 할게요. 체위는 자고로 구법(九法)이 있는데 각 체위에 따라 100가지 병이 없어진다고 합니다."

옥정은 자신이 엎드려 엉덩이를 치켜들고 호랑이가 뒤를 향해 엉금엉금 다가와 올라가는 동작을 취했다. 옥정이 가느다란 목과 허리를 낮추니 굵은 허벅지 위로 큰 엉덩이가 눈에 들어와 숨을 가쁘게 했다. 이순이 뒤에서 올라가 자세를 취하고 삽입했다. 그리고 구천일심으로 움직였다. 옥정은 다시 절정에 도달하자 소리쳤다.

"동작 그만!, 호흡 시작! 하~나, 두~울….."

옥정은 임금이 호흡을 하다가 다시 움직이려 하자 그의 볼기를 찰싹찰싹 세게 5차례 때렸다. 옥정의 손힘이 세서 피멍이 들 정도였다. 그러자 이순의 동작이 즉각 멈췄다. 이순은 옥정에게 볼기를 맞아가면서도 명령에 열심히 복종했다. 그래도 행복한 얼굴이다. 임금의 볼기를 친다? 조선 역사는 물론 중국 역사에도 없었던 일일 것이다. 역모에 해당하는 큰 죄지만 임금이 좋다니 그만이다.

"자고로 하늘은 왼쪽을 향해 돌고 땅은 오른쪽을 향해 돕니다. 남자는 하늘이니 왼쪽으로 도는 역을 하고, 여자는 땅이니 오른쪽으로 도는 역을 해야 하며, 남자는 아래를 향해 충돌하고, 여자는 위를 향해 맞이할 때 제대로 합하게 됩니다. 봄에 나고, 여름에 자라고, 가을에 거두고, 겨울에 감추는 계절의 원리처럼 대자연 법칙을 따라야 천지음양사시(天地陰陽四時)의 순서를 지키는 것이 됩니다."

옥정은 임금이 사정을 못하게 체위를 계속 바꿨다. 호랑이 걸음 자세에서 원숭이 나무에 매달리는 자세, 매미가 나무에 달라붙는 자세, 거북이 하늘로 오르는 자세, 봉황이 하늘로 오르는 자세, 토끼가 털을 빼는 자세, 물고기가 비늘을 문지르는 자세, 학이 긴 목을 서로 얽는 자세로 천천히 바꿨다. 체위를 9번째로 바꾸자 이순의 온 몸에서는 땀이 가득 흘렀다.

옥정은 그때마다 절정에 도달했으면서도 이순은 사정을 참도록 하는 데 성공했다. 이순이 이긴 것이다. 어명과 폭력의 힘이었다. 이순은 볼기맞은 것은 새까맣게 잊은 듯 승리자로서 눈동자가 빛나며 활기차보였다. 그는 처음으로 자신이 남성이 된 듯 자랑스러웠다.

"서방님, 남녀의 성생활은 음식물을 끓이고 삶는 것과 같습니다. 열이 약하면 음식이 익지 않아서 버려야 하는 것처럼 사람도 몸을 망치고 수명을 손상하게 되지요. 음양조화를 이룰 때 비로소 열이 후끈해져서 건강이 완성되는 거지요. 서방님은 잘 견디고 잘 이겨냈어요."

옥정은 장하다는 듯이 이순을 껴안고 등을 두드려 주었다. 이순은 어린애처럼 옥정의 품에 안긴 채 행복해보였다. 그는 옥정을 여러 차례 절정에 도달시키고도 사정을 참았다는 것이 자랑스럽고 뿌듯했다. 왠지 힘도 가득해진 것 같았다. 이것이 남녀교합인 것을 전혀 몰랐다. 그는 어린 중전과 새 싸움하듯 후다닥 해치우던 방사를 이렇게 멋지게 한 것이 너무 기뻤다. 그도 옥정을 깊이 안아줬다. 그는 옥정에게서 사랑을 느꼈다. 옥정도 임금이 의외로 사내다운 데 놀랐다.

새벽에 이순은 대전으로 가려고 방을 나섰다. 바깥이 전혀 딴 세상처럼 보였다. 동녘의 햇빛도 훨씬 눈부시게 빛났고, 정원 가득히 서 있는 소나무들도 진하게 싱그러웠다. 신을 신는데도 발이 푹 들어가고 발걸음은 나비처럼 사뿐했다. 대기한 내시와 시녀들을 보자 괜히 고개를 끄덕이며 반가운 듯 미소가 절로 나왔다. 모두가 신선하고 새로웠다. 특히 분노조절장애에 가까웠던 폭발적 성정이 차분히 가라앉았다. 밤사이 주변에서 변한 것은 하나도 없었다. 그러나 모두가 새롭게 보였다. 자신이 변한 것이다.

"아아, 내가 변한 것이구나. 나라 통치도 내가 변해야 밝아지겠구나."

멋진 밤을 보낸 후 이순의 눈동자에는 힘이 생겼다. 목소리에도 전보다 힘이 붙었다. 특히 흐늘거리던 허리가 꼿꼿하게 섰다. 그가 어머니에게 문후 가니 놀라워하신다. 어떻게 간밤 사이에 이처럼 열혈장부가 되었느냐고 묻는다. 청상과부로 사시는 어머니에게 간밤의 정사를 말씀드릴 수도 없었다.

이순은 대전으로 돌아오자 내시를 옥정 집에 보내 장희재를 오늘 중 데리고 오라고 명했다. 어서 장희재를 좋은 자리에 임명하고 싶었다. 그리고 얼마 시간이 지나지 않았는데도 이순은 다른 내시를 옥정의 집으로 또 보냈다. 옥정을 위한 일이라 서두르고 싶었다. 오후에 장희재가 내시 2명의 안내로 옥정의 처소로 왔다. 이순은 연락을 받자 급히 옥정에게 왔다. 이순은 윗목에 앉은 장희재를 보며 말했다.

"그대는 내 처남인데, 지금 무얼 하고 있는가?"

"전하, 황공하옵니다. 제가 전하의 처남이라니요. 소인은 칠패시장에서 관리를 맡고 있는 보잘 것 없는 사람입니다."

장희재는 임금과 독대하고 분에 넘치는 하문을 받으니 황송하고 어쩔 줄을 몰랐다.

"자네는 기골이 장대하고 무술도 잘한다니 포도청일도 잘 하겠네."

"소인은 무과초시에 급제한 바가 있으나 아직 소임을 맡지 못해서 저자의 기도를 천직으로 알고 열심히 살고 있습니다."

무과초시에 합격한 사람은 관직의 스무 배가 넘었다. 합격자 거의가 임직하지 못했다.

"무과초시에 급제했다고? 내가 너를 의금부 도사(都事)로 임명하겠다. 준비하라."

이순은 장희재에게 말하면서도 눈길은 옥정에서 떠나지 못했다. 장희재의 의금부 도사 임명은 정말 파격적이다. 의금부 말단직도 당상관들의 자제들로 임명하는 게 관례인데 장희재를 종5품인 도사로 곧바로 임명한 것이다.

장희재가 돌아가자, 이순은 옥정에게 어서 안기라고 재촉한다. 옥정은 숫처녀로서 다양한 체위로 두 시간이나 교합해 음문이 너무 아파 임금을 맞을 수 없었다. 그렇다고 임금에게 이런 사정을 말할 수도 없었다.

"전하, 오늘은 쉬어야겠어요. 그냥 돌아가 주십시오. 황공합니다."

"왜 갑자기 전하라고 부르냐? 서방이라고 불러다오. 우린 애인

사이가 아니냐?"

"제가 전하를 서방님이라고 부를 수 있는 때는 우리가 합궁할 때 뿐입니다. 그 외는 전하의 궁녀입니다. 남녀합궁은 식사처럼 배고 프다고 아무 때나 먹을 수 있는 것과는 다릅니다. 아무리 교합을 하고 싶어도 천기를 살피고 때가 돼야 할 수 있습니다. 오늘은 안 됩니다."

이순은 이해 못하겠다는 듯 안절부절 못 한다. 감히 또 거부를 하다니? 장희재에게 잘 해주면 옥정이 더 가까워질 줄 알았는데 전혀 딴판이니 어리둥절했다.

"내가 어명을 발동해도 안 듣겠다는 것이냐?"

"네, 어명에 볼기를 때려도 안 되옵니다. 화나시면 제 볼기를 손바닥으로 찰싹찰싹 때려주십시오. 나라 대사를 보시는 분이 하루가 멀다 하고 아녀자를 찾으시는 것은 절대로 안 됩니다. 호호호."

"너는 장난꾸러기냐 아니면 세상을 모르는 거냐?"

"둘 다입니다. 하지만 전하, 저도 전하를 잠시도 떨어지고 싶지 않습니다. 대신 저를 안아 주세요."

옥정은 임금의 품을 파고들면서 얼굴을 묻었다. 이순은 옥정을 힘껏 안아주었다. 그러나 안은 것으로 대신하고 며칠이고 참아야 한다 생각하니 긴 한숨이 절로 나왔다.

"그럼 언제면 되겠느냐?"

"제가 따로 연락드릴 때까지는 오지 마십시오. 그동안 어마마마와 지내려 합니다. 어마마마는 지금 전하에게 무척 서운하시고 저를 언짢게 여기실 것이 분명합니다."

이순은 어머니가 옥정을 어떻게 대할까 걱정되는 게 사실이었다. 옥정이 오히려 그런 배려를 대신 해주니 더 이상 조를 수도 없다. 그는 체면상 더 말하지 않고 돌아갔다.

명성왕후

옥정이 이순과 요란한 밤을 보낸 며칠 뒤, 대비 명성왕후가 옥정에게 들라고 전갈이 왔다. 이처럼 재촉하는 것은 심통이 난 것이라 짐작했다. 옥정은 대비전에 부랴부랴 달려갔다. 대비 앞에는 제조 상궁과 기미상궁, 나인 4명이 배석해 있었다.

김 대비는 서른셋에 청상과부가 된 후 서른아홉이 된 지금은 아들을 남편처럼 아끼고 의지했다. 당연히 여자에 대해 질투의식을 가지고 있었다. 아들이 할마마께 문후갈 때마다 옥정과 예사롭지 않은 농을 주고받는다는 사실에 경계심을 가졌다. 해서 옥정에게 정보원을 붙여 일거수일투족에 대해 훤히 꿰뚫고 있었다.

무언가 꼬투리를 잡으려던 차에 옥정이 아들과 히히덕거리며 밤을 보냈다는 소리에 울화가 치밀었다.

대비는 옥정에게 화난 듯 큰소리로 물었다.

"너는 주상을 모시면서 왜 내가 이른 대로 하지 않았느냐? 너는 주상에게 예라는 대답 외에는 말을 해서는 안 된다고 한 것을 알고 있느냐? 네가 잠자리에서 주상에게 난삽한 짓을 한 것은 잘 알고 있지? 내 긴말은 하지 않겠다."

대비의 말은 위엄이 넘치다 못해 살기를 느낄 정도였다. 옥정은 엄숙하고 압도된 분위기라 오금이 저렸다.

"대비마마. 어인 말씀이온지요?"

"진정 네가 모른단 말이냐? 네가 주상의 볼기를 쳤는데도? 이는 역모에 해당한다."

"전하께서 그리 말씀하셨습니까?"

"……."

대비는 당황한 듯 주저했다. 숙직궁녀들이 고자질한 것이지만 이는 임금의 비밀을 전한 불경죄를 짓는 것이기에 대비도 토설하기 힘든 것이다. 옥정은 이순을 믿고 잡아떼었다.

"마마, 소녀는 전하의 건강을 생각해 안마를 소리 나게 강하게 해드렸을 뿐입니다."

"네가 나를 시험하려는 모양인데 속이면 절대 안 된다."

대비도 더 이상 강조하지 못한 채 물러날 수밖에 없다.

"예, 대비마마."

"주상은 약하셔서 여인을 조심 시켜왔다. 그런데 주상께서 지난

밤 사이에 갑자기 허리가 꼿꼿해지고 눈도 총기가 생기셨다. 그간 어의들도 속수무책이었는데 네가 무슨 요술을 부렸는지 심히 걱정된다. 무당들도 가끔 그런 주술을 부려 병든 사람을 일으켜 세우지만 나중에는 아예 일어나지도 못하고 죽는 것을 보았다. 나는 두 번 말하지 않는다. 절대 명심해라.”

대비의 이순에 대한 건강 관심은 대단했다. 《실록》에 의하면 이순은 세자 시절 학질에 걸려 위험한 적이 있었는데, 중전의 성화로 현종은 지방순행 중 공무를 중단하고 환궁한 채 한동안 정사를 보지도 않고 병구완을 했다는 기록이 있을 정도다. 이런 대비이니 아들이 옥정에게 빠지는 것을 방관할리 만무하다. 특히 청상과부가 된 후에는 온갖 애정을 아들에게 쏟아 붓고 의지하는 그녀가 아닌가. 대비는 아들의 건강을 핑계로 옥정을 질시하는 것인지도 모른다.

옥정은 대비가 자신을 다그치는 것을 이해했다. 사랑하는 아들을 빼앗긴다는 어머니의 심정을 알고 있다. 대비의 그런 의식을 지우는 방법은 아들이 건강해져서 옥정의 덕택이라고 여겨지도록 하는 길뿐이라고 생각했다.

“마마, 소녀는 전하의 옥체를 지금보다 몇 배 강건하게 해드릴 수 있사오니 염려 거두시옵소서.”

“요즘 주상의 옥체가 실해진 것은 맞다만 네가 그리했단 말이냐?”

"소녀, 어디라고 함부로 헛된 말씀을 올리겠습니까? 목숨을 걸고 서약 드립니다."

"그것 참 희한한 일이구나. 어의들도 주상의 옥체를 강건하게 못하는데 네가 할 수 있다니 말이다. 하여튼 네가 한 말은 명줄을 걸었다는 것을 알거라."

명성왕후는 알면서도 말은 그렇게 했다. 아들이 옥정과 동침을 하고 난 후 남자답고 강건하게 변한 것을 부인할 수는 없었다.

"예, 마마"

옥정은 겨우 한숨 돌리고 취선당으로 돌아왔다. 다행히도 장희재 오빠 얘기가 없었다. 그러나 이는 대비의 전술이었다. 한 가지씩 서서히 조여 오려는 것이다.

아니나 다를까. 며칠 뒤 옥정을 다시 불러 세웠다. 그리고 장희재가 벼슬 받은 일을 꺼냈다. 대비는 의금부도사 자리는 정보에 빠르고 체포권도 있어서 남인출신인 장희재에게 주는 것은 불가하다고 여겼다.

"네가 주상을 현혹해서 네 식솔을 의금부에 심어두려는 모양인데 용납할 수 없다."

대비가 역정을 내며 말했다. 옥정은 이미 각오한 것이라 별로 두렵지도 않았다.

"대비마마, 저는 그런 일을 한 적이 없사옵니다."

"그럼, 네 오라비는 왜 불러서 주상을 면대 시키고 벼슬을 주었냐?"

"전하께서 저도 모르게 직접 하명하신 조치입니다."

"잘도 둘러댄다. 그게 그것 아니냐? 천한 주제에 벌써부터 조정에 네 패거리를 만들려는가본데 일찌감치 싹을 잘라내야겠다. 너는 오늘 중으로 궁을 나가라! 주상에게는 아무 말도 하지 말고 그냥 나가라."

옥정은 임금이 청상과부인 어머니를 놔두고 자신에게만 정을 쏟는 것이 문제가 될 것이라고 짐작은 했다. 이 일은 임금이 알아도 어찌할 수 없는 내명부의 일이다. 옥정은 조용히 떠나기로 결심했다. 이순을 떠난다고 생각하니 가슴이 메어지듯 아팠다. 진정 그를 사랑했다.

이런 남녀의 이치를 대비는 이해하지 못했다. 하찮은 궁녀 하나를 내치면 그만이라고 보았다. 밥상에서 반찬 하나 치우는 정도였다. 옥정은 이순을 연모했지만 대비와 대결하는 게 위험하고 임금에게도 좋지 않다고 생각했다. 대비가 서슬이 시퍼러니 저자로 돌아가서 일하는 것도 괜찮다고 생각했다.

"대비마마, 소녀가 심중을 어지럽혀드린 줄은 몰랐습니다. 오늘 떠날 채비를 하고 내일 중으로 궁을 떠나겠습니다. 부디 옥체 강녕하시옵소서."

대비는 뜻밖에 옥정이 순순히 출궁하겠다는 말에 놀랐다. 잘못을 빌면서라도 용서를 구할 줄 알았는데 대수롭지 않게 궁을 떠나겠다는 것이다. 만약 옥정이 궁을 떠나면 이는 궁중사상 최초로 승은궁녀가 출궁한 사례가 된다. 일반궁녀라도 죽기 직전, 전염병, 흉년 등 환란을 해소하기 위해 출궁할 뿐 옥정처럼 멀쩡하게 출궁하는 경우는 없었다. 그것도 승은상궁을 축출하는 것이다.

"네가 주상을 믿고 쉽게 출궁하겠다고 말하는 것이라면 일찌감치 버려라. 효심이 지극한 아들이라 내 결정에는 어찌하지 못함을 알거라."

"예, 조용히 떠나겠습니다. 소녀 한번 약속한 말은 절대로 지키겠사옵니다."

이순의 사정(射精)을 받지 않아 임신하지 않은 게 다행이었다. 만약 임신했다면 남인의 신분인 옥정은 아기를 낳더라도 빼앗길 수도 있다는 생각이 들었다.

이순에게 내시가 대비전에서 일어난 일을 고했다. 이순은 아연실색했다. 이순은 죽을상을 하며 옥정의 처소로 달려왔다. 안경을 끼고 있었다. 어이없게도 옥정의 얼굴은 편해보였다. 옥정은 안경을 끼고 온 이순을 보자 그의 마음에서 진정성이 보였다. 옥정은 반갑게 손을 내밀며 악수를 청했다. 이순은 악수를 거절했다.

"옥정아, 내가 악수할 기분이냐? 절대로 가지 말거라. 너는 나의 희망이다."

"전하, 어찌 하찮은 일로 성심을 어지럽히십니까? 밝음이 있으면 어둠이 있는 법입니다. 잘 견디시고 어마마마와 화목하게 지내십시오. 저는 그동안 전하의 분에 넘치는 사랑을 받은 것으로 행복했습니다. 또한 대비마마의 지엄한 분부를 따르지 않는다면 소녀는 죽을 수도 있습니다. 소녀도 가슴이 찢어지는 아픔을 견디며 하직하오니 받아주십시오."

"옥정아, 너는 내 맘을 절대 모른다. 내가 어머니께 말씀드릴 테니 당장 떠나는 것은 멈춰다오. 아니, 어머니께 허락받을 동안은 내 침소에서 숨어 지내 거라."

이순은 돌발적 충격에는 준비가 돼 있지 않았다. 임금의 체통을 잊은 채 어린애처럼 떼를 썼다. 옥정은 이순보다 2살밖에 더 먹지 않았지만 장터에서 단련돼 몇 배나 어른스러웠다. 사실은 자신이 임금을 더 사랑했다. 상상도 못할 지존인 임금에게서 사랑을 받고 자신도 이처럼 그를 사랑하게 될 줄은 몰랐다. 그러나 온갖 간난을 이기며 오늘에 이르렀는데 투정하는 임금을 달래야 서로 사는 길이라 생각했다.

"전하, 어머니의 성정을 모르십니까? 허락을 받는다 해도 당장은 면할지 모르겠지만 오래지 않아 소녀는 죽습니다. 소녀를 이끼 낀 기왓장처럼 봐주십시오. 제발 물러나 주십시오. 어명입니다. 호호호"

옥정은 일부러 웃으며 농까지 한다. 그리고 앞으로 다가와 이순을 힘껏 끌어안으며 가슴에 얼굴을 묻는다.

"너는 웃음이 나오느냐? 나는 임금이라는 신분과 싸우며 너무나 힘들게 살았다. 네 덕분에 처음으로 즐거움을 알게 됐고 격의 없이 농하고 장난하면서 새 세상을 알게 됐는데 절대로 떠나게 할 순 없다. 네가 떠난 후 나는 휴식도 위로도 받을 수 없이 외롭고 무서운 정무에 시달려야한다. 다시 생각해다오."

이순은 진심으로 애원하다시피 했다. 차라리 졸랐다고 해야 옳다.

"서방님, 고정하시와요. 이젠 제 어명도 안 들으시렵니까? 볼기를 쳐드릴까요? 호호호. 후일 다시 부르시면 달려오겠습니다. 자, 이별의 악수를 해보세요."

옥정은 시종 농을 하며 이순의 손을 끌어다 억지로 악수를 하며 이별을 고한다. 이순은 할 수 없이 악수를 하고 그녀가 손을 흔드는 대로 따라 흔들었다. 그도 어머니의 성품을 잘 알고 있다. 어머니한테 옥정은 파리 목숨과 같다. 자신이 등청한 사이 옥정은 어머니 손아귀에 놓이게 된다. 그때 어머니가 무슨 처벌을 해도 지켜줄 수 없다. 옥정이 말한 후일은 어머니가 돌아가신 후를 말함도 알고 있다.

어머니를 택할 것인가 사랑을 택할 것인가? 그는 어머니를 버릴 수 없었다. 버릴 방법도 없었다. 어머니를 핑계로 사랑하는 여인을 버려야 하는 자신이 한스러웠다. 순간적으로 어머니가 빨리 돌아가셔서 옥정을 들이고 싶은 생각도 들었다. 그는 힘차게 머리를 흔들었다. 이 무슨 불효막심한 패륜적 망상인가! 결국 옥정과의 인연은 풋사랑이었단 말인가. 그의 눈에서는 눈물이 주르륵 흘러내렸다. 가슴은 찢어져 아팠다.

임금은 오기가 났다. 어머니가 내 인생까지도 이처럼 간섭한단 말인가? 그는 발길을 대비전으로 돌렸다. 그는 문을 박차듯 방안으로 들어갔다. 방에는 상궁과 나인이 여럿 있었다.

"어마마마! 왜 옥정을 내쫓으세요? 나는 그 애를 은애합니다. 제발 삼가세요. 제가 드리는 첫 간청입니다."

이순은 예의도, 체면도 팽개쳐 버린 양 큰 소리로 울먹이며 소리쳤다.

"주상! 어린아이도 아닌 주상이 어찌 이렇게 철없는 행동을 하세요? 주상은 한 여자의 남자가 아니라 만백성의 남자이고 어버이입니다. 장녹수라는 한 여자의 농간에 놀아나다 비극을 겪은 연산임금의 고사를 잊으셨습니까? 내 눈에 흙이 들어가기 전에는 그 요녀는 절대 안 됩니다."

"옥정은 절대로 요녀가 아닙니다. 그 애는 누구보다 사리가 분명합니다. 신분이 천하고 남인의 천거로 들어왔다고 그러시는 것 아닙니까?"

"신분도 천하거니와 성격도 간사해서 남인의 간자인 것을 눈감아주면 남인들이 조정의 일들을 낱낱이 알게 돼 어떤 짓을 할지도 몰라 절대로 그냥 둘 수는 없소. 선대왕께서 어떻게 지켜온 종묘사직인데 주상이 이처럼 투정을 하신단 말이오."

이순도 어머니가 종묘사직을 들먹이자 할 말이 없었다. 역대로 임금이 지켜야할 가장 큰 임무는 종묘사직을 보존하는 것이다. 역대 왕과 왕비의 신주를 모시고 땅(社)과 곡식(稷)의 신에게 제사를 지내는 것은 유교사상과 농업이 중심인 조선에서는 최고의 존엄이었다.

"어마마마께 간청이 있습니다. 2달 동안만 출궁시키지 말아주세요. 2달 동안 그 애를 시험해보세요. 두 달이 되면 소자는 무조건 내보내겠습니다."

명성왕후는 더 이상 말도 듣지 않고 방을 나가버렸다. 이순은 한참을 버티다가 돌아왔다. 그리고 취선당에 내시와 궁녀를 붙여 옥정을 감금하다시피 해서 강제로 머물게 했다. 이순은 어머니에게 매일 행하던 문후도 건강을 핑계로 하지 않았다. 《실록》에 의하면, 이 일로 이순과 대비는 사이가 벌어지기 시작했다고 기술한다.

아들이 충격으로 드러눕자 대비도 물러설 수밖에 없었다. 2달만 머물게 하겠다고 양보했다. 이순은 옥정에게도 2달 후 떠나보내겠다고 약속했다. 이순은 의금부 판사(종1품)를 불렀다. 장희재를 포도청 포도부장으로 전보하라고 했다. 어머니가 혹시 장희재를 파직하도록 할지 몰라 외청으로 보낸 것이다. 의금부는 왕실의 사찰 업무를 관장하므로 어머니가 재량권을 가지고 있었다. 이 조치로 장희재는 후일 장옥정이 출궁된 뒤에도 포도부장으로 건재했다.

명성왕후는 정치 감각이 뛰어난 여인이다. 아들에게 조금 누그러진 태도를 보였다. 장희재의 포도부장 전임에도 관심을 갖지 않았다. 그러나 옥정을 휘어잡을 일에는 관심을 집중했다. 일단 2달을 허락했으니 옥정과 대화는 해보기로 했다. 우선 다과를 나누려고 옥정을 불렀다. 일종의 시험이었다.

"너는 어찌하여 주상의 마음을 어지럽혀 나에게까지 투정을 부리도록 하느냐?"

"대비마마, 저는 주상을 은애하고 주상도 저를 은애한 것입니다. 남녀의 정은 강압과 명분으로 이해할 수 없는 관계입니다."

"네 말도 일리가 있다. 주상이 너를 무척 은애한다는 것을 느끼고 있다. 내가 좀 물어볼 것이 있다. 나는 선대임금님이 살아 계실 때 너처럼 뜨거운 사랑을 받아보지 못했다. 혹시 너는 향주머니와 노루꼬리를 허리춤에 차고 있어서 주상을 홀린 것이냐?"

대비는 무시하는 듯이 말문을 열었다. 옥정은 너무 수준 이하의 생각을 가진 대비에게 실망했지만 솔직한 태도에 호감이 갔다. 당시에는 몸에 부적을 감추면 사랑을 독차지한다는 민속이 있었다.

"대비마마, 남녀사이는 부적을 찼다고 좋아지는 것이 아니옵니다. 두 남녀사이에 벽을 허물어야 서로 은애하는 길이 열리는 것입니다."

옥정의 이 말을 듣자 대비는 의외로 탄식하듯 말을 꺼낸다.

"나는 선대왕과 정인이라기보다 정론으로 맺어진 부부였다. 네 말대로 벽이 막혀 있었지. 우리는 사는 동안 살가운 얘기한번 나누지 못한 채 보냈지. 우린 정치적 동지와 같았다. 그러나 서로 존중하고 예를 갖췄다. 허나 너희는 서로 예를 갖추기보다 난삽하다고 들었다."

대비는 엄하게 말했지만 자신이 살아온 인생이 후회스런 듯 뉘앙스를 풍겼다.

"마마께서는 부왕마마의 사랑을 못 받으신 것이 아니라 안 받으신 것이옵니다. 마마께서는 남녀유별이란 고정관념을 부부간에도 엄격하게 적용하셔서 부왕께 남자의 구실을 못하도록 하신 것입니다. 남녀가 형식상으로 교합한 때문에 부왕께서는 제대로 음양의 조화를 기하시지 못하신 것입니다. 저와 전하는 그런 벽이 없습니다."

"그럼 어떻게 그 벽을 깼단 말이냐?"

대비가 오랜 청상과부생활을 해선지 침을 삼키며 흥미 있게 물어온다.

"전하께서는 소녀가 미천한 궁녀이지만 함부로 대하지 않으시고 어떤 얘기나 농도 즐겁게 나누셨습니다. 그래야 합궁이 성공합니다. 합궁이란 남녀의 음양기운이 뜨거워져 폭발하면서 유쾌한 기분이 정점에 달할 때 성공하는 것입니다. 이때 사랑이 생기는 것입니다. 밥을 지을 때 불이 뜨거우면 맛있는 밥이 되고 불이 뜨겁지 않으면 설은 밥이 되는 것과 같습니다."

"그럴듯한 얘기구나. 그러나 역대 왕들은 여자를 너무 가까이 해서 정사를 그르친 일이 많았다."

"그것도 틀린 얘기입니다. 가장 위대한 일을 많이 하신 세종께서는 후궁이 수십 명이고 자손이 수십 명이었습니다. 또한 수명도 길었습니다. 세종께서는 좋아하던 후궁을 신하들 몰래 따로 불러서 말없이 귤 하나를 쑥 내밀어주었다고 실록에 적혀 있습니다. 엄숙할 것 같은 세종께서는 은애할 줄 아신 것입니다. 남녀의 교합은 배척할 일이 아니라 즐겨야 할 일입니다. 전하께서 소녀와 교합하신 후 허리가 꼿꼿해지고 많이 명랑해지심은 물론 눈빛도 강렬해지신 것을 보실 수 있을 것입니다."

"어떻게 해서 그리 될 수 있단 말이냐?"

"고대 중국의학서의 방중술을 보면, 남녀가 교합하면서 유쾌함은 최고조에 달하되 배설하지 않거나 사정회수를 줄이면 신체가 가벼워지고 백병이 예방되고 치유될 수 있다고 했습니다. 그러나 대개의 남자는 교합할 때 긴장하거나 서두르다 사정을 해서 기운만 허비하고 쉽게 피로해져 병도 들게 되지요."

"네가 하는 얘기는 술집 기녀들이나 할 수 있는 잡스런 짓 아니냐? 그것은 막된 풍류로 임금을 잘못된 길로 이끌 수 있다."

"남녀가 교합만을 목적으로 하면 기녀와 음탕하게 하룻밤을 지내는 것과 같습니다. 그러나 건강을 위한 방중술은 기운을 허비하지 않고 음양을 교합하는 데 목적이 있습니다. 또한 부부는 꿈을 공유하는 동지가 돼야 합니다. 합궁에 성공한 남녀사이라도 만족은 1년 이상 가지 못합니다. 이는 하루해가 길면 무미건조해지듯 남녀의 유쾌함도 시간이 지나면 그리되기 때문입니다. 이 때문에 부부가 유쾌함에만 의지해선 안 되고 뜻있는 목표를 향해 의논하고 의지하는 동지가 되어야 평생을 해로하게 됩니다. 황공하게도, 마마께서는 합궁은 엄하게 하시고 정치에만 동지로 처신하셨기 때문에 선대왕마마께서 단명하신 것으로 보입니다. 전하께서는 소녀가 장사한 경험에서 얻은 현실경제지식을 받아들이시어 뛰어난 통치자로 변화하시는 것입니다."

옥정은 선대왕까지 들추고 나서 흠칫 놀랐으나 대비는 의외로 고개를 끄덕이며 수긍한다. 대비는 옥정의 합리적 얘기는 모두 받아주는 큰 그릇이었다. 얘기가 무르 익다보니 저녁이 되었다.

"옥정아, 우리 저녁도 같이 먹은 후 더 얘기를 나누자."

대비는 옥정의 말에 빠져들었다. 대비는 효종임금 밑에서 대동법과 화폐경제를 주도한 영의정 김육의 손녀였다. 장남인 큰 아버지 김좌명도 영의정에 오른 정승집안이었다. 김좌명의 아들이 김석주이다. 따라서 김 대비는 실학에 깊은 의식이 있었다. 옥정의 현실적 감각에 호의를 가진 것이다.

곧 저녁상이 올라왔다. 옥정은 대비의 수라상(水刺床)이 간소한 것에 놀랐다. 수라상은 고려 원종 때 전해진 몽골어로, 음식을 뜻하는 '슐라'에서 온 것이라고 한다. 하루에 아침과 저녁 2차례에 걸쳐서 받았으며, 아침 수라는 오전 10시경, 저녁 수라는 오후 5시경에 들었다. 원반에는 기초로 밥, 국, 찌개, 찜, 장류에 반찬으로 나물, 생채, 장아찌, 젓갈, 마른 반찬이 놓였다. 통상 편육, 조림, 구이나 적이 추가되는데 대비의 수라상에는 올리지 않았다.

대비가 사치를 멀리하고 근검하게 처신함을 알 수 있었다. 대비는 식사 중에는 일체 말을 하지 않았다. '밥상머리의 수다는 재수 달아난다'는 예법을 행하는 듯 보였다. 옥정은 대비와 이처럼 허물 없이 되다보니 밥이 꿀맛처럼 좋았다.

"주상전하 납시오!"

내시가 달려오며 크게 소리쳤다. 대비와 옥정은 수저를 급히 내려놓고 앞뜰로 나갔다. 이순이 헐레벌떡 빠른 발걸음으로 오고 있었다.

"주상, 어인 일로 내당까지 오십니까?"

대비가 반가워하며 물었다. 이순은 당황하며 어색한 표정이다. 그의 시선은 옥정에게 꽂혀있었다. 대비는 실망했지만 웃으며 말한다.

"주상, 옥정이를 보러 이곳까지 행차하신 것입니까? 이제 장한 장부가 되셨습니다. 이 어미보다 더한 여자가 생겼다니."

"어마마마, 그게 아니라 문후 겸 저녁상을 어마마마와 함께 하려고 왔습니다."

"마침 저녁상을 받고 있는 중인데 새로 차릴 테니 이리 오세요."

옥정은 이순이 무슨 말을 할지 몰라 당황해서 고개를 숙이고 있는데 임금이 말을 건다.

"옥정아, 어머니와 저녁을 같이 하니 매우 기쁘구나. 사실 내가 취선당에 갔다가 네가 여기 있단 말을 듣고 달려왔다. 곱게 차린 네 모습이 선녀보다 아름답구나. 양귀비도 너에게는 견줄 수 없을 것이다.”

이순은 어머니 앞인데도 옥정에 빠져 정신을 못 차린다.

“전하, 어마마마 앞에서 어찌 그런 말씀을 하세요. 소녀 부끄럽습니다.”

“허허허, 네가 그런 수줍음을 타다니. 너는 천의 얼굴을 가진 여시와 같구나. 밥을 다 먹은 모양인데 취선당으로 가자. 어마마마 소자 그래도 되지요?”

“주상, 아직도 내 앞에서는 철없는 아들이군요. 원하는 것은 참지 못하고 떼쓰며 졸라대던 때와 똑같습니다. 그리하세요. 옥정아, 주상을 모시고 취선당으로 가거라.”

“마마, 저는 전하보다 어마마마가 더 좋아요. 오늘은 여기서 더 얘기하다가 대비마마를 곁에서 모시고 자고 싶습니다. 허락해 주세요.”

이순이 놀라며 말을 가로 챈다.

“안 된다. 내가 오늘 정무로 무척 피곤하다. 너의 위로가 필요하다. 그만 일어서라.”

이순은 어머니는 안중에도 없는 듯 옥정의 손을 잡아 일으키며 끌고 나가려 한다. 곤란한 것은 옥정이다. 그러자 대비는 크게 웃으며 말한다.

"옥정아 벌떡 일어나지 않고 뭐하냐? 주상께서 너를 저렇게까지 하시는데."

"어마마마, 황공하옵니다. 소녀는 어마마마와 함께 있고 싶은데."

"옥정아, 네가 주상에게 저렇게 귀염을 받으면 나는 고마울 뿐이다. 아무 염려 말고 어서 취선당으로 가거라."

옥정은 대비의 자식 사랑에 놀랐다. 그녀의 성정으로 미뤄볼 때 이처럼 일방적 양보는 의외였다. 이순과 옥정은 취선당으로 떠났다. 옥정은 대비에게 미안했다. 한편, 동정심도 갔다. 청상과부에게 젊은 두 남녀가 주책부리는 모습을 보였으니 말이다.

"옥정아, 우리 잠자리에 들자. 나는 너무 피곤하구나."

방에 들어서자 이순은 보챈다.

"네, 그리하세요. 서방님, 그런데 오늘은 따로 이불을 펴고 자는 조건입니다."

"그게 무슨 말이냐? 나는 오늘 너와 꼭 붙어서 자려고 왔다."

"그렇게 밝히시면 안 돼요. 내 몸뚱이가 좋은 건가요, 아니면 장옥정이 좋은 건가요? 몸뚱이는 곧 싫증이 나게 되거든요."

"둘 다 좋다. 오늘 둘 다 가지고 싶다."

"서방님, 그럼 이불 속에서 내 어명을 절대로 따라줘야 합니다. 약속할 수 있어요?"

"암, 꼭 약속할게."

옥정은 이순의 옷을 하나씩 몽땅 벗겼다. 그리고 그에게 말한다.

"서방님, 한번 제 옷을 벗겨보세요. 나는 가만히 누워 있을게요."

이순이 흥미로운 듯 옥정의 옷을 벗기기 시작한다. 그러나 여인의 옷은 종류도 많고 옭매어 감춘 곳이 너무 많다. 머리장식과 붙인 머리를 곱게 푸는 것으로 시작해서 저고리와 적삼, 속저고리, 치마, 속치마, 속옷, 버선 등등…. 급한 성격에 서두르다보니 잘 풀리지도 않는다. 땀이 솟는다.

"여자 옷 하나 푸는데도 쩔쩔매면 얽힌 정사를 푸는 데는 어떻게 하십니까? 정치나 합궁이나 똑같이 복잡하고 인내가 필요합니다."

"거참, 너는 멋진 말만 골라서 하는구나. 사실 나는 급한 성격이라고 소문나 있다. 오늘 방사를 치루면서 모든 걸 고치려 한다."

이순은 손을 천천히 움직인다. 놀라울 정도로 차분해진 그의 결단에 옥정은 진정으로 탄복한다.

"참으로, 훌륭하신 임금이십니다. 꼭 성군이 되실 것입니다. 제가 오늘 밤 온갖 정성을 다해 성군이 되심을 축하해 드리겠습니다. 호호호."

둘은 크게 웃었다. 이순은 차분하게 옷을 벗기면서도 쩔쩔맨다.

"시장에서 들은 얘기인데, 어머니가 아들에게 첫날밤에 잠자리 들기 전에 색시를 홀딱 벗기라고 말했더니 부엌칼을 가지고 와서 땀을 뻘뻘 흘리며 살갗을 벗겼다고 합니다. 신부는 첫날밤에 피가 나고 아파도 참으라는 친정어머니 말씀을 지키려고 참았다고 하네요. 지금 서방님이 애쓰는 모습은 살갗을 벗기는 것과 비슷하네요. 호호호."

이순도 크게 웃었다. 몽땅 벗기고 나니 옷이 이불 옆에 수북이 쌓였다. 그는 흥미로워 옷더미를 가슴으로 끌어안고 들어봤다. 허리가 휘청한다.

"옥정아, 이렇게 무거운 것을 왼 종일 걸치고 있어야 하냐? 이러고 여자들이 무슨 일을 할 수 있겠느냐?"

"제가 궁에 들어와서 가장 힘든 게 바로 치장이었어요. 시장에서는 통치마에 적삼하나면 다 됐거든요. 옷을 벗기가 쉬워서인지 아낙네들은 애를 쑥쑥 잘 낳기도 했죠. 열 명 이상 낳은 아낙네도 무척 많아요."

"그럼 너도 열 명은 낳을 수 있겠구나. 그럼 네가 어마마마보다 더 실세가 된다."

"그럼 소녀도 통치마와 적삼만 걸치게 해주십시오. 스무 명도 낳을게요. 호호호."

"궁중에는 규중예전이 있어서 절대로 안 된다. 그보다 네가 2달 후면 출궁하는 처지가 큰 걱정이다. 다급해서 어머니께 약속드렸지만 너를 내보낼 수는 없다."

"남자일언 중천금이란 말을 잊지 마세요. 저는 여자지만 약속을 지킬 것입니다."

"너는 남자로 태어났으면 큰일을 할 뻔 했다."

이순은 와락 옥정을 끌어안는다. 옥정도 남자의 큰 품에 얼굴을 묻었다. 한 덩어리가 된 몸뚱이가 이불 위를 뒹군다. 뜨거운 열기가 방안을 덥힌다. 둘은 이불을 걷어찼다. 시간이 흐르면서 '어명'이 떨어졌고, '볼기치는 소리'가 수차례 들렸다.

대비는 옥정에게 관심이 갔다. 단순한 남인의 첩자로 보기에는 식견이 돋보였다. 대비는 옥정에게 다과를 하자며 다시 불렀다. 대비는 궁금하던 것을 확인하고 싶었다.

"네가 뜨거운 합궁을 해서 주상이 빠져 있는데도 오래가지 못한단 말이냐?"

"당연합니다. 소녀가 궁을 떠나지 않고 계속 모신다 해도 전하께선 오래지 않아 내버리실 것입니다. 그때는 소녀가 먼저 젊은 궁녀를 천거할 것입니다."

옥정은 후일 중전이 된 후 최 무수리를 후궁으로 천거해서 아들 연잉군을 낳게 된다.

"주상이 너에게 흠뻑 빠져 있는데 버릴 수가 있겠냐?"

"대비마마, 사람은 누구나 추우면 여름의 더위를 생각지 못하고, 더우면 겨울의 추위를 잊는 법입니다. 전하께서도 마찬가지로 소녀와의 일들을 잊으실 것입니다. 그때는 주변에서 전하께 소녀를 모함하고 함정에 빠트리기까지 해서 더 쉽게 버리게 되실 것입니다. 어쩌면 소녀가 방해가 된다고 영원히 내치실지도 모르지요. 호호호."

옥정은 대비가 의외로 화통한 여자라 생각돼 격의 없이 대화를 나눴다.

"영원히 내친다고? 죽인다는 말이냐? 듣고 보니 너는 참으로 냉정한 아이구나."

"전하와 명을 다하며 지내려면 어마마마처럼 든든한 친정이 있어야 하는데 소녀는 미천한 출신이라 방패막이가 없어 대신들의 음해로 제거될 수밖에 없습니다."

"그도 옳은 말 같구나. 정치판에서는 동지도 적도 없단다. 내가 온건히 자리를 지킨 것은 친정 덕분이다. 너는 나보다 현실감각도 뛰어나구나. 네가 남인들과 연대만 되어있지 않다면 주상에게 큰 힘이 될 수 있을 텐데. 네 팔자가 기구하구나."

대비는 점점 옥정의 편이 되고 있었다. 그녀는 오직 아들이 성군이 되는 데 도움만 되면 그만이었다.

이순은 거의 매일 밤 옥정을 찾았다. 그는 전과는 아주 다른 건강과 자신감을 보였다. 전에는 그가 병약해서 역모에 대한 소문이 그치지 않았다. 그러나 누구보다 강해진 것을 보고 역모발상은 자취를 감췄다. 이순은 건강을 바탕으로 대신들의 잘잘못을 거침없이 질타하고 정무를 신속히 처리했다. 이순은 일벌레였다.

《실록》을 보면 이순은 밤 12시까지 책을 보는 일은 다반사였고, 어떤 때는 새벽까지 책을 보다가 아침에 일어나자마자 바로 경연에 참석하기도 했다. 노년에 신하들에게 자신의 건강에 관해 얘기하는 대목이 있다. 물론 옥정이 죽은 후의 기록이다.

"사람이 자고 먹는 것을 제때에 해야 하는데 나는 그렇지 못하였다. 성질이 너그럽고 느슨하지 못하여 일이 있으면 내던져두지를 못하고, 출납하는 문서를 꼭 두세 번씩 훑어보고, 듣고 결단하는 것도 지체함이 없었다. 그러다보니 오후에야 비로소 밥을 먹게 되고 밤중에도 잠을 자지 못하였다. 그래서 화증(火症)이 날로 성히여 이 지경에 이른 것이다. 내가 병의 원인이 있는 곳을 모르는 바 아니지만 또한 어쩔 도리가 없었다."

이순이 이렇게 건강을 염려하면서도 강력한 왕권정치를 펼칠 수 있었던 것은 대신들보다 더 많은 일을 했기 때문이었다. 이는 건강이 뒷받침해주지 못하면 불가능한 일이었다. 옥정이 살아있을 때 치아를 튼튼히 해놓은 덕분이라고 생각된다.

옥정은 매일 저녁마다 자신의 음도(陰道, 질) 속에 대추를 실로 매어 넣었다. 그리고 아침 해가 뜨기 전에 실을 잡아 대추를 꺼내서 한지에 펴놓고 막 뜨는 해를 쬐어 말렸다. 그리고 임금이 취선당에 들 때마다 빨아 드시도록 했다.

이순은 옥정이 주는 대추를 입에 넣고 열심히 씹고 빨았다. 이렇게 만든 대추는 양생강정(養生强精)의 보품(補品)으로 효험이 대단했다. 이는 내장의 쇠약함을 치료하는 데 큰 효험이 있는 것으로 경의학(經醫學)에서도 논증하고 있다. 대추를 먹은 이순은 더욱 정력적으로 정무를 살폈다. 이러한 이순의 모습에 역모라는 소문 자체가 없어졌다.

이순은 오늘의 옥정이 있도록 한 장현을 유배에서 풀고 한양으로 불러들였다. 이런 소식을 들은 영의정 김수항과 좌의정 민정중은 즉각 명성왕후를 찾아갔다.

"대비마마, 전하께서 장 궁녀를 총애하시다 보니 그의 당숙을 유배에서 풀었다고 합니다. 우선 장 궁녀를 출궁시키십시오. 남인들이 장 궁녀를 통해 전하를 알현하면 우리가 쫓겨날 것입니다."

"좀 난처하게 됐소. 내가 장 궁녀와 여러 번 대화해봤는데 놀랄 정도로 식견이 탁월했소. 잘못도 없는데 쫓아낼 수는 없지 않겠소? 그보다 중전을 간택해서 주상의 마음을 돌려야 합니다. 모두가 민 대감의 조카 민규수를 추천하는데 잘 있나요?"

김수항이 나서며 말한다.

"대비마마, 민규수를 추천하더라도 전하께서 장 궁녀에 빠져 중전을 간택할 의사가 전혀 없사옵니다. 이 때문에라도 장 궁녀를 출궁시켜야 할 것입니다."

"영상대감, 민규수를 위해 출궁시키는 것은 좀 사리에 맞지 않습니다. 그리도 자신감이 없나요?"

이번에는 민정중이 나서며 말했다.

"장 궁녀에게 큰 잘못이 있습니다. 마마께서는 재산세와 상속세를 아시는지요?"

"잘 알고 있습니다. 그것 때문에 내 친정이 세금폭탄을 받았다고 하더군요."

"이것 때문에 양반도 상놈도, 부자도, 거지도 평등하게 돼버릴 것입니다."

"알았소. 주상은 장 궁녀를 2달만 머물게 한 후 출궁시키겠다고 나와 약속을 했소. 열흘 후면 딱 2달이 되니 그때 내보내겠소. 주상은 약속을 무르신다고는 하지 않을 것이오."

출궁

옥정은 숙영에게 출궁할 준비를 명했다. 약속한 2달이 내일이기 때문이다. 옥정은 옷매무새를 단정히 한 후 대비를 찾았다.

"대비마마, 전하께서 약조하신 2달이 내일이옵니다. 소녀 하직 인사 드립니다."

"너는 참으로 영특하구나. 주상께는 말씀드렸느냐?"

"아닙니다. 전하께서는 소녀와 약조를 하셨으니 출궁을 막지 못하실 것입니다."

"너는 승은을 입은 상궁이니 민가에 있더라도 몸을 매우 조심해야 한다. 동평군 부부인에게 잘 부탁했으니 보호해 줄 것이다."

"황공합니다. 마마. 소녀는 칠패시장에서 비단무역을 하던 일을 계속하고자 합니다. 장사는 가난한 백성들에게 일자리도 만들어주고 경제도 부흥시켜 세금도 많이 내는 것이기에 그대로 하고 싶습니다. 허락해 주십시오."

"좋은 생각이다. 네가 일을 해야 너도 주상을 잊기 쉬울 것이고, 주상도 너를 불러대지 못할 것이다. 혹시 주상이 부르더라도 절대로 응하면 안 된다. 이를 어기면 너를 무인도로 쫓아낼 것이니 명심해라."

"명심하겠습니다. 마마의 허락이 없는 한 재입궁은 히지 않을 것입니다."

대비는 옥정을 믿었다. 성격상 한번 말한 것은 지키는 여장부라고 생각했다.

그날 밤 이순이 취선당으로 찾아왔다. 옥정은 급히 술상을 대령했다. 서로가 술을 권했다. 술이 두어 잔 들어가자 이순이 먼저 말했다.

"옥정아, 내일이 네가 출궁하기로 약정한 날이구나. 1달만 미루면 안 되겠느냐?"

"오늘 밤에 둘에서 평생 할 수 있는 모든 것을 다 해버리기로 해요. 전하가 평생 하고 싶으신 게 무엇인가요? 소녀도 평생 하고 싶은 것을 다 말씀드릴게요. 서로가 오늘 밤에 다 해버리면 내일 이후 안 만나더라도 될 것 아니에요?"

"말은 그럴듯하다만 인생사가 하루 밤에 압축될 수 있겠느냐? 나는 자신 없다."

"오늘 무조건 하셔야 합니다. 그렇지 않으면 내일 이후에도 미련이 남고 어마마마께 심려를 끼쳐드리게 될 것입니다. 연기는 안 됩니다. 어서 말씀해 보세요."

"좋다, 오늘 다 해보자. 나는 청국과 왜국을 이기고 싶다. 백성을 배부르게 해주고 싶다. 너를 영원히 갖고 싶다."

"전하는 나라와 백성을 진정 사랑하시는군요. 저는 첫째로 전하를 꼭 빼닮은 아기를 낳고 싶습니다. 둘째로 전하의 시녀가 되고 싶습니다. 항상 전하 곁에 있을 수 있으니까요. 셋째로 전하를 짧고 굵게 사랑하다 떠나고 싶습니다. 세 가지 소원을 오늘 밤에 모두 하고 떠나렵니다."

"네가 나보다 더 나를 연모하는 것 같구나. 나는 나라와 백성이 우선이었다. 그럼 나도 네 소원을 따라 하겠다. 허허허."

두 사람은 밤새도록 술을 마셨다. 새벽이 되자 이순은 깊은 잠에 떨어졌다. 옥정은 이순이 잠든 사이 살얼음이 깔린 궁궐을 숙영과 떠났다. 하직 인사를 서신으로 대신했다.

"전하, 소녀가 궁을 나가는 것을 받아주시옵소서. 소녀, 간밤에 일생의 소원을 다 풀고 떠나오니 부디 찾지 마시고 강한 군주가 되시기 바랍니다. 먹는 것, 입는 것보다 더 어려운 것이 사람의 마음을 얻는 것이라고 합니다. 전하께서 백성의 마음을 얻으시면 그들은 못 먹고 고통스러워도 절망을 이겨낼 것입니다. 소녀는 저자로 돌아가 상업을 진흥시키겠습니다. 추운 섣달이오니 부디 옥체 보

전하시옵소서."

옥정은 가슴이 아프고 괴로웠다. 빨리 돌아가 가게를 다시 돌봐야 한다고 생각하니 마음이 가라앉았다. 챙긴 짐을 들고 찬바람 속을 숙영과 칠패시장을 향해 걸었다. 출궁하는 처지이기에 수수하게 꾸미고 가마를 타지 않았다. 한참을 걸어 광교를 건너는데 건장한 남자가 다리를 막아선다.

"누구신데 앞길을 막으십니까?"

숙영이 물었다.

"너를 이곳에서 한참 기다렸다. 나는 네년 때문에 죽도록 맞고 동창에서 쫓겨났다. 너에게 복수하기 위해 여기서 기다려왔다."

아니 이자가 궁녀를 겁간한 그자란 말인가? 제가 잘못하고도 남 탓으로 돌리다니!

"이 용렬한 자야, 잘못한 것을 회개하지 못하고 복수를 해? 어디 덤벼라!"

놈이 옥정을 향해 주먹을 날렸다. 옥정은 피하며 발길로 그자를 쓰러뜨렸다. 그자가 벌떡 일어나며 칼을 뽑아들었다. 옥정은 난감했다. 칼을 피할 방법을 생각하니 방도가 없었다. 들고 있는 옷 보따리로 칼을 막았다. 그러나 계속 휘두르는 칼을 막기는 힘들었다. 옥정의 왼팔이 칼에 베었다. 피가 흘렀다. 이제 죽나보다 생각했다. 그자가 칼을 들어 내리치려는데 누군가 뛰어들며 칼로 막아줬다. 그는 삿갓을 쓰고 있었다.

두 사람은 좁은 다리 위에서 수십 합을 겨뤘다. 둘 다 지쳤다. 그 자도 피를 흘리고 삿갓도 피를 흘렸다. 그자의 내리치는 칼에 삿갓이 다리 한복판에 쓰러졌다. 옥정은 이 틈을 타서 발길로 그자를 쓰러뜨렸다. 그리고 끈으로 묶었다. 옥정이 삿갓을 살펴보니 칼을 크게 맞았다. 쓰러진 자리에는 피가 흥건하게 흘러있었다.

옥정이 끌어안고 삿갓을 벗기니 얼굴에는 핏덩이가 잔뜩 묻어서 알아볼 수 없었다.

"여보세요. 정신 차리세요. 누구신지요? 이름이 무엇인가요?"

그는 눈을 감은 채 말이 없다. 이때 장희재가 옥정을 마중 나오다 다리 위에 이르렀다. 장희재는 팔에서 피를 흘리는 옥정을 보자 기겁을 하며 소리친다.

"옥정아, 엎친 데 덮친 격이라더니 출궁 당하자마자 무슨 횡액이냐?"

옥정이 삿갓을 안고 있는 모습을 보고 장희재는 비명을 질렀다.

"아니? 너는 장쇠 아니냐? 네가 어떻게 이리 죽게 생겼냐?"

삿갓은 겨우 눈을 뜨며 말했다.

"형님, 행복했습니다. 옥정누님을 제가 보호할 수 있어서요."

옥정은 깜짝 놀랐다. 아니, 삿갓이 장쇠였다니. 전에 그를 치료해 줬던 기억이 났다.

"장쇠야 누나다! 오래 못 봐서 내가 알아보지 못했다. 내가 몸을 칼로 베지 말고 아끼라고 말했잖으냐? 왜 몸을 또 칼에 베었느냐?"

"누님, 지금 생긴 칼자국은 누님을 위해 아끼고 아끼다 제 목숨으로 새긴 칼자국입니다. 누님은 어머니도 모르고 자란 저에게 어머니의 모습을 보여주셨습니다. 저는 누님의 사랑을 잊은 적이 없습니다. 정말로 행복했습니다."

옥정은 장쇠의 말에 가슴이 찢어질 듯했다. 좀 더 사랑을 베풀 수도 있었는데. 눈물이 흐르던 것도 멈췄다. 더 이상 나올 눈물이 메말랐다. 세상은 하기 나름으로 아름다울 수 있다는 것을 느꼈다. 이 나라에서 절망을 끊어낼 수 있다는 희망이 솟았다.

장쇠는 흉부에 칼을 맞아 이미 피를 너무 많이 흘렸다. 그의 눈동자가 힘을 잃더니, 숨도 멈췄다. 장쇠는 가장 불행하게 태어났다가 가장 행복하게 죽었다.

"장쇠가 어제 밤 내가 박통 형님과 얘기하는 것을 듣고 온 모양이다. 네가 궁에서 출궁당해서 오늘 궁을 나오게 되었다고 했거든."

옥정은 더욱 가슴이 아팠다. 옆에서 얻어 듣고 여기까지 와서 자기 목숨을 던지면서 보호해준 장쇠가 고마웠다. 가슴 깊은 곳에서 진한 감동이 마음을 울렸다.

무녀 오례

숙영은 옥정이 승은을 입고도 궐 밖으로 쫓겨난 것을 이해할 수 없었다. 이 모두가 김 대비의 간계 때문이라고 판단했다.

숙영은 임금의 은총을 입은 궁녀가 오랫동안 민가에 머물러 있는 것은 도리가 아니라고 생각했다. 그러나 옥정은 너무나 태연하고 무관심한 듯 장사에만 빠져 있으니 자기가 해결해야겠다고 결심했다.

김 대비는 옥정을 입궁한지 3개월 만인 1680년 12월에 출궁시켰다. 장옥정이 출궁되자 곧 바로 1681년 1월 3일 간택령이 내려졌다. 3월에 마침 당대 최고의 석학인 송준길의 외손녀이고 민유중의 딸인 14세의 민규수(이름은 알려지지 않음)가 추천돼 5월 14일 가례를 올리고 중전으로 봉해졌다. 바로 인현왕후이다.

인현왕후(仁顯王后) 민 씨는 조선 19대 숙종의 계비다. 1680년 숙종의 정비 인경왕후 김 씨가 천연두로 사망하여 명성왕후 김 씨와 외가 친척인 송시열의 추천으로 중전으로 뽑힌 것이다.

인현왕후가 입궐한지 삼년이 되었다. 숙영은 옥정의 재입궐이 어렵게 될 것 같아 염려됐다. 제조상궁 최소연을 찾아갔다. 최상궁은 옥정이 모화관에 끌려갈 때부터 인연이 있었다. 옥정이 일본닌자를 때려눕히고 청의 사신을 구한 것에 경외심을 품고 있었다. 숙영은 옥정이 평소 나눠준 패물 중 좋은 것을 선물했다.

"큰방상궁마님, 저희 승은상궁님이 벌써 3년이나 궐 밖에 머무시는 게 전하께도 좋지 않을 것 같은데 다시 입궐하도록 도와주십시오."

기다렸다는 듯이 최소연은 숙영의 편을 들었다.

"그렇지 않아도 내가 중전마마께 말씀을 드려보려던 참이다."

최소연은 그간의 사정을 인현왕후에게 말씀을 드렸다.

"중전마마께서 중궁이 되시기 전에 장옥정이란 궁녀가 승은을 입은 바 있는데, 대비마마께서 출궁시킨 것을 아실 것입니다. 승은상궁이 너무 오래 민가에 머무는 것이 옳지 않은 듯 하온데 대비마마께 한번 아뢰면 좋을 듯합니다."

인현왕후는 명문가에서 자랐기에 도리를 중요시 여겼다. 승은상궁이라면 종묘사직에 참으로 귀한 여인이다. 중전은 최소연을 동반하고 대비전을 찾았다. 인현왕후는 적극적으로 옥정을 불러들이

도록 간청했다. 《숙종실록》 17권에 쓰여 있는 대화 내용의 요지다.

"어마마마, 긴히 드릴 말씀이 있습니다. 승은상궁인 장옥정에 관한 말씀입니다."

"내전, 그 아이는 이미 출궁했으니 말씀 마세요. 그 아이는 영특해서 다시 들어오면 아마도 중전이 뒷방으로 밀려날 것입니다."

"어마마마, 임금의 은총을 입은 궁인이 3년 동안이나 민가에 머물러 있는 것은 사체(事體)가 지극히 미안하니 다시 불러들이는 것이 마땅할 듯합니다."

"내전이 그 사람을 아직 잘 모르기 때문이오. 내가 그 사람을 보니 매우 약삭빠르고 악독합니다. 주상은 평일에도 희로(喜怒)의 감정이 느닷없이 일어나시는데, 만약 그 아이에게서 다시 꾐을 받는다면 나라에 화가 됨은 물론 중전에게도 화가 미칠 것은 말로 다할 수 없을 것이니, 내전은 후일에도 마땅히 나의 말을 생각해야 할 것이오."

"어찌 아직도 일어나지도 않은 일을 미리 헤아려 국가의 사체를 돌아보지 않으십니까?"

중전이 간절히 다시 간청했지만, 대비는 바깥만 쳐다보며 절대로 허락하지 않았다. 최소연은 즉시 숙영에게 대비와 중전이 만나 나눈 말의 자초지종을 알렸다. 숙영은 옥정에게는 비밀로 했다. 옥정은 매사를 떳떳하게 정면 돌파하는 성격이다. 만약 숙영이 제조상궁을 찾아가 이런 일을 꾸민다는 것을 알면 엄청나게 혼날 것이다.

숙영은 옥정이 3년이나 자중했는데도 김 대비가 이렇게 완강하니 그녀가 생존해 있는 한 다시는 입궐할 수는 없다고 판단했다. 숙영은 포도청의 장희재를 찾아가 전말을 얘기했다. 장희재는 옥정의 출궁 이후에도 포도부장으로 있었다.

"오라버님, 이러다간 언니가 재입궐할 수가 없겠어요. 언니가 벌써 스물다섯인데 더 늙어버리면 전하께서 찾기나 하겠어요? 대비마마가 저렇게 건강하고 언니를 받아주려 하지 않으니 무슨 방도를 찾아야 하지 않겠어요?"

장희재의 눈이 빛났다. 그에게 순간적으로 떠오른 생각이 있었다. 대비가 살아있는 한 다시 입궐 못한다는 것은 숙영보다 더 잘알고 있다. 숙영이 제조상궁과 긴밀하다면 방도가 있다고 생각했다.

"숙영아, 제조상궁을 나와 만나게 해다오."

두 사람은 대비의 생존에 관한 무서운 생각을 동시에 하고 있다. 그러나 서로 입 밖에 내는 것은 주저했다.

며칠 후 숙영의 주선으로 장희재는 창덕궁의 제조상궁 내실에서 최소연을 만났다. 장희재는 값비싼 패물을 선물했다.

"궐에 무시로 드나드는 무녀가 있다고 하는데 소개시켜주실 수 있습니까?"

"아아, 오례 말인가요? 그거야 어렵지 않지요. 이달 보름에 이곳으로 오십시오."

최소연은 시원스레 대답했다. 장희재는 일이 너무 쉽게 풀리는 듯해서 기쁘기도 하지만 두렵기도 했다. 워낙 어마어마한 일이기 때문이다.

대비는 평소 무속을 신봉했다. 그래서 옥정의 옥문검사에도 오례라는 무녀를 부르기까지 했던 것이다. 그녀의 말이라면 무조건 믿고 거금을 들여 굿을 하기도 했다.

장희재는 약속 날에 최소연을 만나 오례를 소개받았다. 오례는 장희재가 옥정의 오빠인 것을 알고 매우 반가워했다. 옥정의 옥문을 검사할 때 관상을 보니 용의 눈동자에 귀함이 극에 달해 여자로서는 지존의 자리에 오를 상임을 보았었다.

오례는 장희재의 상을 보니 이마가 넓고 코가 두툼해서 당상관에 버금가는 권세를 누릴 것으로 보였다. 다만 턱이 빈약해 노후까지는 이어지지 않을 것이란 생각이 들었다. 오례는 옥정과 장희재가 출세하면 큰 혜택을 받을 것이란 생각을 했다.

"제가 무엇을 도와드릴까요?"

오례가 물었다. 장희재는 최소연이 있어서 엉뚱한 청을 했다.

"내가 저자에서 큰 굿판을 벌이려고 하는데 도와줄 수 있겠는가?"

"그거야 나부랭이들이 하는 거지요. 저는 궁중에서 큰 굿을 하는 데만 관여합니다."

"물론 부담스럽겠지만 조언이라도 해줄 수 있잖겠는가? 돈은 두

둑이 줌세."

"그거야 해드릴 수 있습죠."

장희재는 오례를 찾아가기로 약속하고 헤어졌다. 최소연에게는 임금과 대비의 근황을 수시로 알려주기를 부탁했다. 그녀는 쾌히 동의했다. 중전이 옥정을 재입궐 시킬 뜻이 있으니 도와주는 것이 당연하다고 여겼다.

장희재가 오례를 만나고 돌아오니 종친부에서 연락이 왔다. 오늘(1683년 10월 3일) 저녁에 정명공주의 생신축하연이 창경궁 연못가 전각에서 있으니 경비를 세워달라고 했다. 급히 30명을 편성해서 전각으로 인솔해서 갔다. 참석자는 이순을 비롯해 종친부 친인척들과 조정에서 영의정, 우의정, 좌의정 등 6조 당상관 대신들이었다.

임금이 눈짓을 하자 예악원의 악공들이 궁중음악을 멋지게 울렸다. 기녀들의 춤이 한 사위 끝나자 의녀들이 춤을 추었다. 의녀들은 약방기생이란 별칭을 가질 정도로 고유 업무 외에도 불려나가는 모순이 습관화되었다. 의녀들의 춤이 끝나자 이순은 피곤했는지 자리를 떴다. 그러자 좌의정 민정중(인현왕후 큰아버지)이 술잔을 들고 일어나 한마디 한다.

"정명공주님, 제가 흥을 돋우기 위해 멋진 기녀를 준비했습니다. 천하일색에 춤 솜씨가 한양 제일이고 명창으로 이름났는데 지금은 은퇴해서 집에 있다고 합니다. 어서 이리 들여보내라!"

민정중의 말이 떨어지자 궁녀가 한 여인을 데리고 들어왔다. 그 여인은 안숙정이었다. 가장 놀란 것은 장희재였다. 의녀까지 동원해 술자리의 흥을 돋우더니 이제 은퇴한 부녀자까지 강제로 끌어다 흥을 돋으려 하다니. 장희재는 기가 막혔지만 참았다.

　안숙정은 시키는 대로 춤도 추고 노래도 불렀다. 장희재를 생각해서였다. 모두들 흥이 나서 숙정에게 찬사를 아끼지 않았다. 이때 술에 취한 대신 한 사람이 나오더니 숙정을 끌어안고 춤을 추었다. 그는 춤을 추는 게 아니라 애무에 가까울 정도로 난잡한 짓을 했다. 숙정이 몸을 피하려 해도 더욱 세게 끌어안았다.

　장희재는 순간적으로 참지 못하고 뛰쳐나갔다. 그 남자를 밀쳐내고 숙정의 손을 잡고 밖으로 끌고 나갔다. 민정중이 화가 난 듯 소리쳤다.

　"저놈이 누구냐?"

　"포도부장 장희재라고 합니다. 저 여인은 은퇴 후 장희재의 첩이 되었다고 합니다. 불문에 부치시지요."

　"아니, 저런 못된 자가 있나? 여기가 어디라고 패악 무도한 짓을 해서 흥을 깨뜨린다 말인가? 저자를 당장 잡아다 곤장 30대를 쳐라!"

　포도대장 김익환에게 명령했다. 대신들이 말렸으나 민정중은 화를 식히지 못하고 큰소리를 쳤다. 어쩌면 장희재가 장옥정의 오빠란 사실로 더욱 화를 냈는지도 모른다.

김익환은 즉시 장희재를 포도청에 잡아왔다. 장희재는 어이없게
도 자신이 부장으로 있는 포도청에서 곤장 30대를 맞았다. 숙정은
어엿한 남의 아내이다. 남의 아내를 희롱한 자가 남편을 매질한다
는 것은 법도에도 어긋나고 유사 이래 없던 일이다. 그러나 민정중
의 조카가 중전이기에 시비를 거는 사람은 없었다. 민정중은 이 기
회에 장희재를 포도부장에서 삭탈관직하려고 했다. 영의정 김수항
을 부추겼다.

"영상대감, 장희재가 포도부장으로 있으면 정보수집과 수사권이
있어서 남인의 간자노릇하기에 좋습니다. 이 기회에 처내시지요."

김수항은 중전의 큰아버지 민정중의 청을 거절하지 못해 임금에
게 주청했다.

"전하, 장희재가 남인인 데다 장옥정의 오라비인지라 포도부장
에서 면직시키심이 옳을 듯합니다. 통촉하시옵소서."

"장희재는 포도부장을 하면서 금전적으로 결백하고 매사를 정
확히 해왔는데 그런 사유로 내친다면 조정에 출사할 사람은 아무
도 없을 것이오. 또한 장옥정은 대비의 명을 받아 스스로 출궁한
사람인데 이제 와서 들먹이는 이유를 모르겠소. 절대로 윤허할 수
없소."

김수항도 민정중의 강압에 해본 것이므로 조용히 물러났다.

대비의 죽음

그해 겨울. 최소연으로부터 숙영에게 연락이 왔다. 임금이 기질 (奇疾)에 걸려 사경을 헤매고 있다는 것이다. 장희재는 급히 숙영을 데리고 최소연에게로 갔다.

"제조상궁마마, 기질에는 용한 무녀의 굿을 해야 한다는데 오례에게 한번 시켜보시는 게 어떠신지요? 중전마마께 간청 드려주시면 감사하겠습니다."

"그거야 쉽지요. 그럼 오례와 상의해 보겠습니다."

최소연은 오례를 중전에게 데리고 갔다.

"중전마마, 전하께서 이토록 심하게 편찮으시니 오례의 신통한 굿을 해서 계시를 받아 행함이 옳을 듯합니다. 대비마마께 주청을 들여 보심이 좋을 듯합니다."

중전은 다른 방도가 없자 대비께 주청을 드려 허락을 받았다. 장희재와 숙영은 그길로 오례에게 달려갔다. 대비가 임금을 위해 굿을 하기로 했으니 준비하도록 했다. 대비는 오례의 굿에 큰 기대를 거는 듯했다.

장희재는 오례에게 상상 이상의 큰 은전을 주었다. 그리고 굿판에서 자신이 제시한 주문을 특별히 해줄 것을 부탁했다.

드디어 굿판이 인정전 뜰 앞에서 열렸다. 한겨울의 뜰은 유달리 춥고 찬바람이 휘몰아쳤다. 세워놓은 붉은 깃발들은 세찬 소리를 내며 펄럭였다. 깃발 옆에 세워진 장창과 긴 칼은 쇠 소리를 냈다. 대신들과 궁녀들의 입에서는 허연 김이 뿜어 나오자마자 얼어붙었다.

오례는 추위는 아랑곳 않고 맨발로 신을 부르는 춤을 추었다. 그러더니 시퍼런 칼날 위에 올라 춤을 추었다. 모두가 악 하고 놀랐다. 한참 뒤 오례는 신들린 듯 혼자 중얼거렸다. 그리고 대비 앞으로 다가가서는 장희재와 숙영이 시킨 주문대로 읊어댔다.《실록》에 쓰인 것을 요약하면 이러하다.

"현왕(現王)께서는, 삼재(三災)가 있어, 기질을 앓고 있는 것이니, 현왕의 쾌유를 위해서는, 왕의 어머니가 삿갓을 쓰고, 홑치마만 입은 채, 물 벌을 서야 한다는 계시가 내렸으니, 대비는 어서 물 벌을 서시오."

그러자 명성왕후는 벌떡 일어나 큰절을 세 번이나 하며 말한다.

"신령님, 저의 죄가 크오니 임금을 불쌍히 여기소서. 이 어미가 물 벌을 설 것이오니 영험을 내려주소서."

대비는 무당의 터무니없는 주문을 아무런 의심도 없이 받아들였다. 그리고 최소연에게 물통을 두 개 가지고 오라고 명령했다. 궁녀들이 들고 온 물통의 물은 윗부분이 얼어있었다. 그녀는 혹독한 겨울 날씨는 상관없다는 듯 삿갓을 쓰고 홑치마만 입은 채 상궁들에게 물벼락을 쏟게 하였다. 상궁들은 지엄한 분부에 얼음을 깨고 두 통의 물을 흠뻑 쏟아 부었다. 목숨을 건 아들 사랑이었다.

명성왕후는 그 후유증으로 지독한 독감을 얻었다고 기록돼 있다. 자리에 눕자 어의들이 온갖 비상처방을 해도 진전이 없더니, 그해(1683) 음력 12월에 창경궁 저승전(儲承殿)에서 훙서(薨逝)했다.

명성왕후가 무당의 말을 듣고 횡사하자 대신들은 의견이 분분했다. 이런 무당을 그냥 놓아두어서는 절대로 안 된다는 측과 일개 무녀에게 국모의 죽음을 전가하는 것은 옳지 않다는 측이 있었다. 그러나 명성왕후의 사촌오빠인 승지 김석주는 직권으로 의금부에 무녀의 전말을 조사하게 했다. 그 배후가 있을 것이란 확신에서였다.

장희재는 오례가 이실직고할까 겁이 났다. 그는 동평군 이항을 찾아가 조사를 중지하도록 요청했다. 동평군은 이순을 찾아갔다.

"전하, 이번 일을 확대하지 마시지요. 일개 무녀의 일을 국사 다루듯 하면 종사에 웃음거리가 될 것입니다. 차라리 사면령을 내려

은혜를 베푸시는 게 옳을 듯합니다. 그리고 승은상궁 장옥정을 불러들임이 마땅할 것입니다."

이항은 옥정이 쫓겨났을 때 자기 집에서 며칠을 보호했었다. 동평군의 어머니 신 씨는 옥정을 딸처럼 보호하고 그녀가 칠패시장에서 장사하는 데도 가끔 찾아가곤 했다.

이항은 이순의 마음을 꿰뚫고 있었다. 그가 어머니의 죽음으로 찢어지는 아픔이 있지만, 반면 옥정을 불러들일 수 있다는 생각도 하고 있음을 알고 있다. 이순은 형조판서에게 조사를 중단하도록 하교했다.

그러자, 승지 김석주가 아뢰었다.

"전하, 그간 무녀를 조사한 결과 그녀는 평소 옥교를 타고 궁에 예사로이 출입한 사실이 있었습니다. 무녀는 대비마마의 신임을 믿고 방자하게 행동해서 이런 지경까지 이른 것이니 참형해서 본보기로 삼아야 할 것입니다."

"내가 어머니의 흥서를 생각하면 그대들보다 몇 배 더 할 것이오. 그런데 어인 일인지 내가 기질에서 깨어나 이처럼 건강을 찾았으니 어머니의 덕이 아니겠소? 무녀의 황당한 주문 때문에 어머니가 돌아가신 것을 생각하면 마땅히 중죄로 처형해야 마땅하지만 이는 어머니가 바라는 바가 아니라 생각되오. 무당을 절도로 유배를 보내도록 하시오."

오례는 처형을 면하고 유배 가는 것으로 종결되었다. 추측컨대,

이순은 어머니의 죽음보다 무녀 덕에 옥정을 불러들일 수 있다는 기대감이 앞선 것인지도 모른다. 그의 마음속에는 옥정을 환궁시키려는 결심이 이미 굳어 있었다.

재입궐

장희재와 숙영의 작전은 적중했다. 이순은 어머니가 돌아가시자 상중인데도 옥정을 다시 입궐하라는 분부를 내렸다. 그러자 영의정 김수항이 적극 반대를 했다.

"전하, 대비마마의 3년 상이 막 시작되었고 중전께서 미령하신데 상중에 후궁을 들이신다는 것은 예법에 맞지 않으니 명을 거두어 주십시오."

"장 씨가 승은상궁으로 다시 입궐하는 것이니 예법에도 어긋나지 않습니다. 3년 상중이라고는 하나 승은상궁으로 대비의 3년 상을 치러야 할 본분도 있어 부른 것이니 더 이상 언급 마시오."

이순의 명쾌한 반박에 김수항도 어찌지 못하고 물러났다. 옥정은 가벼운 마음으로 이순의 곁으로 갔다. 옥정은 장희재와 숙영이 꾸민 일이란 것은 전혀 눈치 채지 못했다. 장희재와 숙영은 옥정이 입궐하자 맨 처음으로 무녀 오례를 유배에서 풀어주었다. 오례를 상회에서 유숙하도록 하고 특별대우를 했다.

옥정은 전의 처소인 취선당을 사용하도록 됐다. 취선당에는 서책들과 붓, 벼루 등이 그대로 있었다. 다음 날 옥정은 단정히 매무새 하고 대왕대비에게 문후 갔다.

"할마마마, 제가 다시 마마 곁으로 돌아왔습니다. 마마께 다시 돌아오니 기쁩니다."

"옥정아, 네가 돌아오니 참 기쁘구나. 너와 세상 얘기를 많이 할 수 있겠구나."

조 대비는 환갑이 다 되었는데도 매우 건강했다.

옥정의 급선무는 인현왕후에 대한 도리였다. 궁 밖에 있을 때 인현왕후가 김 대비에게 입궐시켜야한다고 주장한 얘기를 들었다. 옥정은 인현왕후에게 황급히 갔다.

"중전마마, 이제야 찾아뵙고 문후 드립니다. 소녀를 재입궁하도록 돌아가신 대비마마께 간청 드려주신 것을 감사드립니다. 부족하오나 정성을 다해 모시겠습니다."

옥정이 머리를 숙여 인사드렸다. 중전은 16세로 키가 아직 자라고 있는 듯 작고 몸은 가냘프고 앳돼 보였다. 스물다섯의 우람한 옥정에 비하면 참으로 어린 소녀였다.

"자네가 장옥정이구나. 말로만 듣다가 이제야 보니 반갑네. 어마마마께서 자네를 어찌나 험담하시는지 궁금했는데 직접 보니 전혀 다르구나. 우리 다정하게 지내세."

중전은 나이가 어려도 품위가 있고 언행은 절도가 있었다. 다만, 서인과 측근들이 이간질을 할지도 모른다고 염려가 됐다.

옥정이 중전에게 인사를 마치고 돌아가자 내전상궁이 고했다.

"중전마마, 장 씨는 가히 나라를 망칠 경국지색에 놀라운 간사함까지 가진 요녀로 깊이 주의해서 감찰하시옵소서."

"너는 무슨 요망한 소리를 하느냐? 전하께서 승은을 베푸셨으니 응당 대접해줘야 마땅할 것이다."

"마마, 잊으셨습니까? 장녹수가 연산군을 멸화시킨 것은 그리 먼 이야기가 아닙니다. 이는 중국에서도 선례가 있습니다. 중국에도 나라를 망친 경국지색이 3명이나 있었사옵니다. 첫 번째가 상(商)나라의 주왕(紂王)과 함께 왕조를 망친 달기(達氣)이고, 두 번째가 서주(西周) 유왕(幽王)의 왕비 포사(褒姒)이며, 세 번째가 부차(夫差)의 오나라를 멸망시키려고 월나라가 미인계로 보낸 서시(西施)입니다. 소인이 볼 때 장 씨는 이 셋을 합친 것보다 더하면 더했지 못할 여인이 아닙니다."

중전은 귀가 종긋해졌다.

옥정은 저자보다 수백 배 큰 이 나라를 강한 나라로 만드는 데 일조할 수 있다고 생각하니 기뻤다. 장사는 성공할 경우 최고의 보상이 두세 배 정도지만, 정치는 잘하면 수백 배, 아니 무에서 유를 창조할 수 있는 무한의 가치창조 마술을 가지고 있다.

옥정은 이순이 정치를 잘하도록 돕고 싶었다. 취선당 방벽에는 아직도 동궁 시절에 걸어놓은 그림족자 〈어제주수도설(禦製舟水圖設)〉이 걸려 있다. 이 그림에는 만경창파에 띄어놓은 일엽편주가 그려져 있었다. 이순은 그림의 여백에 명군이 되기 위해 명심해야할 다섯 가지를 적어 넣었다. 세자로서 스스로 추려내고 해설까지 덧붙여서 걸어놓고 아침저녁으로 읽었다고 했다(《숙종실록》 1년 11월 8일)

- 첫째, 학문을 좋아할 것.
- 둘째, 현량(賢良)을 기용할 것.
- 셋째, 충간(忠諫)을 받아들일 줄 알 것.
- 넷째, 자신의 허물 듣기를 좋아할 것.
- 다섯째, 보물을 천하게 여기고 현자를 귀하게 여길 것.

이순은 과거에 임금이 올바른 신하를 멀리하고 여색을 탐하며 사냥에 빠져 정사를 그르친 일들을 경계했다. 특히 사냥을 멀리했다. 사냥은 재정을 엄청나게 소모했다. 사냥 길은 보통 열흘이라 궁궐에서 모반이 일어날 경우에 대비해 제압할 병력과 보급품을 가지고 떠나야 했다.

이순은 서인정권이 한창일 때 장옥정을 재입궐시켜 곁에 두었다. 이순은 옥정을 정치적 동반자로 곁에 둔 것이지 요녀여서 곁에 둔 것이 아니었다. 서인의 영수인 송시열이 《주자대전차의(朱子大全箚疑)》를 지어 장옥정의 신분이 후궁으로 적격하지 못함을 지적한 때이다.

《실록》을 보면, 서인출신 승지로 대학자이며 정치가인 최석정이 숙종 10년 7월에 한 말을 보면 알 수 있다. 최석정은 청국사행에서 장옥정의 행동거지를 자세히 보았고 사람 됨됨이를 잘 알았던 사람이다. 후일 영의정을 여덟 차례 오른 인물이다.

"전하께서는 총명한 천품을 타고나시고 정일(精一)의 전총은 가법에서 이를 얻으시어, 안으로 성색(性色)이 없고 밖으로 사냥을 끊으셔서 나라 일을 밝게 익혀 청단함이 물 흐르듯 하며… (이하 생략)"

숙종 10년은 어머니 명성왕후가 돌아가신 다음해였다. 그러나 이순은 기다렸다는 듯이 어머니가 돌아가시자마자 옥정을 다시 불러들여 한창 총애했다. 그런데도 최석정은 '안으로 성색이 없고…' 라고 말하고 있다. 당시는 서인 정권이 남인출신 장옥정의 총애를 시비하고 있을 때로 객관성이 있다고 생각된다. 최석정은 장옥정의 내면을 가장 잘 아는 사람이다. 이순을 호색(好色) 왕으로 떠올리는 것은 잘못이다.

지금까지 알려진 장희빈에 대한 혹평은 《인현왕후전》과 《수문록》(노론이 쓴 책), 《숙종실록》(인현왕후 작은오빠 민진원이 편집

책임), 김만중의《사씨남정기》등이 악의적으로 기록한 부분 때문이라고 생각된다. 한 예로, 수문록은 훌륭한 노론의 사림학자들이 썼다고 보기에 민망할 정도로 사실과 달리 기록하고 있다.

"장희빈은 사약을 먹지 않기 위해 발악했고, 아들의 하초를 잡아당겨 고자로 만드는 패악을 부리다 억지로 사약이 부어졌다. 드디어 장녀가 죽으니 하늘의 천벌을 받아 시체가 순식간에 썩어 냄새가 궐내를 진동하는지라 즉시 궁밖에 내다버렸다."

민진원이 제외된《승정원일기》를 보면 조금 나은 객관성이 보인다. 그 일기에는 인현왕후가 장옥정을 수차례 불러 회초리로 때린 사실이 기록돼 있다. 심지어 왕자를 생산한 후 몸조리 중에도 궁녀를 시켜 매질을 했다고 한다.

옥정은 재입궐하자 조선의 경제력과 국방력을 강화하는 원대한 꿈에 도전하기 시작했다. 폭탄개발에도 전념했다.

이순은 1686년 12월 12일에 옥정을 숙원(종4품)으로 책봉해서 정식 후궁의 지위를 부여했다. 그리고 노비 100명과 전답 1만 평을 하사했다. 재입궐한지 3년 만이고 나이 28세였다. 승은상궁이 왕자를 생산한 것도 아닌데 숙원이 되는 것은 의외였다. 서인들은 옥정의 숙원 책봉에 강하게 반발했다. 이에 숙종은 할 수 없이 노비와 전답 하사는 흉년을 이유로 무기한 연기하는 것으로 타협했다.

인현왕후

중전 민씨는 무척 화가 난 표정으로 회초리를 들었다. 앞에는 숙원 장옥정이 치마폭을 걷어 올려 종아리를 드러낸 채 서 있다.

중전의 왼쪽에는 김 소의(정2품)가 앉아 있고 오른쪽에는 제조상궁 최소연과 시전상궁 3명, 기미상궁 1명이 배석하고 있었다. 아침상을 막 물린 뒤로 보였다.

옥정은 재입궁한 이후 중전에게 온갖 도리를 다해서 사이가 좋았다. 명성왕후와 언쟁까지 하며 재입궁을 간청한 데 대해 지극한 정성으로 보답했다. 상회에서 되먹지 못한 마님들을 상대했던 것에 비하면 중전을 다루는 것은 아무런 힘도 들지 않았다. 그런데 갑자기 화를 내는 이유를 알 수가 없었다.

중전이 목청을 돋우며 입을 열었다.

"너는 김 소의가 할 말이 있다고 불렀는데도 왜 응하지 않았느냐?"

옥정은 그제야 김 소의가 고자질한 것임을 알았다.

"제가 바쁜 일이 있어서 급한 용무가 아니면 내일 문후할 때 말씀해달라고 하였습니다."

"네가 전하를 믿고 오만방자하구나. 궁에서는 웃전의 명령에 변명은 통하지 않는다."

"저의 무지를 용서해주십시오. 소의마마 무슨 하명이었는지 지금이라도 말씀해주십시오."

중전은 명문가 집에서 자라서 귀가 여렸다. 중전과 김 소의와는 선대부터 가까운 서인집안으로 교분이 있었다. 전 영의정 김수흥과 현 영의정 김수항은 할아버지이다. 그런 김 소의가 귀엣말을 했다면 화를 낼만 했다.

김 소의는 옥정이 숙원(종4품)으로 봉해진 후 서인은 이를 견제하기 위해 강력히 천거해 후궁에서 소의가 되었다. 그녀는 체격도 우람하고 미색도 있는 편이라 임금도 좋아할 것 같았는데 옥정 때문에 찬밥신세였다. 옥정은 김 소의가 시샘을 하리라고는 전혀 생각지 못했다. 그 정도로 대범했다. 김 소의는 옥정에게 앙칼지게 묻는다.

"너는 아무하고나 손을 잡고 흔들어댄다는데 어디서 막돼먹은 짓을 하느냐?"

옥정은 바깥세상은 하나도 모르고 살아온 중전과 김 소의에게 자신의 행동이 문제가 될 것임을 예감했다.

"저는 수년 전 북경에서 어학원을 다닐 때 서양인들에게서 인사법으로 악수라고 하는 것을 배웠습니다. 돌아와서도 거래처 상인들이나 손님들과도 악수를 해왔습니다. 악수는 처음 보는 상대방에게 호감을 주고 안심하게 하는 좋은 인사법입니다."

그러자 중전이 끼어들며 꾸중을 한다.

"그것은 서양 쌍것들이 하는 짓 아니냐? 남녀칠세부동석인데 네가 외간 남자의 손을 잡았었단 말이냐? 그리고도 전하의 손을 잡았으니 이것 큰일 났구나."

"중전마마, 법도라는 것은 오래된 것인데 세상은 변했습니다. 이제 궁에서도 바깥세상이 변하는 것을 받아들여야 합니다. 전하께서도 알고 계시며 좋다고 하셨습니다."

중전보다 아홉 살이나 위인 옥정으로서는 아직 세상사를 잘 모르는 어린 중전이 꾸짖는 것이 두렵다기보다 투정을 부리는 것처럼 보였다.

"너는 내명부의 법도를 모르느냐? 주상께서 인정하시더라도 내가 판단하는 것이 우선이다. 법도를 낡은 것으로 보니 낡은 내명부 법도가 얼마나 무서운지 보여주마."

중전은 화난 듯 다짜고짜로 회초리를 내리쳤다. 순식간에 3대를 맞았다. 옥정은 아픈 것보다 상궁들 앞이라 체면이 손상된다고 생각했다. 옥정은 숙원이다. 정5품인 큰방상궁과 종7품인 시녀상궁들 앞에서 매를 맞는 것은 감내하기가 어려웠다. 옥정은 치마폭을 내리며 상궁들을 향해 말했다.

"상궁님들은 나가 주세요."

"네 이년, 상궁들은 입궐한지 수십 년 된 사람인데 어디서 나가라고 하느냐!"

"중전마마, 상궁들 앞에서는 회초리를 맞을 수 없습니다. 명을 거둬주십시오."

옥정은 서있던 자리에서 두발 뒤로 물러섰다. 이런 당돌하고 건방진 궁녀는 없었다. 중전은 기가 막혔다.

"네가 신성한 내전을 시장통으로 착각하는 모양이다. 중전마마의 지엄한 처사에 거역하다니 절대로 묵과할 수 없다. 저년을 어서 끌어와서 대령시켜라!"

김 소의가 나서며 소리쳤다. 그러자 최소연이 옥정에게 눈짓을 하며 앞으로 나오라는 시늉을 했다. 다른 상궁들도 마지못해 옥정을 양쪽에서 잡고 끌어와 세웠다. 중전은 10차례나 회초리를 쳤다. 하얀 종아리에는 피멍이 줄을 그었다.

"중전마마, 지금 회초리는 마마 앞에서 행한 불경죄 값이고, 제게 불복한 대가로 열대를 더 치셔야 합니다."

시어머니보다 거드는 시누이가 더 밉다고 김 소의가 한술 더 떠서 말한다.

"참 그렇군요. 매는 덧붙여야 제 맛이라고 하니 소의가 10대를 더 치세요."

중전과 김 소의는 매를 놓고 재미있다는 듯이 주고받는다. 중전은 김 소의에게 회초리를 넘겨주었다. 김 소의는 더 세게 회초리를 휘둘렀다.

옥정은 눈물이 흘렀다. 생전 처음 흘리는 눈물이었다. 아파서가 아니라 자신의 천한 신분이 서글퍼서였다. 그들처럼 대가 집 딸이었다면 이렇게 하지는 않았을 것이다. 누가 이런 신분의 귀천을 만들었단 말인가! 바로 성리학이다. 옥정은 신분의 귀천만으로 사람을 판단하고 억압하는 세상을 바꿔야 한다는 생각이 들었다.

김 소의는 상궁들에게 옥정을 밖으로 끌어내라고 명했다. 옥정은 숙영(淑英)의 도움을 받으며 처소로 돌아왔다. 옥정은 아픔보다 분했다. 중전이라면 몰라도 김 소의는 이러면 안 된다. 김 소의는 처음 후궁으로 들왔을 때 대갓집 딸이면서도 겸손하고 예의가 있었다. 가끔 취선당으로 먹을 것을 가지고 옥정을 찾아오기도 했다. 자신보다 나이가 3살이나 어려 동생처럼 대해줬었다.

저녁에 장희재가 최소연으로부터 매 맞은 소식을 듣고 달려왔다. 김 소의는 옥정의 외상 때문에 파직당한 김창성 참의의 조카딸이라고 알려줬다. 지긋지긋한 김춘추가 사촌 오빠다. 이제야 김춘추의 정체가 밝혀졌다. 외상값을 떼먹으려고 옥정을 몽둥이로 내리친 사람이었던 것이다. 그는 곤장 100대와 과거출사금지를 당한

데 원한을 품고 옥정에게 복수를 하려 했다. 김춘추가 김소의까지 동원해 옥정을 파멸시킬 궁리를 한 것이다. 옥정은 질렸다. 이 무슨 악연이고 질곡이란 말인가!

이순은 상선으로부터 중전과 김 소의가 장 숙원을 매질했다는 보고를 받고 놀랐다. 그러나 내명부의 일이라 어찌할 수도 없었다. 언젠가 품계를 김 소의보다 한 단계 더 높여줘야겠다고 생각했다.

이순은 옥정을 중전으로부터 떼어놓는 것이 최선이라고 생각했다. 이를 위해 창덕궁의 중전과 멀리 떨어진 창경궁에 별궁을 새로 건축해주기로 했다. 창경궁은 태종이 상왕으로 물러나서 창덕궁 바로 옆에 수경궁을 짓고 머물렀던 것인데 후일 성종이 증축하여 창경궁으로 명명된 것이다.

《실록》에는 이순이 별궁공사를 서인들 모르게 야간에만 시켰다고 기록되어 있다. 이순은 시비를 막기 위해 사재로 지었다. 이는 옥정 모르게 지어서 놀라게 해주려는 속셈이었다.

이순은 야간에 건축자재들을 창경궁에 들였다. 목재와 석재, 철물 등의 구매를 직접 지휘했다. 《동국여지승람》에 기록된 것을 보자. 목재는 전량을 강원도에서 조달하고 경기도에서는 탄과 잡목류를 공급했다. 석재는 대부분이 화강석인데 소량의 바닥에 까는 박석과 온돌석도 선별해서 구매했다. 이것들은 중량이 많기 때문에 한성근교에서 공급받았다. 철물은 철장석과 못, 장인들의 각종 도구를 최고로 하기 위해 황해도에서 구입했다.

이순은 이 경험을 통해 철물로 농기구를 제작하는 데도 지식을 갖게 되었다. 이순은 부역을 무상으로 징발할 수 있었음에도 인부들의 수당을 직능별 능력에 따라 상평통보로 지급했다. 장인의 월급은 쌀 9말과 면포 3필인데, 쌀 1석(10말)은 1냥, 면포 1필은 2냥으로 환산되었다. 이를 다시 상평통보로 환산하면 은 1냥은 400문으로 해서 월급을 동전으로 지급했다. 한 달 치 삭료로 쌀 9말은 2냥 4전(동전 960문)이고 면포는 6냥이므로 총 8냥 4전(동전 3,360문)을 지급했다. 장인은 최고의 기능인이지만 기타 모군과 모조역 잡부들은 미숙련공으로 훨씬 낮은 임금을 받았다. 이순의 속셈은 앞으로 모든 영건공사(관급공사)에서 이를 본받도록 하기 위함이었다.

이순은 매일 밤 신속히 건축을 진행했다. 그리고 야밤에 수시로 건축현장에 나타나 감리를 했다. 예정대로 건축물이 완성되자 단청을 직접 주관했다. 국내에서 생산되는 안료 중에서 뢰록(磊碌)은 경상도 장기현의 뢰성산에서 공급하도록 했다. 가까운 황해도에도 있었으나 질에서 장기현 것보다 뒤졌기 때문이다. 나머지 안료인 정분과 주토, 반주홍 등은 황해도에서 구했다. 이순은 옥정을 위해 최선을 다했다.

이순의 정성으로 별궁이 훌륭하게 완공되었다. 별궁은 제법 큰 규모로 안채와 사랑채, 별당으로 구성돼 있었다. 별당은 후일 장희빈이 신궁을 차리고 굿을 했다고 문제가 된다. 마당에는 큰 우물을

팠다. 이순은 옥정을 별궁으로 안내해 깜짝 선물을 공개했다.

"옥정아, 이 별궁을 너에게 선물한다. 이 별궁은 천하의 풍수지리장이를 모두 동원해서 지었다. 그들이 충언한 바를 보면 참으로 놀랍다."

풍수지리장이들은 《산거사요》, 《거가필용》, 《고사촬요》, 《농가집성》 등 고전을 인용해 충언했다.

- 동남향으로 된 집에 동북방으로 문을 내면 부귀하고 자손이 많으며, 서방으로 문을 내면 인구가 흥성하고, 서남방으로 문을 내면 재물이 왕성하며, 동남방과 북방으로 문을 내면 남녀가 전염병을 앓게 되고, 남방으로 문을 내면 늙은이는 해수(咳嗽)로 죽고 젊은 부인이 보존하지 못한다.
- 무릇 대문의 문짝과 양쪽의 장벽(墻壁)은 모름지기 크기를 똑같게 해야 한다. 왼쪽이 크면 아내를 바꾸고 오른쪽이 크면 과부와 고아가 생긴다.
- 우물과 부엌이 서로 마주보고 있으면 남녀(男女)가 문란해진다.

옥정은 별궁 앞에 서서 너무나 놀라운 현실에 감동이 격해지며 가슴이 떨렸다.

"전하, 소녀를 이렇게 은애해주시니 몸 둘 바를 모르겠습니다.

감사하옵니다."

"네 조언 덕분에 성장한 경제는 이 별궁 수백 채와 맞먹는다. 내 사재를 털어 정성으로 지은 것이니 여기서 어명을 많이 발동해 다오. 허허허."

"호호호, 어명을 발동하기엔 조금 좁습니다. 제가 꿈꾸던 궁은 자금성에 버금가는 대궐입니다. 이런 것을 전하께 지어드리고 싶었습니다."

"과연 장옥정이로구나. 너는 배포가 세상을 다 품고도 남는다. 내 사재로 지은 것이니 작아도 이해하려무나."

"전하, 농담을 한 것입니다. 참으로 황공하고 감사할 따름입니다."

"나는 이 별궁의 이름을 취선당이라고 부르기로 했다. 취선궁이라고 해야겠지만 너와 나의 첫 둥지가 취선당이 아니었더냐? 취선당은 나에게 동궁시절의 공부방이기도 했었지. 그 이름이 너 때문에 더욱 진하게 새겨졌구나."

옥정은 이순의 애틋한 순정에 감동했다. 그리고 행복했다. 시장 바닥에서 뒹굴던 무지랭이 처녀를 이처럼 사랑해주는 지존이 생길 줄 몰랐었다.

별궁에 이사한 기쁨도 잠시, 자의대비(장렬왕후)가 1688년(숙종 14년) 8월 26일 65세를 일기로 승하했다. 옥정을 그렇게 사랑해줬던 대왕대비가 돌아가신 것이다. 하늘이 무너지는 것 같았다. 이순은 대왕대비의 국상기간 중에는 탄일하례 등 모든 의식을 생략하라는 어명을 내렸다.

대왕대비가 승하한 후 1689년 4월 23일은 중전 민 씨의 생일이 있었는데, 중전은 국모의 당연한 권한이라는 이유로 어명을 무시하고 하례를 강행했다. 이에 이순이 분노하여 중전 민 씨와 크게 다투었다고 기록되고 있다. 이순은 옥정에 비해 심모원려가 부족한 중전을 더 이상 참을 수가 없었다. 이순은 즉시 승정원에 "중전 민 씨는 국모로서 군림할 자격이 없으니 고사(古事)를 찾아보라"는 명을 내렸다. 고사를 찾는다는 것은 과거의 예를 따라 중전을 폐위하려는 의중을 보인 것이다.

그래도 중전에게 의도를 묻고자 대조전으로 갔다. 중전은 임금을 보자마자 엉뚱한 얘기를 꺼냈다. 이순과 중전이 주고받은 말을 《실록》은 전하고 있다(숙종실록 15년 5월 2일).

"어마마마께서 꿈속에서 소녀에게 말씀하시기를 '숙원은 전생에 짐승의 몸이었는데 주상께서 쏘아 죽이셨으므로, 묵은 원한을 갚고자 하여 이 세상에 태어났습니다. 그래서 경신년 역옥(逆獄) 후에 불순한 무리와 서로 결탁하였던 것이며, 화(禍)는 장차 헤아리지 못할 것입니다. 또 팔자에 본디 아들이 없으니 주상이 노고하셔도 공이 없을 것이며, 내전(민 씨)에는 자손이 많을 것이니, 장차 선묘(先墓) 대와 다름이 없을 것입니다'라고 하였습니다."

이순은 일국의 국모가 이처럼 어이없는 꿈 얘기를 한 것에 기가 막혔다.

"중전은 이성을 잃고 있소. 이런 말은 삼척동자라도 믿지 않을 것이오. 또 다시 투기를 한다면 궁중법도에 따라 문책할 것이오."

"전하, 이 모든 게 왜 나의 죄라고 하십니까? 중전인 나를 어찌할 것입니까? 폐출시키려면 해보십시오."

이순은 중전이 이성까지 잃고 허황된 주장을 하리라고는 생각지 못했다. 이순은 중전이 이 정도로 망가진 것에 실망했다. 어쩌면 친정과 서인을 믿고 방자한 것인지도 모른다. 이순은 승정원에 비망기를 내려 중전의 폐출에 대한 고사를 찾도록 독촉했다.

승정원에서는 고사로 성종의 후궁이며 연산군의 생모인 윤 씨의 사례를 들었다. 윤 씨는 성종의 후궁에서 중전으로 책봉되었으나 투기가 심하다는 이유로 폐출되었다. 그래도 반성하지 않고 있다는 죄로 사약을 받은 것으로 기록되고 있다. 윤 씨의 사례는 중전에게 문제가 있을 경우 나라를 위해 폐위할 수 있다는 근거를 제공한 것이다.

폭탄설계도

옥정이 3년 만에 재입궐한 후 서인 선비들과 관료들은 그녀가 남인 천거에 의해 된 궁녀라는 이유로 하는 일마다 반대했다. 특히 옥정이 임금과 국사를 의논하는 것을 시비 삼았다. 이들은 지금 바깥세상이 바뀌는데도 '나를 바꾸느니 적을 제거하는 게 우선이다'라는 폐쇄의식으로 대항했다.

옥정은 어떤 난관을 겪더라도 조선을 위해 폭탄설계도를 전달해주려는 허베이 순무부인 김난초와 담판을 짓기로 결심했다. 김난초에게 노리개 반쪽을 보여줘 맞으면 그림암호는 풀리는 것이라고 생각했다. 조선의 국방을 위한 유일한 대책이라고 생각했다. 고양이는 쥐를 잘 잡아야 진짜 고양이라는 실익이 중요했다.

옥정은 장희재에게 덕팔을 데려오게 했다. 덕팔은 시장에서 기도를 보면서 거지 때가 싹 벗겨지고 제법 장부가 돼있었다. 옥정은 덕팔에게 북경에서 노리개 반쪽을 가진 여인을 만난 얘기를 해주었다. 그는 기뻐서 어쩔 줄 몰라 했다.

옥정은 장희재와 덕팔을 북경으로 보냈다. 김난초를 만나서 노리개를 보여주고 덕팔을 상면시킨 후 폭탄설계도를 구해달라고 했다. 만약 노리개가 딱 맞으면 그림암호는 해석된 것이고 폭탄설계도 역시 마무리되는 것이다. 그리고 루이텐 박사를 모시고 오리고 했다. 루이텐은 마침 청국과 5년의 계약기간이 끝나 있었다.

장희재는 북경에 도착해서 김난초를 찾아갔다. 그녀는 덕팔을 보자 노리개를 받아 대조했다. 정확히 한쪽처럼 포개지자 덕팔을 껴안고 한없이 울었다. 23년 만에 상상도 못하던 모자상봉이 실현된 것이다. 이 모두가 옥정의 덕이다.

"마님, 제 동생이 덕팔을 데려다주면 마님께서 귀한 것을 주신다고 했습니다."

"무슨 말인지 알겠습니다. 곧 전달하도록 할게요. 지금은 내 수중에 없습니다."

김난초는 장희재에게 사실을 털어 놓는다.

"장 무사님, 저는 청국으로 시집왔지만 항상 조선으로 돌아갈 생각을 했습니다. 폭탄설계도가 완성되면 조선에 넘겨주려고 한 것입니다."

김난초는 폭탄설계도를 조선에 넘겨주려고 옥정을 선택했다고 한다. 안전을 위해 전령수장과 암호 그림을 작성했다는 것이다. 그리고 전령수장에게 그림암호를 옥정에게 주도록 했다고 한다.

"나는 수차례 옥정낭자를 만나보고 진정으로 폭탄을 완성할 수 있는 사람이라고 판단했어요. 조선을 위해 알크마르를 시켜 전령수장을 살해할 수밖에 없었습니다. 알크마르에게 전령수장이 보관한 설계도를 훔쳐와 비밀 수장고에 보관했어요. 혹시나 해서 첫 장은 내가 보관했지요."

"그럼 설계도는 지금 어떻게 돼 있나요?"

"설계도 첫 장은 내가 가지고 있습니다. 두 개를 합쳐서 루이텐 박사에게 완성하도록 해야 합니다. 내가 루이텐 박사를 보호하고 있습니다. 장 무사님은 설계도를 조선으로 가져가 루이텐 박사에게 완성토록 해주세요. 이것이 나의 꿈이었습니다. 장 무사님을 설계도를 보관한 수장고로 안내하도록 하겠습니다."

장희재는 김난초가 붙여준 안내인을 따라 말을 타고 향하(香河)라는 회족자치마을로 달렸다. 마을 입구에 띠를 두른 건장한 사람이 칼을 들고 서있다. 가까이 다가가 보니 서양 사람이었다.

"나는 장희재라 하오. 마님이 보냈소."

"나는 알크마르라고 하오."

"아니? 알크마르는 죽었다고 했는데?"

"그렇소. 나는 죽은 사람이오. 내가 죽었다고 해야 설계도를 조선으로 빼돌려도 행방을 모르기 때문이오. 청국에서 이런 사실을 알면 조선은 전쟁으로 큰 피해를 볼 것이오. 나는 죽은 사람이라 내가 한 일은 귀신이 한 것이 되오."

장희재는 알크마르를 따라 수장고로 잠입했다. 알크마르는 비밀통로를 통해 수장고 입구에 도달했다. 수장고 철문은 커다란 자물쇠로 잠겨 있었다. 알크마르는 열쇠로 자물쇠를 열었다. 안으로 들어가니 기단 위에 조그만 궤가 놓여 있다. 둘은 궤를 들고 비밀통로를 따라 되돌아 나왔다.

장희재는 알크마르와 함께 김난초가 지정한 장소로 갔다. 김난초는 커다란 짐을 꾸려 놓고 기다리고 있었다. 따로 끈으로 묶은 조그만 보자기를 주며 말한다.

"이 안에는 설계도 첫 장이 있습니다. 시간이 없으니 한양으로 빨리 떠나세요. 루이텐박사가 대련항에서 기다리고 있을 것입니다. 대련항으로 가면 조양호라는 선박이 기다리고 있을 것입니다. 선장에게 이것을 보여주세요. 그러면 제물포까지 데려다 줄 것입니다."

김난초는 대련항까지 통과할 수 있는 순무부 관패(官牌)와 제물포항을 무사통과할 외교문서를 세 사람에게 주었다. 장희재와 알크마르에게 출발을 독촉했다. 대련항에 도착하니 루이텐이 실험기구와 시약을 넣은 큰 상자 다섯 개를 수레에 실은 채 기다리고 있었다.

폭탄 실험

장희재는 루이텐과 알크마르를 청국에서 장사하는 서양 무역상처럼 꾸며서 성공적으로 데려왔다. 도중에 검문과 검색이 있었지만 김난초가 만들어준 관패와 완벽한 외교문서를 소지한 루이텐과 알크마르를 의심하는 관리는 없었다.

루이텐은 말을 달리며 조선의 산하를 보았다. 아버지 하멜이 쓴 표류기를 통해 조선을 상상했지만 생각보다 너무나 낙후하고 생동감이 없는 데 놀랐다. 간혹 눈에 띄는 사람들은 피골이 상접하고 힘이 없었다.

옥정은 루이텐과 알크마르를 취선당으로 초대해서 최고의 환대를 했다.

"루이텐 박사님, 북경에서 신지식을 많이 배웠습니다. 박사님의 손에 조선의 미래가 달려있습니다."

"숙원마마가 되신 것을 축하드립니다. 저는 마마의 마음속에 확고한 조국애가 중심잡고 있는 것을 보고 감동받아 제 목숨까지 걸고 돕기로 결심한 것입니다. 아버지는 미개한 조선을 보셨지만 저는 강대한 조선을 볼 것입니다."

"루이텐 박사님, 반가운 분을 소개하겠습니다. 김 역관님 들어오시죠."

김지남 역관이 들어왔다. 루이텐은 김지남을 보자 무척 반가워했다. 김지남은 옥정의 소개로 루이텐에게서 염초대량생산방법을 배웠었다. 《통문관지(通文館志)》에 의하면 김지남은 북경에 파견돼 놀라울 정도의 열정과 집념으로 염초제조방법을 배워왔다고 한다. 그 후 군기시(軍器寺)에서 화약의 대량생산에 성공했다. 39세 때였다.

조선조정과 백성은 왜란 이후 화약에 대한 인식이 생겼다. 광산개발, 도로개설, 교량건설, 농로개설 등에 화약을 사용하기 시작했다. 그러나 화약원료인 염초를 청국과 일본에서 수입해서 어려운 재정에 큰 부담이었다. 염초를 대량생산하게 된 것은 커다란 혁명이었다.

김지남은 염초제조방법을 보급하기 위해 1698년(숙종 24년)에 《신전자초방(新傳煮硝方)》이란 책을 간행했다. 오늘날 남아 있는 신전자초방은 원본이 아니고 그가 죽은 지 약 100년 뒤인 1796년

(정조 20년)에 간행된 중간본이다.

김지남은 조선의 화기발달에 큰 업적을 남겼다. 이순은 그의 공적을 인정하고 문성첨사(文城僉使)의 외관직에 임명하였으나 대신들의 반대로 정3품 통정대부(通政大夫)로 승진시키는 데 그쳐야 했다.

옥정은 루이텐과 알크마르에게 시장 부근에 거처를 마련해줬다. 호주상회 지하에 실험실을 마련했다. 북경에서 가져온 실험기구와 시약을 잘 정돈했다.

루이텐은 김난초가 전해준 설계도 첫 장을 연결해서 미완성 부분을 완성했다. 첫 장이 있으니 이제까지 막혔던 의문들이 잘 풀렸다. 목표는 100근 폭탄이다. 이 정도 돼야 1만 명의 적군이 침공해도 제압하고 방어할 수 있다.

루이텐은 100근짜리 폭탄을 안전하게 운반하고 목표에서 터질 수 있도록 고령토를 혼합했다. 이것은 청국에서도 팽광회의 죽음으로 도중에 그친 기술이었다. 드디어 고령토의 배합비율을 조정해서 100근짜리 폭탄의 초벌구이를 만들었다.

그날 밤, 돌연 중앙군인 오위(五衛)도총부와 내금위가 합동으로 실험실을 급습했다. 무조건 루이텐과 알크마르를 잡아다 포도청 옥사에 가뒀다. 장희재는 즉각 옥정에게 이 사실을 알렸다. 옥정은 상선을 통해 내금위장령을 만났다.

"장령님, 이 사건은 국방강화 계획으로 비밀리에 추진되는 것인데 두 사람을 석방해주세요. 제가 전하께 허락 받은 사항입니다."

"숙원마마, 이것은 전하께서도 어쩌지 못하는 문제입니다. 청국 동창에서 조선이 폭탄개발을 한다는 정보를 입수해서 생긴 것입니다. 김춘추란 자가 조선이 폭탄을 개발하는 경우 전쟁이 일어난다고 펄펄 뛰고 있습니다. 특히 위구르나 외몽고로 전해질 까봐 야단입니다. 전하께서도 다른 방도가 없을 것입니다."

"김춘추는 악질입니다. 루이텐 박사를 넘겨주면 안 됩니다. 전하께서는 모르시는 것으로 해주세요."

김춘추가 모화관 당주 패룩치와 함께 옥정을 찾아왔다.

"숙원마마, 서양오랑캐까지 데려와 폭탄을 만드시는 것은 양국 간에 전쟁을 일으킬 수 있는 위험한 일입니다. 서양인을 우리에게 넘겨주십시오."

"나는 전에 장사를 한 사람입니다. 서양의 연금술사를 초청해서 금을 만들고 있는 것입니다. 물건만 팔기보다 금은을 만들면 큰돈을 벌지요. 모든 물질은 불, 공기, 물, 흙이라는 4가지 기본원소들의 합성물입니다. 금과 은도 4가지 기본원소 비율을 조정해서 합성하면 만들 수 있습니다. 우리는 구리에 약품을 섞어 원소의 비율을 조정해서 금과 은을 만들려는 것입니다."

"그렇다면 서양의 연금술사를 넘겨주십시오. 우리가 확인해보겠습니다."

"이 무슨 망발이오? 아무리 대국이라고는 하지만 예의를 지키십시오. 청국의 요청으로 서양인을 하옥하였으니 조사는 우리에게 맡기시오."

옥정은 화를 내며 내당으로 들어가 버렸다. 패룩치는 옥정이 모화관에서 일본 닌자를 때려눕힌 여걸임을 직접 본 바 있었다. 압박해서는 꺾을 수 없다고 생각하고 돌아갔다.

옥정은 감옥으로 가서 루이텐부터 만났다.

"그동안 고생 많으셨지요? 아버지도 조선에서 처음에는 감옥에 갇혔었지요. 저하고 같이 나가시죠."

옥정은 내금위장령에게 동창과 해결되었다고 거짓말을 했다. 그리고 루이텐과 알크마르를 데리고 호주상회로 돌아왔다.

"숙원마마, 100근짜리 초벌구이 폭탄을 만들었습니다. 폭탄성능을 실험해야 하는데 자금이 필요합니다."

루이텐이 옥정에게 근심스런 듯 말했다. 이때 알크마르가 나서며 말한다.

"김난초 마님께서 연락이 왔는데 사흘 후 청국사절단이 온다고 합니다. 사신대표가 호부상서 달포탈인데 자금을 가지고 온다고 합니다."

옥정은 기뻤다. 달포탈이 자금을 가지고 오면 만사형통이다. 사흘 후 사절단이 도착했다. 요제프, 덕팔, 배금이 일행을 따라왔다. 오후에 달포탈이 취선당으로 찾아왔다.

"숙원마마, 이렇게 지체가 높아진 것을 축하합니다. 제가 순무부인의 부탁으로 작은 철궤를 가져왔습니다. 철궤를 열어보십시오."

"축하드립니다. 상서대감이 되셨다는 말만 들었는데 직접 뵈오니 기쁩니다."

그가 내놓은 철궤는 철인으로 봉인돼 있었다.

"제가 전에 드린 열쇠로만 이 철궤를 열 수 있습니다. 그 안에는 돈이 가득 차 있습니다. 이 돈이면 충분할 것입니다."

옥정은 열쇠로 철궤를 열었다. 속에는 금과 은이 가득 차 있었다.

"감사합니다. 이렇게 도와주시니 백골난망입니다. 제가 꼭 은혜를 갚겠습니다."

"마마의 은혜는 제가 갚아야하지요. 수년간 혼란을 주던 물가를 안정시키는 탁견을 내주셔서 저는 호부상좌에서 여러 급을 뛰어넘어 호부상서가 돼 나라재정을 도맡은 최고책임자가 되었습니다. 호부에는 하루에도 백여 수레의 금은이 들어옵니다. 마마께서 더 어려운 일을 부탁하시더라도 기꺼이 돕겠습니다."

옥정은 심양으로 끌려가면서 직접 봤던 은화 수레행렬이 떠올랐다. 청국의 부강함은 조선으로서는 상상할 수 없는 것이었다.

이제 전령수장이 준 암호그림이 모두 해독됐다. '만도 칼=알크마르, 열쇠=호부상서, 황소=루이텐, 노리개=김난초와 덕팔' 이 모두가 설계도를 완성하고 폭탄까지 만드는데 조력해준 사람들이다. 그리고 총 기획자는 김난초였다.

돈도 마련되어 100근짜리 초벌구이를 수십 차례 검증해서 거의 완전한 폭탄이 완성되었다. 옥정은 임금에게 폭탄이 완성됐다고 얘기했다. 이제 야외 실험만 하면 된다.

숙종은 너무 기뻐하며 어쩔 줄 몰라 했다. 숙종보다 약소국의 설움을 뼈저리게 느낀 사람이 있을까? 이제 청국과 일본에 큰소리칠 수 있게 되었다.

드디어 100근짜리 폭탄시제품을 실험하게 됐다. 실험장소가 필요하다. 장희재는 박통에게 부탁하기로 했다. 박통은 시구문 밖 왕십리 숲에서 실험하도록 했다. 아무도 모르게 폭탄을 터뜨렸다. 산천이 날아갈 듯 위력이 대단했다.

보고를 받은 이순은 자주국방이 실현될 수 있다고 확신했다. 이제 백성들을 전쟁의 참화에서 벗어나게 할 수 있다는 기쁨에 천지신명께 감사드렸다.

기사환국

　옥정은 숙원으로 책봉 되지 2년 뒤(1688, 숙종 14)에 회임을 했다. 이순은 너무 기쁜 나머지 4계단을 대폭 올려 소의에 책봉했다.

　이순이 볼 때 대신과 관료들의 소극적 보신주의 사고는 옥정의 '멈추면 먹힌다'는 시장원리에 한참 뒤졌다. 군사강국 청국과 일본이 이웃에 있는데 조선은 멈춰 있다. 가장 심각하게 고민하는 사람은 역시 왕이었다. 옥정은 후궁이 아니라 제갈공명 같은 존재였다. 옥정의 신조대로 폭탄개발이 되었으니 어찌 기쁘지 않을 것인가!

　옥정은 1688년(숙종 14년) 10월에 해산 끼가 있었다. 조정에서는 산후청(産後廳)을 세웠다. 산후청에서는 급히 임금에게 고하고 친정어머니 윤 씨에게는 산후를 도우라고 전했다. 윤 씨가 가마를 타고 들어오는데 사헌부지평 이익수는 미천한 여인이 감히 궁 안에 8인이 메는 옥교(가마)를 타고 들어간다며 내리게 했다. 이익수 지평의 명에 따라 사헌부 금리는 62세의 노파 윤 씨를 강제로 끌어 내렸다. 그리고 윤 씨 눈앞에서 가마를 메고 온 하인들을 매질하고 체포했다. 이어서 가마를 불에 태워버렸다.

윤 씨가 들어오지 않는 중에도 옥정은 겨우 해산을 했다. 이런 사실을 제조상궁 최소연이 이순에게 고하였다. 이순은 대노하여 이익수를 파직하여 유배를 보내고 사헌부 금리를 장살하라는 명을 내렸다.

1688년 10월 28일에 옥정은 30세라는 늦은 나이에 왕자(윤, 昀, 후일 경종)를 낳은 것이다. 이순은 등극한지 14년 만에 아들을 봤으니 기쁨은 이루 헤아릴 수 없었다. 그는 다음해(1689년) 1월 11일 왕자를 원자로 명호를 정할 뜻을 알렸다. 이어서 장 소의를 희빈(정1품)으로 봉했다. 송시열과 서인은 왕자 윤이 후궁 소생이라는 사실을 지적하면서 반대했다. 이순은 이를 무시하고 닷새 후인 1월 15일에 원자 명호를 내리고 종묘사직에 고했다.

서인의 거두 송시열과 영의정 김수항, 민정중은 옥정이 낳은 아들이 서자이므로 원자 정호를 취소하라고 적극 주장했다. 중전이 아직 나이가 젊어 왕자를 낳을 수 있는데 너무 이르다는 것이다.

여기에 김춘추까지 끼어들었다. 김춘추는 정보를 얻기 위해 장희재의 처 작은아기(者斤阿悅)를 꼬여내 자주 만났다. 그러다 간통을 하게 되었다. 노론은 김춘추의 정보에 의거 장희재가 서인의 반대를 조사하려고 부당하게 월권을 했다고 탄핵했다.

이순은 대노했다. 이순은 별순검장 한태동을 불러 송시열 일파를 내사하라고 명령했다. 며칠 후 한태동은 이들의 목적은 원자를 음해하는 것이라고 보고했다. 이순도 김춘추와 노론의 고변은 장희재의 죄를 탄핵하려는 게 아니라 원자를 해하려는 숨은 뜻이 있다고 판단했다.

그러나 송시열과 대사헌 김창협(김귀인 아버지, 김춘추의 당숙)의 상소가 계속되었다. 이순은 2월 2일 영의정 김수항을 파직시키고 3월 6일 송시열을 제주로 귀양 보내 위리안치시켰다. 김창협도 유배되었다. 경신환국에서 역모를 날조했던 어영대장 김익훈도 강계로 유배되었다. 몇 달 후 김수항은 한성으로 불려오던 중 역모날조죄로 영암에서 사사되고 김익훈은 장살되었다.

이순은 권대운을 영의정에, 지중추부사 목내선을 좌의정에, 예조판서 김덕원을 우의정에 제수하고 남인으로 정권을 교체했다. 1689년의 일이다. 이것을 기사환국(己巳換局)이라고 한다.

권대운은 희빈 장옥정을 찾아 서인 정권과 홀로 대결하며 자신의 경제정책을 지지해준 것에 감사를 표했다. 권대운은 10년간 경제정책이 유야무야된 것을 잊을 수가 없었다. 그는 한태동을 비밀리에 만났다. 이제는 송시열을 제거해야 한다고 생각했다.

"마마, 서인이 성인으로 추앙하는 송시열을 그들로부터 끊어내고자 하옵니다. 노동천시풍조가 뿌리 깊이 내린 것을 뽑아내지 않으면 경제는 발전할 수 없습니다. 한태동 별순검장도 그리 말했습니다."

"영상대감, 나는 오래전부터 전하께 성리학의 분서갱유까지 주청했던 사람입니다. 전하께서도 대국적으로 결단하실 것입니다."

희빈 장옥정은 권대운과 임금을 알현했다. 옥정과 권대운은 4월 15일 송시열을 서울로 압송하라는 왕명을 받아냈다. 이어서 귀경 도중에 사사하라는 교지도 받아냈다. 그리고 송시열이 6월 8일 정읍에 도착하자 사약을 내려 사사했다. 이순과 송시열의 파란만장한 대결은 이렇게 종결됐다. 83세의 노 대신 죄명은 '죄인들의 수괴'라는 것이었다. '죄인들'이란 노론에 속한 당파를 말한다.

우암 송시열. 이순은 오랜 고민 끝에 송시열을 제거했지만 '죽은 공명이 산 사마의를 도망치게' 만든 꼴이었다. 송시열이 죽은 후에도 그의 후폭풍은 몇 대를 이어갔다. 조선은 송시열이란 이데올로기에 갇혀 망할 때까지 헤어나지 못했다.

송시열은 명망이 높아 교우 관계가 넓었고 추종한 제자들도 많았다. 우암의 학맥을 기록해 놓은 《화양연원록(華陽淵源錄)》에 의하면 그의 제자는 총 827명에 달한다고 했다. 우암이 평생 존경했었던 주자(朱子)의 제자도 442명에 지나지 않았다고 하는데 중국보다 수십 배 좁은 조선 땅에서 두 배나 많은 제자가 따랐다는 것은 그가 얼마나 대단했는지 짐작할 수 있다.

이순은 왕권을 세우고 백성을 위한 정치를 제대로 하려면 중전과 김귀인도 폐출해야 한다고 판단했다. 승정원에서 올렸던 폐비 윤 씨 고사에 따라 1689년(숙종15년) 4월 24일 비망기를 내렸다.

"중전과 김귀인은 장희빈이 아이를 못 낳을 것이라고 음해하였으나 조종(祖宗)이 묵묵히 도우심으로 원량(元良, 아들)이 탄생하였다. 이들의 흉한 꾀가 더욱 드러났으니, 그 누구를 속이겠는가? 아, 국모로 한 나라에 임하여 신민이 우러러 받드는데 이런 간특한 정상이 있음은 천고에 듣지 못한 바이다. 이것을 참는다면 무엇을 참지 못하겠는가? 이미 윤 씨(연산군 어머니)에게도 없는 죄이다. (중략) 아침저녁으로 말하고 행하는 것이 투기와 원망이 아닌 것이 없는데, 이것도 부족하여 돌아가신 대비의 말씀을 지어내 과인의 몸을 업신여겼으며, 총애를 독차지하려고 난(亂)을 얽고 겸하여 화를 조정에 전가시켰으니, 그 이른바 '서로 핍박하고 서로 알력한다'고 하는 것과 과연 방불하다. 이와 같은데 안으로 장심(將心)을 품고 임금에게 도리를 잊은 흉역한 무리에게는 악을 징계하는 법이 없을 수 없다."

이순은 그 날로 김귀인을 폐출하고, 곧이어 5월 2일 인현왕후를 중전에서 폐위했다. 사흘 뒤인 5월 6일에는 장희빈을 중전으로 삼는다는 전지를 내렸다.

폐비를 반대하는 상소가 잇따라 올라왔다. 특히 박태보와 오두인은 상감이 후궁에 대한 사사로운 감정 때문에 정사를 그르친다고 몰아쳤다.

"전하, 자고로 임금은 색을 멀리하고 백성에게 어질게 보여야 하심에도 인현왕후를 중전에서 폐위하고 사사로운 감정에서 장희빈에 빠지시어 중전에 봉하심은 사리에 어긋나는 것이오니 통촉하시옵소서."

이순은 상소를 읽고 다음과 같이 꾸짖었다고 《인현왕후전》에 소개되고 있다.

"네 어찌 그따위 말을 하느뇨. 그러면 나를 천첩의 거짓말을 곧이듣고 해괴한 짓을 하는 사람과 같다고 하는 것이냐? 네 나를 무고해 미친 사람 같다고 하느뇨? 의금부 판사는 당장 이 두 사람을 옥에 가두고 그 배경을 밝히라."

이순은 크게 분노하며 이 둘을 심문하게 했다. 의금부에서는 두 사람을 적당히 조사하려 했으나 이순은 배경을 토설할 때까지 치죄해서 보고하도록 했다. 두 사람은 배경이 있을 수 없었기에 토설할 것도 없었다. 결국 두 사람은 가혹한 고문 끝에 죽었다.

이순은 옥정을 요녀로 단정하고 자신을 색에 빠진 어리석은 왕으로 말하는 것을 가장 싫어했다. 이순은 옥정이 중전에 앉을 자격이 있다고 확신했다. 역사상 처음으로 천인출신 여자를 중전에 앉힌 이유가 있었던 것이다.

중전 장옥정

　이순이 장옥정을 중전으로 책봉했으면 당연히 '왕후(王后)'라는
시호를 내렸을 텐데도 전해지지 않았다. 노론들이 지워버린 것이
아닌가 추측한다.

　옥정은 중전이 되었지만 이순에겐 정책의 동반자로 선택된 것이
었다. 이순은 대동법을 평안도와 함경도를 제외한 전국에서 실시
하는 성과를 거뒀다. 또한 상평통보를 관리의 급료와 세금으로 사
용해서 편리성이 확대됐다. 상인들도 상품대금 결제에 불편 없이
사용하게 되어 화폐금융사회로 안착했다. 그 결과 임진왜란과 병
자호란 이후 계속된 경제적 혼란을 전반적으로 수습하고 안정된
사회를 구축했다. 의료를 확대하고 임산부의 위생을 관리한 결과
인구가 다시 증가했다. 이순이 염원하던 조국근대화가 눈앞에 보

이고 경제개발은 성공적으로 진행되어 백성들에게 이팝과 소고기 무국을 먹일 수 있게 됐다.

옥정은 내명부의 책임자로서 궁인들이 인간답게 살 수 있도록 해야겠다고 생각했다. 이들에게 녹봉부터 올려줬다. 인원을 파악해보니 내명부만 궁녀가 500명 내외다. 가까이에서만 대왕대비전 29명, 대비전 27명, 대전 49명을 합하여 105명이고 세자궁 60명, 세자빈궁 40명이었다. 세자빈궁은 없어도 궁녀는 두었다.

외명부까지 합치면 대략 수천 명이 되었다. 궁궐을 경비하는 수비 병력은 2,000명이 넘었다. 외명부에는 관료들과 궁궐청소, 음식 마련 등 각종 일을 담당하는 기술자와 노동자 수백 명을 포함해 모두 3,000명이 넘었다. 기타 궁궐을 비롯한 수많은 건물을 관리하는 수천 명의 사람들이 있었다.

궁녀들은 주로 궁중 내의 의, 식, 주, 주류 관리를 관장하고 그 외에 여악(女樂)으로 궁중음악을 담당하기도 한다. 의식주에 관련되는 부서는 지밀(至密), 침방(針房), 수방(繡房), 세수간(洗手間), 생과방(生果房), 소주방(燒廚房), 세답방(洗踏房)으로 구분된다. 이 중 가장 격이 높은 곳은 지밀이다. 지밀은 왕과 왕비의 신변보호와 기거, 잠자리, 음식, 의복에 이르기까지의 시중과 내전의 물품 관리, 내시부, 내의원, 전선사(典膳司)들과의 중요한 교섭 등을 담당한다.

궁녀 중 엘리트라 할 수 있는 지밀은 왕을 제일 가까이에서 모시기 때문에 후일 왕의 후궁이 될 가능성이 가장 많다. 때문에 겨우 대소변을 가릴 정도의 4~5세의 나이에 궁으로 데려와 7~8세 무렵부터 동몽선습, 소학, 내훈, 열녀전서는 물론 궁체연습까지 공부한다.

궁녀를 통틀어 나인이라고 하지만 그들 자신은 상궁과 나인을 구별해 썼다. 하지만 물 긷기, 불 때기 등 궁궐의 잡일을 아침저녁 통근으로 수행하는 무수리나, 붙박이로 각 처소 혹은 상궁의 살림집에 소속된 하녀인 비자(婢子), 약방기생으로 불린 의녀(醫女)는 나인에 포함되지 않는다.

궁녀의 근무는 하루씩 비번과 당번을 교대로 했다. 옥정이 내명부를 검사해보니 모든 게 비효율적이고 낭비덩어리였다. 임금에게 사정을 설명하고 이를 바로 잡겠다고 보고하고 허락받았다.

우선 궁녀들의 인권이 무시되는 것부터 바로잡기로 했다. 전에 겁간당하고도 사통했다고 무시당한 궁녀처럼 억울한 사정이 있는 궁녀가 천지였다. 이를 위해 비밀을 지켜주는 소원수리소를 신설했다. 구성은 판정인 1명, 청취평가인 2명으로 했다. 판정인은 중전, 청취평가인은 제조상궁과 내시부 상선으로 했다.

절차는 다음과 같다. ①소원수리 제출 및 접수 ②소원수리 내용을 구두로 청취하고 기록 ③사실내용 조사 ④소원수리의 상대방을 소환해 답변 청취 ⑤양자의 진술내용을 듣고 판정 ⑥그 판정으로 소원수리는 최종적 결정력을 가짐 ⑦판정이 내려진 후 그 결과를 이행하지 않거나, 소원수리 신청자에게 보복을 하면 혹독한 처벌을 내린다.

소원수리소가 설립되자 딱 한 궁녀가 신청했다. 그러자 궁녀들을 괴롭혔던 사람들은 자신이 소원수리 대상이 될까봐 조심했다. 청취평가인이 된 제조상궁과 상선은 새로운 안목을 갖게 되었다고 말했다. 그들뿐만 아니다. 선임이라고 허세를 부리던 궁녀들은 권위적 태도에서 유화적으로 바뀌었다.

외명부는 중전이 직접 관련이 없으나 임금이 관할해야 하는 것들이라 중전으로서 잘 챙겨서 임금을 보좌했다. 내시부는 궁궐 안의 음식물 감독, 왕명의 전달, 수문(守門), 청소 따위의 모든 잡무를 맡아보았다. 내시부에는 최고 책임자로 종2품의 상선이 2명 있다. 옥정은 이들을 통해 모든 종사자들에게 교육을 시켜야겠다고 생각했다.

옥정이 살펴보니 궁녀들은 평생 똑같은 일만 하도록 조직이 폐쇄돼 있었다. 자신의 능력보다 연줄에 의해 좋은 자리를 맡거나, 능력이 있는데도 하잘 것 없는 일을 하는 경우도 있었다. 옥정은 궁녀들도 시장처럼 경쟁을 시켜 숨은 능력을 꺼내야겠다고 생각했다.

옥정은 제조상궁에게 궁녀들을 집합시키도록 했다.

"여러분, 나는 남문저자에서 장사를 해왔는데 어쩌다보니 전하의 승은을 입고 중전까지 된 하찮은 여자에 불과합니다. 나는 여러분과 3가지를 실천하려고 합니다. 첫째는 교육을 통해 능력을 향상시키고, 둘째는 능력대로 대우를 받도록 할 것이며, 셋째로 출납 등 모든 일들을 투명하게 하고 이익은 전액 여러분에게 나눠드리겠습니다. 교육 후 여러분을 적재적소에 배치할 것입니다. 여러분의 대우를 혁신하겠습니다. 지금 여러분이 받는 대우는 시장의 잡급직보다도 못한 형편입니다."

궁녀들은 이러한 말에 놀라는 듯했다. 이제 대우가 향상된다고 하자 조용해지며 경청했다. 궁녀들은 지위에 따라 차등 있게 월봉(月俸)과 생활필수품을 지급받았으나 고정된 게 아니라 재정형편에 따라 감해지기도 해서 불만이 컸었다.

"내가 자란 시장에서는 상대방보다 장사를 못하면 망합니다. 여러분도 노력한다면 신분상승은 물론 급여가 올라 부모님을 풍족히 보양할 수 있게 될 것입니다. 여러분은 전하의 노예가 아닙니다. 전하의 자매이며 가족입니다. 나는 중전으로서의 모든 권한을 활용해서 여러분이 지금보다 훨씬 윤택하게 살도록 힘을 기울이겠습니다. 특히 여러분의 교양과 휴식을 위해 궁중극장을 설치하겠습니다. 매월 2회 이상의 극과 공연을 관람하도록 하겠습니다."

궁녀들은 믿어지지 않는다는 듯 보였다. 이는 상상도 할 수 없는 현실이었기 때문이다. 옥정은 우선 출납상궁을 불러 궁녀들에게 쌀 한 말씩을 나눠주도록 했다. 제조상궁과 출납상궁이 적극 반대했다. 옥정은 모든 책임을 지겠으니 실행하라고 했다. 그러자 궁녀들의 옥정에 대한 비난이 줄고 믿음을 갖게 되었다.

옥정은 감찰부에 수라간을 비롯한 창고와 물품구입 관련 부서의 장부와 재고를 검사케 했다. 그 결과 출금과 납품 및 실제 사용량에 대단한 차이가 발견됐다. 실제 필요한 물품보다 부풀려 주문하고 결제했으나 남은 물품은 간곳이 묘연했다. 자세히 조사해보니 복잡하게 윗선에도 들어가 있었다. 제조상궁으로 시작해서 상납을 받은 숫자는 한 없이 늘어났다. 그러나 이제까지의 상황은 불문에 부치기로 했다.

옥정은 하청상인과 납품상인을 재정비하는 데 착수했다. 조사해보니 이들은 한두 해도 아닌 몇 대에 걸쳐 납품하고 있었다. 어떤 납품업자는 출납 궁녀의 인사권도 좌지우지했다. 옥정은 납품 때마다 건실한 업자를 삼배수로 선정해서 봉투에 가격을 써넣는 경쟁 입찰을 실시했다. 봉투를 뜯어보니 거의가 전보다 절반이나 쌌다. 한 달 만에 새던 돈을 배나 절약할 수 있었다. 우선 이 돈으로 창덕궁 인정전 옆에 궁중극장을 마련했다. 그리고 칠패시장에서 남사당과 판소리꾼을 불러다 공연을 시작했다. 모든 궁녀들이 매우 좋아했다.

옥정은 재정형편에 따라 들락거리는 임금체계를 고정급으로 바로잡고 매년 임금을 5푼(5%)씩 올려주겠다고 했다. 출납을 정확하게 집행하기만 해도 직급에 따른 고정급은 가능했다. 여기에 각 방별로 효율성을 점검해서 성과급을 주는 경쟁체제를 도입했다. 옥정은 호주상회에서 납품상인들을 경쟁시켜본 결과 확신이 있었다.

그러자 궁녀들이 악착같이 절약하고 개선해서 절약된 것이 많아 성과급을 주고도 남았다. 눈빛이 달라지고 행동이 민첩해졌다.

옥정은 궁녀들에게 글을 가르쳤다. 중종 때 천인출신인 서장금(徐長今)이 수라간 각시로 들어왔지만 글을 배우고 열심히 노력해서 여자로는 불가능한 어의까지 올라《실록》에도 기록된 실화를 얘기해줬다. 본인의 노력으로 원하는 바가 될 수 있음을 깨우쳐줬다. 자극을 받은 궁녀들은 열심히 공부하며 변화하기 시작했다.

옥정은 교육을 기본과목과 교양과목으로 편성했다. 기본과목으로 아라비아숫자와 치부책 쓰기, 한글 궁체(宮體) 읽기와 쓰기, 교양과목으로 민중문학인 판소리와 언문소설 교육으로 나눴다.

치부책을 쓰다보면 자신이 적자인지 흑자인지를 알게 된다. 이제까지는 그런대로 살면 된다는 생각에서 자신의 현재를 판단하곤 했다. 또한 능력에 따라 월봉도 차등을 두었더니 얼마 후 내명부와 내시부는 전과 달라졌다.

교양과목에선 판소리를 민중문학으로 가르쳤다. 당시 최고의 판소리 대가인 하한담(河漢潭)과 최선달(崔先達)을 초대했다. 판소리의 형성과정에 대해서는 뚜렷한 정설이 없으나, 대체로 근원설화(根源說話)가 판소리로 전화(轉化)한 뒤 언문으로 소설화되었다고 볼 수 있다.《기록》에도 판소리 시창자(始唱者)는 숙종 시대 탄생했다고 적고 있다. 하한담과 최선달이 시창자가 아닌가 여겨진다.

하한담과 최선달은 외래판소리인 적벽가를 배제하고 순수 우리 것인 〈춘향가〉를 비롯하여 〈심청가〉, 〈흥부가〉, 〈토끼타령〉, 〈장끼타령〉, 〈배비장타령〉, 〈옹고집타령〉, 〈변강쇠타령〉 등 판소리 열두 마당을 우리판소리의 정형으로 정착시키고 가르쳤다.

소설과목에서는 첫 한글소설로 광해군 때 지어진 허균(許筠)의 《홍길동전(洪吉童傳)》을 읽혔다. 이 작품은 계급사상을 타파하고 사회개혁을 암시한 사회소설로서 당시의 시대 배경에서는 매우 획기적인 주제를 다룬 것이었다. 또한 성명 미상의 궁녀가 쓴 《계축일기》라는 언문소설을 가르쳤다. 광해군이 영창대군을 죽이고 인목대비를 서궁(덕수궁)에 가두었을 때부터 인조반정으로 복위될 때까지의 정경을 일기체로 기록한 궁중소설이다.

아이러니하게도 옥정에게 교육받은 궁녀 가운데 《계축일기》를 읽은 성명 미상의 궁녀 한 명이 후일 《인현왕후전》을 써서 장옥정이라는 여인을 사악한 여자로 전락시키기도 했다.

또 모든 궁녀들에게 하루에 2시간씩 언문을 가르쳤다. 특히 이들은 《홍길동전》을 매우 재미있어 했다. 홍길동이 서자 신분이라는 이유로 온갖 차별을 받다가 불쌍한 사람을 구제하는 대목에서는 만세를 불렀다. 《홍길동전》을 읽고 나서 부르는 판소리는 더욱 구성졌다.

최 무수리

궁녀 가운데 최 무수리라는 처녀가 판소리를 잘 불렀다. 옥정은 그녀를 눈여겨보았다. 얼굴은 예쁜 편에 키는 적당히 크고 허리는 잘록하며 엉덩이가 튼실했다. 소리를 부를 때는 아랫배에 강한 힘이 축적돼 자세가 곧았다.

그녀는 〈심청가〉, 〈흥부가〉, 〈배비장타령〉, 〈변강쇠타령〉 등을 잘 불러서 허한담과 최선달로부터 "후계자로 삼아야겠다"는 말을 들을 정도로 뛰어났다.

"너는 변강쇠가 누군지는 알고 부르는 것이냐?"

옥정은 어린 처녀가 〈변강쇠타령〉을 구성지게 부르는데 적나라한 성의 묘사와 노골적인 음담패설이 전편에 깔려 있는 외설적인 내용을 알고나 부르는지 궁금했다.

"조금은 알고 있습니다. 평안도에서 태어난 옹녀와 전라도에서 태어난 변강쇠가 제각기 음란한 생활을 하다가 살던 마을에서 쫓겨난 후, 북쪽에 살던 옹녀는 남쪽으로 내려오고, 남쪽에 살던 변강쇠는 북쪽으로 올라가다가 금강산에서 만나 곧장 결혼하여 지리산에 들어가 행복하게 살았다는 이야기입니다."

"그러면 옹녀는 어떻게 변강쇠를 자기 품에 넣었는지를 아느냐?"

"변강쇠는 음탕한 관리인 변학도를 연상시키는데, 강쇠는 철처럼 강한 남성 성기를 연상시키는 말로, 변학도같이 여색을 탐하면서 강철 같은 성기를 지닌 남자라는 뜻에서 붙여진 이름으로 압니다. 옹녀는 나무의 옹이같이 단단하면서도 관솔같이 불이 뜨거운 여자라는 의미로 이름을 붙였다고 합니다. 이런 두 남녀를 상대할 사람은 세상에 없기 때문에 숙명적으로 함께 품을 수밖에 없었을 것이라 추측됩니다."

옥정은 그녀의 담대하고 박식한 대답에 혀를 찼다.

"그럼 너는 옹녀를 어떻게 생각하느냐?"

"옹녀는 변강쇠를 만나기 전에는 너무 음탕하여 뭇 남자를 죽게 했습니다. 무릇 여자는 옹녀처럼 뜨거워야 하지만 정실이 되려면 좀 조숙하고 낭군의 건강을 잘 배려해서 무병장수하도록 음기를 조절해야 한다고 생각합니다."

"너는 많은 것을 알고 있구나. 몸을 조신하게 잘 다루고 지내라. 내가 이다음에 너를 부를 것 같다."

옥정은 최 무수리가 자신이 이순과 처음 교합할 때의 심정을 가진 데 놀랐다. 언젠가 이 아이에게 승은을 입히고 싶었다. 자신은 아이 엄마가 돼 음기가 미약하다고 생각했다. 기껏 음양의 조화로 건강을 바로 잡기 시작한 이순에게 강한 음기를 불어 넣어 줄 동녀(童女)가 필요하다고 생각했다.

옥정은 한 달에 3일씩 받는 교육을 3년간 실시했다. 교육과정이 끝난 후 시험을 치렀다. 놀랍게도 모두가 합격했다. 꿈을 심어주고 교육을 시켰더니 변화한 것이다. 이들에게 꿈이 생기기 시작한 것이다.

3년간의 교육에서 눈에 띄게 성과를 거둔 궁녀가 있었다. 판소리를 잘 부르던 최 무수리였다. 빨래와 허드렛일을 하는 무수리로 두기에는 아까웠다.

그녀는 빨랫감을 아무렇게나 쌓아놓지 않았다. 남녀의 옷은 내의와 외의를 구별하고, 관복은 조복, 상복, 융복, 공복, 군복, 제복 등으로 분별했다. 다시 사모(紗帽), 단령(집무 복), 흉배(관복가슴에 붙인 수놓은 헝겊조각), 대, 목화 등으로 분류했다. 분류한 데 따라 빨래를 하니 옷감이 덜 상하고 쌀겨비누가 절반 이상 절약됐다. 빨래를 말리고 다릴 때도 종류끼리 분류해서 하니 시간이 절약됐다.

옥정은 최 무수리를 불렀다.

"너는 판소리를 잘 하던 무수리가 아니냐? 일을 능률적으로 잘해서 포상하려 한다."

최 무수리는 1670년 생으로 옥정보다 11살이 어렸다. 지금은 옥정이 32살이니 그녀는 21살이다. 제법 색시 티가 나는데다 얼굴에 총기가 있고 밉지 않은 상에 키도 적당하고 엉덩이도 앙팡지게 영글어서 첫눈에 보아도 좋은 색시 감이었다. 옥정은 이순을 처음 만날 때의 자신이 떠올랐다.

"중전마마, 미천한 소녀를 이렇게 기억해주시니 감사합니다."

"아직도 판소리를 부르고 있느냐?"

"네, 열심히 배워서 가끔 궁중연회에도 불려나갔습니다. 이것도 마마께서 꿈을 가지라고 하시면서 소리를 가르쳐 주신 덕분입니다."

"내가 너를 판소리 교육에서 처음 봤을 때는 몇 년 전이었지. 몇 년이 지나도록 아직도 무수리를 벗어나지 못하다니 인사에 잘못이 있구나. 약조한대로 너는 내일부터 내전의 지밀에서 일을 하여라."

궁에서 지밀은 누구나 선망하는 곳이다. 이런 곳에 최 무수리가 발탁된 것이다. 모두가 옥정의 능력에 따른 파격적 조치에 놀랐다. 말로만 아닌 행동으로 보여주자 궁녀들의 사고가 바뀌기 시작했다.

옥정은 최 무수리를 자주 불러 2살 세자 윤에게 판소리를 들려주었다. 고수의 장단에 맞추어 창, 말, 몸짓을 섞어가며 긴 이야기를 엮어가는 재주에 웃음이 절로 터졌다. 그녀는 느린 진양조, 중모리,

보통 빠른 중중모리, 휘모리 등 극적 내용에 따라 느리고 빠른 장단으로 구성지게 불렀다.

고수는 반주소리를 살리기도 하고 죽이기도 하면서 "얼씨구", "조~타", "그렇지" 등의 추임새를 외친다. 놀라운 것은 두 살의 세자가 판소리를 들으며 추임새가 터질 때마다 몸을 흔들흔들 거리며 웅얼거렸다는 사실이다. 옥정은 어린 윤이 가락을 익히는 것이 너무 신통해서 최 무수리를 가끔 불렀다.

옥정의 처소에는 임금이 자주 찾아왔다. 지금은 옥정보다 왕자를 보러오는 것이다. 11세에 결혼해서 28세에 첫 아들을 보았으니 그 기쁨은 비할 수 없었다. 그런 왕자의 원자 정호를 반대하는 대신을 곱게 볼 수 없는 것은 당연했다. 이제 옥정은 뒷전으로 밀려났다.

이순이 들어서자 옥정 외에 여인이 1명 더 있다. 옥정은 이순이 벗어놓은 용포를 정리하며 말했다.

"전하 이 아이는 최 무수리인데 지금은 지밀나인입니다. 판소리를 잘해서 왕자에게 들려주고 있었습니다. 한번 판소리를 들어보시겠습니까?"

옥정은 말하면서 이순의 표정을 살폈다. 그러나 그는 왕자를 가슴에 안고 바라보느라 쳐다보지도 않았다.

"전하, 왕자가 이 아이의 판소리를 무척 좋아합니다. 어린 왕자께서 덩실덩실 몸을 흔드십니다. 잠시 소리를 들어보시지요."

"그래요? 우리 왕자 윤이 벌써 판소리를 좋아한다고요?"

이순은 그제야 얼굴을 들어 무수리를 바라본다. 무수리가 일어서서 큰절을 한 후 자세를 취하고 소리를 부르자 이순은 차츰 시선이 꽂히기 시작한다. 고수가 추임새를 넣을 때마다 어깨를 들썩이며 손바닥을 치기도 한다. 이순은 역대 왕들보다 음악에 취미가 있었다. 판소리가 처음 정착된 때가 숙종조였다는 기록은 사실로 보인다. 몇 곡이 끝나자 이순이 말한다.

"너를 지밀에서 본 기억이 있구나. 언제 판소리를 이렇게 배웠느냐?"

"중전마마께서 궁녀들을 교육시켜주실 때 처음 배웠습니다."

"허어 그래? 중전은 과연 대단한 분이시오. 음악이면 음악, 주먹이면 주먹, 술이면 술로 못하는 것이 없습니다. 이제 이 세자에게도 그런 능력을 심어주시오. 허허허."

이순은 갑자기 허드레를 떨며 크게 웃는다. 아마도 최 무수리가 맘에 드는 모양이다. 이를 모를 옥정이 아니다. 상궁에게 옆방에 이부자리를 펴놓게 했다. 몇 곡의 판소리가 끝나자 이순은 다시 세자를 어우르며 세상사를 잊은 듯 보였다.

옥정은 임금의 단골 수청여가 되는 것은 싫었다. 몸뚱이만으로 사랑받는 것은 더욱 싫었다. 이제는 왕자의 어머니로서, 그리고 정책동반자로서 사는 게 좋다. 이제 한 아이의 어미로서 한걸음 물러서서 후궁도 거느리며 살고 싶었다. 어느 후궁을 들인다 해도 자신의 안목과 능력을 가진 사람은 없다고 확신했다.

"전하, 오늘은 이 방에서 취침하십시오. 저 아이를 들여보내겠습니다. 오늘밤 저 아이는 어명을 발동할 줄 모를 것입니다. 저 아이는 아무것도 모르니 전하께서 저에게 배운 대로 빈대떡 부치듯이 뒤집고 굴리고 짓눌러보도록 해보세요. 저 아이는 제가 전하를 처음 뵈었을 때와 같은 나이라 강한 음기를 가졌을 것이니 절대로 사정을 해선 안 되십니다. 꼭 그리하셔야 합니다. 아시지요?"

옥정은 이순에게 눈을 흘기며 방으로 밀어 넣었다. 이순은 못이기는 척하며 들어간다. 옥정은 아들 장가보내는 어미처럼 타이르고 또 타일렀다. 이순은 고개를 끄덕이며 표정관리를 못한다. 옥정은 여자 싫어하는 사내 없다는 말처럼 이순의 엉큼스러움에 실소를 금치 못했다.

자기 없으면 곧 죽을 것 같던 남자가 언제 그랬느냐는 듯이 돌변하는 것을 보고 불길한 예감이 들기도 했다. 혹시 괜한 짓을 한 것은 아닌가?

제 5 장

노론 천국

갑술환국

이순은 영의정 권대운과 좌의정 목내선, 우의정 김덕원으로 새 정권을 출범시키면서 서인이 미루었던 금고설립을 강력히 추진했다. 금고설립은 권대운이 주도했었기에 잘 진행되었다. 중앙금고는 종루 육의전에 세웠다.

전국적으로 부산, 대구, 전주, 나주, 공주, 원주, 개성, 평양, 함흥에 지방금고를 세웠다. 금고에는 동전을 예금하는 사람들이 몰렸다. 저축과 이자를 생전 처음 겪는 것이 불안했으나 점점 신뢰하기 시작했다. 문제는 대출받으려는 상인들이 폭주한 것이다. 조정대신들에게 로비가 시작되었다. 상인들은 로비를 통해 대출을 받아서 큰돈을 벌었다. 관치금융이 생긴 것이다. 로비도 하나의 장사수단이 되어 한양과 지방의 경제는 크게 발전했다. 이는 노론에게 공격의 대상이 되었다.

이순 역시 경제적 부패를 걱정했다.

"중전, 관치금융이 심해서 불평이 많은데 그대로 둘 수는 없잖소?"

"아직은 억제할 때가 아닙니다. 시장은 원래 약육강식이 존재해서 약간의 부정과 수작이 통합니다. 너무 맑은 물에는 고기가 살 수 없는 것과 같습니다."

"그럴 듯하군요. 폭탄은 성능실험에 성공했지만 아직도 안전문제는 완성되지 않은 것이오?"

"안전성에 아직 문제가 남았습니다."

한중택은 인현왕후가 폐위되고 장희빈이 중전이 되자 민 씨 복위운동을 강력하게 추진했다. 한중택과 김춘추는 폭탄개발을 문제삼아 폐비 민 씨를 복위하기 위해 많은 사람들을 포섭했다. 그러나 이런 음모가 포도대장 장희재에게 포착됐다.

장희재는 김덕원 후임인 우의정 민암(閔黯)에게 보고했다. 민암은 강경파로 이 기회에 서인들을 완전히 제거하기로 했다. 마침 1694년(숙종 20년) 함이완(咸以完)의 고발이 있었다. 서인 한중택 등이 폐비 민 씨의 복위를 도모하려고 자금을 모아 요로의 인물들을 매수하려 했다는 것이다. 민암은 이 사실을 임금에게 보고한 후 한중택, 이진명, 이기정, 김도명, 이시도 등 수십 명을 하옥하고 강하게 문초했다.

조사과정에서 피의자들은 고신을 못 이기고 효종의 딸이자 이순에겐 고조모가 되는 숙안공주, 숙명공주, 숙휘공주와 임금의 여동생인 명안공주가 이들과 모의에 동참했다고 토설했다. 민암은 공주들이지만 법대로 다스릴 수밖에 없다고 보고했다.

"전하, 놀랍게도 역당들은 숙안공주, 숙명공주, 숙휘공주와 명안공주마마를 끌어들였다 하옵니다. 사안이 중대하오니 법대로 준엄하게 처결하시옵소서."

고조모와 여동생은 죽음을 피하기 어렵게 됐다. 이순은 무리한 고문으로 공주들의 이름이 나온 것이라고 생각했다.

이때 유생 김인이 고변서를 올렸다. 신천 군수 윤희와 훈국 별장 성호빈 등이 반역을 꾀하면서 자기에게도 참여를 권했다고 했다. 장희재는 이미 참여하였고 민암, 오시복, 목창명도 깊이 연루돼 있다고 했다고 했다. 이순은 민암과 장희재에게 사실여부를 문초했다. 이들이 적극 부인하자 이순은 김인의 고변이 무고라고 판결했다. 그런데 다음날인 음력 4월 1일, 돌연 민암 등 남인을 대거 정계에서 축출하라는 비망기를 승정원에 내렸다.

"왕을 우롱하고 육신을 어육(魚肉)으로 만드는 잔인한 정황이 매우 통탄스러운바 국청(왕명으로 국문하는 것)에 참여한 대신들은 모두 관직을 삭탈해 문외출송(門外黜送)하고, 우의정 민암과 금부 당상은 모두 절도(絶島)에 안치(安置)하라."(《숙종실록》, 20년 4월 1일)

이는 남인 정권을 다시 서인으로 갈아치우겠다는 뜻이었다. 민암이 삭탈관직되자 영의정 권대운과 좌의정 목내선은 즉각 승정원에서 복역(覆逆) 장계를 작성했다. 복역은 임금의 잘못된 명을 받들지 못하겠다는 상소다. 작성한 초안을 막 올리려는데 다시 숙종의 비망기가 내려왔다.

"비망기가 승정원에 내려진지 이미 오래돼 날이 반이나 지났는데도 실행보고가 아직도 들어오지 않으니 이는 대신들이 머리를 모아 구제하려고 계략을 짜는 것 같아 지극히 분통하고 놀랍다. 입직승지와 옥당(玉堂, 홍문관)을 모두 파직하라. 이번 복역의논을 집에 있는 승지와 삼사라고 모를 리 없으니 마찬가지로 모두 파직하라."(《숙종실록》, 20년 4월 1일)

이순은 승지 전원과 삼사 전원을 파직시켰다. 입직한 오위장(五衛將) 황재명(黃再命)을 임시승지로 임명했다. 영의정 권대운, 좌의정 목내선도 파직하라는 명을 내렸다. 이어서 그 자리에 소론의 남구만, 박세채, 윤지완 등을 등용하는 명령을 내렸다. 병권 장악이 중요해서 병조판서와 훈련대장을 각각 소론 서문중(徐文重)과 신여철로 갈아치웠다. 문관 인사권도 이조판서 이현일에서 소론 유상운에게 넘겨주었다. 다만, 장희재는 처남이라 포도대장에 그대로 두었다.

영의정 권대운, 좌의정 목내선은 귀양 보냈다. 그러나 과격파인 민암은 유배지에서 사사했다. 민암의 가족은 모두 관노를 만들었다. 민암이 왕의 조고모와 여동생을 굴비 꿰듯 줄줄이 역모로 엮은 것은 실수였다. 이순이 경제내각을 꾸렸지만 여자종친까지 죽일 수는 없었던 것이다. 종친을 살리기 위해서는 경제개혁을 잠시 멈춰야 했다. 이것이 이순이 겪는 당파 속에서 할 수 있는 한계였다. 노론은 '권대운이 송시열을 사사한 공적 1호이니 죽이라'고 사직서를 내면서 압박했지만 이순은 절대로 굽히지 않았다.

이순이 조국근대화와 경제개발을 함께 추진했던 권대운을 버렸다고 그 염원까지 버린 것은 아니었다. 이순은 소론의 남구만, 박세채, 최석정 등 같은 염원을 가진 신진세력으로 대신하고 새로운 경제개혁을 실천했다. 정권을 자주 바꾸라는 옥정의 냉정함을 따른 것이다. 소론은 실익을 중요시한 젊은 당파로 노론과 결별한 바 있다. 오히려 남인보다 더 실용적인 사고를 하고 최석정 같은 과학자가 포함돼 있어 조국근대화에 적임일 수도 있었다.

남인은 정권을 잡은 지 5년 만에 권좌를 내줘야 했다. 이를 갑술환국(1694)이라고 한다.

희빈으로 강등

남인정권이 물러나자 감금되었던 한중택 등은 모두 석방되었다. 그는 감옥에서 풀려나자 폭탄제조에 대해 더욱 파고들었다. 장옥 정과 장희재를 제거해야 민 씨가 복위될 수 있다고 확신했다. 김춘 추와 한중택은 장옥정과 장희재를 제거하는 방법은 폭탄제조에 연루시켜 청국의 압력을 넣는 것이라 생각했다.

두 사람은 즉시 영의정 남구만을 찾아가 폭탄제조에 관해 조사할 것을 요청했다. 남구만은 폭탄제조 뒤에는 임금이 있을 것이라 추측하고 주저했다. 장희재가 한성부 우윤 겸 포도대장이어서 조사가 어렵다는 핑계로 차일피일 미루었다.

남구만의 본관은 의령. 자는 운로(雲路), 호는 약천(藥泉)이다. 말년에 관직에서 물러나 전원생활을 하면서 풍류를 즐기며 쓴 시조는 지금도 우리에게 유명하다.

"동창(東窓)이 밝았느냐 노고지리 우지진다.
소치는 아이는 상기 아니 일었느냐.
재 너머 사래 긴 밭을 언제 갈려 하나니."

김춘추는 남구만의 미지근한 태도에 화가 났다. 그는 패룩치에
게 자초지종을 보고했다. 패룩치는 조선이 폭탄개발에 성공할 경
우 직무유기로 처형감이었다. 패룩치는 남구만을 찾아갔다.
"영상대감, 청국의 코앞에서 폭탄을 개발하는 것은 반란과 같습
니다. 황제께 보고했으니 연락이 올 것입니다. 대감께서 우리가 조
사하도록 해주십시오."
남구만은 동창의 요구를 무시할 수 없었다. 그는 이순에게 사실
대로 얘기했다.
"전하, 동창의 한성 당주가 직접 사찰하겠다고 합니다. 장희재
가 포도대장이라 적당히 조사할 것이라고 직접 조사하겠다는 것입
니다."
"영상, 그럼 장희재의 관직을 삭탈하고 사헌부가 정확히 조사한
다면 될 것 아니오?"
"그것은 핑계로, 결국은 자신들이 사찰하는 게 목적입니다. 이것
은 김춘추의 고변으로 시작된 것입니다. 그자는 중전마마가 폭탄

개발 책임자라고 주장합니다."

"동창에서 왕의 내실까지 간섭한다면 절대로 용납할 수 없소. 영
상은 우선 김춘추인가 하는 역당부터 처단하시오."

"그자를 죽이면 동창이 복수하려 들것입니다. 하찮은 서생 때문
에 조정이 시끄러울 필요가 없습니다. 제게 맡겨주십시오."

남구만이 돌아오자 김춘추가 기다리고 있었다.

"영상대감, 중전마마가 관여돼 있다고 전하께서 이 사건을 적당
히 처리하시다가는 큰일 납니다. 제가 알아본 바로는 압록강의 군
대를 움직이려는 기세입니다."

"불난 데 부채질 그만하시오. 내정간섭은 절대로 불가하오. 전하
께서는 당신의 목을 따오라고 하셨소."

김춘추는 크게 웃었다. 그는 조선이 청국을 배척하고 안정되게
존립할 수 없다고 믿는 사람이었다. 그것이 조선을 위한 길이라고
확신했다.

유생 김인은 역모고변으로 남인을 일망타진했으나 장희재만 멀
쩡 하자 그를 뇌물수수로 다시 고발했다. 남구만은 장희재를 불
렀다.

"장 포장. 김인이 영감을 뇌물수수혐의로 고변했소."

"영상대감, 벌써 죄를 청하고 전하께 사직서를 냈습니다."

"그렇소? 전하의 하명을 기다려 봅시다."

사흘 뒤 이순은 장희재의 사직서를 남구만에게 돌려주었다. 불

문에 부치고 무고로 고생이 많았을 것이라며 위로의 말까지 첨언
돼 있었다. 그리고 바로 다음 날 이순이 남구만을 불렀다.

"영상, 장희재의 직권남용이 확실한 것 같소. 죄를 물어 삭탈관
직하고 제주도로 귀양 보내시오. 그리고 폐비 민 씨를 즉시 서궁
(경운궁, 지금 덕수궁)으로 옮기시오."

"전하, 혹시 중전마마를 강등하시려는 것인지요? 중전은 세자의
모후이오니 절대로 안 되십니다. 민 씨를 서궁에 모신 후 여생을 그
곳에서 편안히 살도록 하는 정도에서 처리하십시오."

이순은 고개를 끄덕였다. 그러나 노론 대신들은 이순에게 민 씨
를 중전으로 복위하고 장옥정을 희빈으로 강등해야 한다고 주청했
다. 소론의 선두주자인 대제학 최석정이 편전에 나가 이순에게 탄
원했다.

"전하, 신 최석정 아뢰옵니다. 중전마마를 뚜렷한 증거도 없이
희빈으로 강등하심은 나쁜 전례가 될까 걱정입니다. 중전마마께서
는 여느 마마들과 달리 조선의 경제와 국방에 대해서 앞선 식견과
추진력이 있으셔서 조정 관료들과 충돌이 많았음은 사실이나 이것
은 백성이라면 누구나 해야 할 충정이지 지탄 받을 대상은 아니라
사료되옵니다. 중전마마의 강등은 절대로 아니 되옵니다. 통촉하
여 주시옵소서."

그러자 배석한 한중택이 반론을 제기한다.

"전하, 신 한중택 아뢰옵니다. 중전마마는 내명부의 책임자일 뿐

이며 국사를 논해서 분파를 일으키면 안 된다고 사료됩니다. 중전마마께서는 폭탄개발을 주도하여 청국으로부터 치죄의 대상이 되셨고 그 영향은 전하께 미칠 것이 자명합니다. 이에 중전마마를 문책하시어 청국과의 전쟁을 예방하시고 희빈으로 강등하심이 옳을 듯합니다."

최석정이 반론하며 다시 주청을 드린다.

"중전마마께서는 선견지명으로 자주국방의 혜안을 가지고 추진한 일들이신데 가당치 않다함은 우려일실(憂慮逸失)의 단견이라 여겨집니다."

"조선의 건국이념은 사대교린주의(事大交隣主義)로서 청국을 섬기고 일본 등과는 우호적으로 외교하는 것입니다. 자주국방은 건국이념에도 어긋나는 위험한 것입니다."

이순은 손을 들어 논의를 중단시켰다. 그리고 내전으로 남구만을 불러 독대했다.

"영상, 말은 최석정 대제학이 옳은데 정치는 다르지 않소? 청국이 군사적 위협을 가하겠다고 하니 예봉을 피해 관심을 다른 데로 돌릴 방법이 없소?"

"전하, 중전마마를 희빈으로 강등하심은 세자를 폐하시는 것과 같사옵니다. 이는 청국의 관심을 돌리는 방법이 못되십니다."

이순은 입을 다물었다. 그러나 정치적 판단은 달랐다. 그날 밤 이순은 돌연 비망기를 승정원에 내려 보냈다.

"폐서인 민씨를 중전으로 책봉하고 중전 장씨를 희빈으로 강등한다. 포도대장, 장희재를 제주도로 유배하라."

이순은 노련했다. 그러나 세자는 그대로 두어 옥정의 마음을 달래려고 했다.

민 씨는 서궁으로 옮긴 바로 다음 날 중전으로 복위했다. 그리고 장옥정을 희빈으로 강등하고 취선당으로 거처를 옮기라고 명했다. 이순은 인현왕후를 중전으로 복위하면서 책봉식까지 거행했다. 첫 중전인 인경왕후 때는 책봉식을 행했지만 인현왕후를 계비로 맞을 때는 책봉식을 하지 않았다. 그런데 쫓겨난 중전을 다시 불러들이면서 책봉식을 했다. 이는 장옥정을 중전에서 내쳤다는 것을 청국에 확실히 알리려는 것이었다.

이순은 청국에게 인현왕후의 중전 위치를 확고히 알리려는 뜻으로 2년 뒤인 1996년(숙종 22) 세자가 결혼할 때 묘현례를 행했다. 그리고 인현왕후를 묘현례에 참석하도록 했다. 묘현례는 며느리를 맞이한 뒤 사당에서 첫인사를 올리는 정통 예법이다. 역대로 묘현례를 치른 전례는 선조가 인목왕후를 맞아들일 때가 유일했다. 장희빈이 아닌 인현왕후가 세자빈의 시어머니임을 청국에 보여주고자 함이었다.

이순의 눈물

　그날 밤 숙종은 취선당으로 갔다. 그는 한없이 술잔을 기울였다. 옥정도 많이 마셨다. 숙종은 혀가 꼬부라지자 마음이 조금 안정됐다.

　"옥정아, 서운하냐? 나를 실컷 원망해다오. 그래야 나도 마음 편할 것 같다."

　"전하, 소녀 때문에 마음이 약해지시면 안 됩니다. 전하는 나라와 세자 윤만 생각해주세요. 이 모든 게 세자 윤을 보호하시려는 결단이라고 생각합니다."

　"그래도 네 일만은 가슴이 아프다. 이게 나라와 세자를 살리는 살길이다. 너와 장희재에게는 미안하다. 세자는 반드시 내 뒤를 잇도록 약속하마."

"그 말씀을 들으니 술이 확 깨네요. 세자 윤에게 보위를 물려주신다는 약속을 믿겠습니다. 저는 이제 죽어도 여한이 없습니다."

"동창의 앞잡이 김춘추와 너는 어떤 악연이기에 이리 무섭게 얽히는 것이냐?"

"이 악연을 전하께서 엮어주셨는데도 모르세요?"

"아니 그게 왜 내 탓이란 말이냐?"

"십여 년 전에 전하께서 피 흘리며 쓰러진 저를 구해 주셨잖습니까? 김춘추는 제 외상값을 떼어 먹으려고 저를 몽둥이로 내리친 자입니다. 전하께서 그 아비를 파직하고 그자에게는 곤장 100대와 등과응시자격을 박탈하셨습니다. 평생 등과를 못하게 되자 청국의 동창 앞잡이가 돼 한을 풀려고 저를 따라다니며 음해하는 것입니다."

"참으로 좀팽이 놈이구나. 여자하나 복수하기 위해 나라를 팔아?"

옥정은 혀 꼬부라진 소리로 답한다.

"전하, 조금도 제 걱정은 마세요. 전에 제가 말씀드렸지요? 짧지만 굵게 살다 가겠다고요. 저는 전하의 은총 덕택에 이 나라에 화폐유통을 비롯해 폭탄개발 등 굵직한 사안들을 행할 수 있었습니다. 전하께서 반드시 대형 폭탄개발을 완수해 동방 최강의 나라를 만드시기만을 바랍니다. 서방님 만세!"

"우리 인연은 호주상회에서 시작되었지. 그때 너는 여인치고는 특별해 보였었다. 나를 무척 흔들어 놓았었지. 기억나느냐?"

"그때 전하께서는 안개처럼 살며시 제 마음 안에 들어오셨지요. 저는 무언가 말하고 싶었지만 그런 말을 못하는 제 자신이 얄밉기만 했습니다. 그러나 그런 내 마음을 당신께서 알아주는 것을 알고 행복했습니다. 행복한 비밀을 가졌으니까요. 참 이상했어요. 제가 첫눈에 반하기까진 1분도 안 걸리고, 호감을 가지게 되기까지는 1시간도 안 걸렸으며, 당신을 사랑하게 되기까지는 반나절밖에 안 걸렸는데, 이제 당신을 잊으려하니 평생이 걸려도 모자랄 것 같네요. 우리의 사랑은 미소로 시작되었지만 눈물로 맺게 되는 군요. 이번 생에 인연이 짧다면 다음 생에 영원히 맺어지기를 빌게요."

"내가 취선당을 지을 때 대문의 문짝과 양쪽의 장벽(墙壁) 크기를 똑같게 해야 하는데 아마도 달리한 것 같구나. 풍수에서 왼쪽이 크면 아내를 바꾸고 오른쪽이 크면 과부와 고아가 생긴다고 했으니 말이다. 허허허."

둘은 울음 반, 웃음 반의 대화를 끝도 없이 나눴다.

장희재가 제거되고 옥정이 강봉되자 김춘추와 한중택은 물 만난 물고기처럼 동창을 앞세워 폭탄제조 조사에 열을 올렸다. 요즘으로 치면 청국을 대신해 핵사찰을 한 것이다. 패륵치는 동창요원 수십 명을 이끌고 호주상회 지하실험실에서 루이텐 박사를 체포했다. 알크마르도 함께 체포됐다. 실험실의 모든 기구와 시약은 밀봉했다. 왕십리 폭탄실험장도 조사했다. 조선의 주권은 무시됐다. 동창요원들은 집채 크기만큼의 땅이 여기저기에 팬 것을 보고 놀라는 눈치였다. 이런 엄청난 파괴력이 있는 폭탄을 장옥정이란 여인이 주도해 개발했다는 게 믿기지 않는 모양이다.

"당주어른, 장희빈을 문초해야 할 것 같습니다. 그 여인을 놔두었다간 후일 청국에 큰 화근이 될 것입니다. 이 기회에 죽이십시오."

김춘추는 옥정을 몰아붙일 좋은 기회라고 생각한 모양이다.

"좋은 생각이오. 김정리(正吏)는 영의정에게 우리가 장희빈을 조사해야겠다고 강력히 전하시오."

김춘추는 남구만을 만나 청 황제의 소환장을 제시하며 장희빈을 모화관으로 보내줄 것을 강력히 요청했다.

"영상대감, 장희빈을 청 황제의 이름으로 소환합니다. 장희빈은 폭탄을 개발해서 청국을 위험에 빠뜨리려한 혐의가 있어서 직접 조사해야 하니 즉시 소환에 응해주기 바랍니다."

"안 되오. 남의 나라 희빈마마를 어찌 사신관에서 소환한단 말이오. 그리고 황제의 칙서를 보여주시오."

"자, 여기를 보시오. 청 황제의 어인이 찍혀 있지 않소?"

"이것은 소환장에 찍혀 있는 청 황제의 인장일 뿐이오. 칙서를 보여주시오."

"청 황제는 조선의 후궁을 칙서로 소환하지 않소. 소환장이면 충분하오."

동창의 한성당주 패룩치는 황제의 대리인이나 마찬가지였다. 그가 작성한 소환장의 효력도 무시할 수 없는 게 약소국의 기막힌 현실이었다.

남구만은 일을 확대하지 않기 위해 장희빈이 모화관을 방문하는 데 동의했다. 며칠 후 약소국 후궁의 비애를 짊어지고 옥정은 모화관으로 갔다. 참으로 옥정과 모화관의 인연은 질겼다. 모화관에 도착하니 패룩치와 김춘추가 예의상 마중 나왔다. 옥정을 당주의 집무실로 안내했다. 김춘추는 여전히 패룩치와 똑같이 변발을 하고 만주족 전통의 치파오를 입고 있었다. 청국인처럼 청국 말을 섞어 사용했다.

"희빈마마, 이 조사는 청 황제께서 조선 왕을 입조하도록 명하시기 전에 행하는 예비조사입니다. 성실히 답변해주시기 바랍니다."

"김 집사, 동창의 앞잡이가 되어 중강과 북경에서 나를 죽이려고 하더니 지금은 조선을 이렇게 핍박하고도 잠이 옵니까?"

"희빈 마마, 저는 집사가 아닙니다. 저는 정리입니다."

"지금 동창의 궂은일을 도맡아하니 집사라 해도 맞지 않나요?"

"하나는 맞고 하나는 틀립니다. 하나는, 동창의 궂은 일이 아닌 조선의 궂은일을 하는 것입니다. 다른 하나는, 몇몇 사람이 청국에게 신뢰를 저버리는 행동을 해서 종묘사직을 위태롭게 하는 것을 막기 위해 애쓰는 것입니다."

"그건 아전인수 격인 주장입니다. 조선은 주권이 존재합니다. 조선은 어떤 결정과 행동을 하는 데 청국의 간섭을 받아들일 수 없습니다."

그러자 패룩치가 끼어들며 말했다.

"희빈마마, 이것은 청국의 간섭이 아니라 보호입니다. 지금까지 조선에서 역모가 일어나지 않고 일본이 침략하지 못하는 것은 청국의 '안보우산' 아래 있었기 때문이었습니다. 누가 반란을 일으키거나 침략을 해도 청나라가 군대를 보내 제압할 것이기 때문이지요. 폭탄개발은 청국의 안보우산을 걷어버리겠다는 위험한 발상입니다. 자주국방은 조공으로 안보우산을 받는 데 비해 훨씬 많은 비용을 부담하는 정책입니다."

"그렇지만 청국의 교만으로 겪는 임금과 백성의 비참함을 비용과 견줄 수 있을까요? 지금 청나라 대신조차도 조선왕을 제주목사 정도로 취급하고 막말을 합니다. 어떤 대가와 비용을 치루더라도 주권을 지키는 게 더 소중합니다."

"이미 동창에서는 모든 조사내용을 청 황제에게 보고했습니다. 희빈마마께서 자주국방을 포기하시고 입조하면 세자를 지키실 수 있습니다. 원하신다면 세자를 곧 왕으로 등극시켜드릴 수도 있습니다. 왕의 모후로 섭정하시면서 보내시는 것은 어떠신지요?"

"이 무슨 불경한 말씀이오? 그대들이 역모를 꽤하겠단 말이요? 전하께서 아신다면 그대들이 동창이라 해도 절대로 용서치 않을 것이요."

김춘추가 정색을 하며 말한다.

"세자를 등극시키시고 마마께서 섭정하시는 것이 왜 역모입니까?"

"그 말은 숲은 안 보고 나무만 보는 것과 같습니다. 청국은 문을 꽉 닫고 황권만 지키려다 영국 같은 작은 나라의 대포에 위협당하고 있지 않은가요? 지금 조선은 세계정세를 내다보고 청국의 안보우산으로는 미래를 보장할 수 없기 때문에 자주국방의 결단을 내린 것입니다. 장차 청국은 일본도 막아주지 못할 것입니다."

"저는 조선이 자주국방에 막대한 돈을 퍼붓느니 청국의 안보우산 아래 평화의 혜택을 보라는 것입니다. 저도 마마도 조선을 위하기는 마찬가지인데 방법에서 차이가 있을 뿐입니다."

옥정은 이 말을 들으니 김춘추도 조선을 위해 적진에 들어가 있다는 느낌이 들었다. 조금 화가 진정됐다. 서로 오해가 있었다. 국가관에는 이념이 존재함을 알았다. 마음이 누그러지자 옥정은 김춘추에게 취선당으로 찾아와서 더 깊이 얘기하자고 제안했다. 이날의 조사는 이 정도에서 마무리됐다.

며칠 후 김춘추가 취선당으로 찾아왔다. 옥정은 전과 달리 누그러져서 그를 맞이했다. 그와 인간적 대화를 갖기로 했다. 김춘추는 독특한 이념론자이다. 어쩌면 옥정이 독특한 이념론자인지도 모른다. 조선 관료들은 김춘추처럼 사대사상을 옹호했기 때문이다. 이념이 다르다고 나쁜 것은 아니다. 어느 것이 맞는지는 모른다.

옥정은 다과를 준비한 것을 내오라고 했다. 과반을 들고 들어 온 여인은 작은아기였다. 김춘추는 깜짝 놀란다. 그의 눈에 순간적으로 물기가 어리는 듯했다.

김춘추는 순수한 국수주의자였다. 그는 조선을 지키는 길은 조선과 청국을 이간하는 이색분자들을 찾아내 분열을 막는 것이라고 확신했다. 이런 일념에 장희재를 조사하려고 그의 아내를 접촉했다가 사랑에 빠졌다. 사랑해선 안 될 사람을 사랑한 것이다. 사람들의 재미난 희롱거리가 된 것도 사랑을 버리지 못한 때문이다.

"언니, 애인이 오셨는데 인사하세요. 호호호."

옥정은 이제까지와는 전혀 다르게 김춘추를 대했다. 두 남녀는 당황해서 어쩔 줄 모른다. 옥정은 남녀 간의 애정에는 대범한 사람이다. 김춘추를 순수한 애정을 가진 자라고 생각하니 모든 원한이 녹아들었다. 그를 용서해 주고 싶었다. 두 사람의 순애보를 이해하니 증오심도 녹아 없어졌다.

"마마, 이렇게까지 해서 왜 우리 둘을 아프게 하시는 겁니까?"

"김 정리님, 나를 오해하지 마세요. 나는 전하와 사랑에 빠지리라고는 상상도 못했었습니다. 그래서 나는 두 분을 잘 이해하고 있습니다. 제 오빠는 언니를 너무 외면했던 사람입니다. 나는 김 정리를 오해했었습니다. 김 정리가 피도 눈물도 없는 사람인 줄 알았습니다. 두 분이 살아 있는 생명체임을 존중하고 싶습니다. 지나친 윤리에 억매여 사랑을 억제당할 필요는 없습니다. 두 분의 아름다운 추억을 억지로 지우지 마세요."

그러자 김춘추가 벌떡 일어나 옥정에게 넙죽 절하며 말한다.

"마마 감사합니다. 그리고 작은아기씨, 제가 아기씨를 이용해서 정보를 얻었다고 모함하는 것이 너무나 괴로워서 죽고 싶었습니다. 저는 동창의 정보수집 수칙에 따라 작은아기씨를 만나 정보를 수집했을 뿐입니다. 저의 진정을 이해해주시기 바랍니다."

"저도 잘 알아요. 서방님께서 그런 일을 하실 분이 아니라고 믿어요."

"자리를 잘 마련했네요. 두 분의 정분이 돈독한 것을 보니 제가 처음 전하를 만났을 때가 생각납니다."

"마마의 통 크신 아량은 소문나 있습니다. 저희 두 사람에게 뜻밖의 해후기회를 주시니 감사드립니다. 제가 마마를 잘못 알고 있었던 것 같습니다. 진작이 마마님과 이런 대화를 갖지 못한 것이 후회스럽습니다. 제가 괴롭혀 드렸던 못된 짓도 저의 속 좁은 생각에서 행한 것이니 용서해 주십시오. 평생을 사죄하면서 살겠습니다."

"나도 김 정리께 사죄할게 있어요. 모화관에서 곤장 100대를 맞은 것은 내가 팽광회 사신에게 거짓죄목을 만들어서 그랬던 겁니다. 이제 서로 비긴 걸로 해요. 호호호."

"이제야 제가 왜 맞았는지 의문이 풀렸습니다. 말씀해주시니 고맙습니다."

모든 게 풀렸다. 오해는 살인보다 무서웠다. 옥정은 작은아기를 김춘추와 함께 가도록 배려했다. 김춘추는 올 때와는 전혀 딴 사람이 되어 돌아갔다. 며칠 후 김춘추로부터 서신 한 장이 전해졌다.

"희빈마마, 깊으시고 통 크신 아량에 소생 무릎 꿇고 사죄드리며 다시 용서를 빕니다. 제가 불법으로 강탈한 콩 5만 가마는 이자를 붙여 칠패시장의 김깍쟁이에게 전달했습니다. 그가 거지와 굶는 사람들을 위해 쓰겠다고 했습니다. 지금은 마마의 은혜로 마음이 편하고 행복합니다. 미친 듯이 복수를 하려했던 부끄러움을 상쇄하고도 넘치는 행복을 주셨습니다. 마마로부터 용서를 받음으로써 생긴 것이라 믿습니다. 용서의 힘을 배웠습니다. 감사드립니다."

옥정은 송시열도 털어내기로 했다. 그의 사사를 권했지만 사심 없는 학자로서의 이상을 모르지는 않았다. 노론이 권력야욕에 그를 이용한 것이다. 옥정은 송시열이 지은 시를 읽으면서 안타까움을 떨칠 수 없었다.

"청산(靑山)도 절로절로
녹수(綠水)도 절로절로
산(山)절로 수(水)절로
산수간(山水間)에 나도 절로
이 중에 절로 자란 몸이
늙기도 절로 하리라."

이윤 경종

옥정이 희빈으로 강등되고 가장 고통스런 것은 왕자를 중전 인현왕후에게 양자로 들이는 것이었다. 예법에 '서자로서 아비의 뒤를 잇는 자는 적모에게 입적한다'고 돼 있기 때문이다. 지금까지 알려진 '숙종이 장 씨에게서 아들을 빼앗아 민 씨에게 줘버렸다'는 것은 사실과는 다름을 알 수 있다.

옥정은 법도에 따라 아들을 중전에게 내줘야 했다. 이때 세자의 나이는 일곱 살이었다. 어미가 누구인 줄 아는 나이에 중전을 어미로 맞고 영숙궁으로 가게 된 것이다.

인현왕후는 세자 윤을 진정으로 사랑했다. 세자도 중전을 진정 좋아했다. 이순도 세자를 사랑해서 수시로 데려다가 정전에서 놀게 했다. 그러나 세자는 새 어미인 중전이 좋아서 이순에게 울며 사정한 기록이 있다.

"상감이 세자를 영숙궁에 가지 못하게 하시고 정전에서 놀게 하시니 세자 이따금 아뢰기를, '어이 어미를 보지 못하게 하시나이까?'하며 눈물을 흘렸다. 이에 상감께서 위로하사 중전슬하에 두시니 후께서 심히 사랑하시는 고로 생각지 않으시더라."(《인현왕후전》)

옥정에게 최 숙빈이 찾아왔다. 숙빈을 자세히 보니 안색이 질려 있다.

"아우님, 무슨 일이 있어요? 왜 얼굴이 사색인가요?"

"마마, 저를 살려주십시오. 노론에서 저를 김춘추 영감과 사통했다고 하면서 연잉군이 그 사람 아이라고 무고하고 있습니다. 제가 무수리 시절 그분의 심부름을 몇 번 해드린 일로 그러는 모양입니다. 참으로 억울합니다."

김춘추는 모든 사람들에게 미움을 받아 그와 대화만 나눠도 모함을 받았다. 최 무수리가 승은을 입고 연잉군을 낳자 김춘추가 자기 아이를 가진 무수리를 후궁으로 넣었다는 소문이 돌았다. 후일 영조는 악형을 폐지했는데 이런 소문을 입에 담는 자에 한해서는 악형을 가했다고 한다.

"숙빈은 걱정 마세요. 김춘추는 증오의 대상이라 늘 모함을 받았지요. 지금은 사직하고 시골에서 사죄하며 살고 있으니 소문은 잦아들 거예요. 전하께는 잘 말씀드릴게요. 전하는 나와 밤일에 대해서는 화통한 사이라 내가 말씀드리면 사사로운 소문에는 연연하지 않으실 거예요. 숙빈도 전하를 침상에서 볼기치지 않았나요?"

"네에? 전하를 어찌 볼기를 칩니까? 역모에 해당하는데요."

"나는 항상 전하의 볼기를 쳤지요. 숙빈은 이제 보니 하녀처럼 순종했군요. 전하는 나이가 들면서, 전 부치듯이 맘대로 뒤집고 굴리고 짓누를 수 있는 수동적인 여자를 좋아하게 됐어요. 나하고는 안 맞게 됐지요."

"참 잘 아시네요. 전하는 저를 빈대떡 부치듯이 밤새도록 뒤집고 젖히고 야단이십니다. 호랑이 걸음 자세라시며 뒤에서 올라타는 걸 무척 좋아하신답니다. 그래서인지 연잉군은 무척 부산스럽고 몸을 잠시도 가만있지 못하고 뒤척인답니다. 호호호"

두 여인은 재미난 듯 웃는다. 숙빈은 이제 근심이 사라진 듯 보였다.

"나한테 전하는 거꾸로 빈대떡 신세였었지요. 그래서 우리 세자는 피동적인 성격이 된 모양이네요."

옥정은 세자와 연잉군, 최 숙빈에게 두 가지를 명심시켰다.

"당파들은 자기 측 왕을 세우려고 온갖 음모와 실력행사를 주저하지 않아왔네. 세자와 연잉군은 골육상쟁에 빠지지 않도록 명심하게. 그리고 아직 굶어죽는 사람이 많으니 경제개발에 전념해서 백성의 삶을 향상시키는 데 왕권을 걸고 추진하기 바란다."

뒷날, 이순이 46년 간 왕위를 지키고 60세에 죽었다. 세자 윤은

1720년에 33세의 나이로 왕에 올랐다. 이때 연잉군의 나이는 27세였다. 두 왕자는 임금이 된 후 골육상쟁하지 말라는 것과 경제개발에 전념하라는 어머니의 유훈을 지키려 노력했다.

이윤(경종)은 33세라는 원숙한 나이라 당파에 휘둘리지 않았다. 오히려 연잉군을 늘 옆에 앉히고 정무를 의논하고 왕재를 가르쳤다. 자신이 33세임에도 자손이 없자 27세의 연잉군을 세제(世第)로 삼고 후계자로 확정해서 골육상쟁의 빌미를 애초에 잘랐다.

그 결과 연잉군은 경종의 대를 이어 31세에 왕(영조)으로 등극하고 51년간 통치하면서 조선 최고의 경제왕국을 이룰 수 있었다. 영조는 숙종이 이룩한 경제성장동력에 힘입어 큰 고난 없이 왕도를 수행할 수 있었다. 영조가 명군이 되도록 왕권 수업을 시킨 사람은 경종이었다. 그런 경종에게 형제의 도리와 대업을 교육시킨 사람은 장옥정이었다. 경종은 비명에 돌아간 어머니와의 약속을 지킨 효자였다.

탈옥

취선당으로 모화관 당주 패룩치가 찾아왔다.

"희빈마마, 조선이 완성한 폭탄을 당장 해체하라는 칙명이 떨어졌습니다."

"폭탄은 오직 방어용입니다."

"희빈마마, 조선은 방어용이라지만 청국의 입장에서는 공격용으로 보입니다."

"그건 임진왜란을 겪으면서 방어용으로 폭탄을 개발한 것입니다. 지금 조선의 국방은 너무 허술합니다. 각 고을에 보관된 활은 좀이 슬어 당겨지지 않으며 화살은 당기면 깃촉이 쑥 빠지고 칼을 뽑으면 날은 칼집에 꽂힌 채 칼자루만 뽑힙니다. 이런 상태로 왜구를 막을 수는 없습니다. 그러나 폭탄이 있으면 걱정이 없습니다. 청국을 사대국가로 예우하고 있는데 무슨 우려를 하십니까?"

"희빈마마, 폭탄은 청국에 위협이 됩니다. 증인을 보여드리겠습니다."

그는 손짓을 하며 증인을 데려오라고 했다. 놀랍게도 루이텐과 알크마르가 포승줄에 묶여 끌려오는 게 아닌가? 루이텐과 알크마르를 그들의 집에서 체포한 것이다.

"아니 이런 무례가 어디 있습니까? 남의 나라에 와서 허락도 없이 체류 외국인을 체포하다니요!"

"지금 허락받을 상황인가요? 청국 턱밑에서 대형폭탄을 만든 외국인에게 그런 아량이 필요합니까?"

"대형폭탄은 국토수호용이지 외국을 침략하는 데 쓰려는 것이 아닙니다."

"아니지요. 조선이 폭탄을 가지면 청국은 위험합니다. 만약 그 폭탄이 외몽골이나 위구르에 전달될 경우 청국은 위험에 빠질 것입니다."

"우리는 절대로 타국에 폭탄을 유출하지 않을 것입니다. 조선은 늘 왜구의 침략을 받아왔습니다. 이 일은 양보할 수 없습니다."

"좋습니다. 이렇게 주장하시면 전하의 자리가 위태롭습니다."

당주는 자리를 박차고 나갔다. 루이텐과 알크마르를 끌고 갔다. 청국의 결의가 보통이 아님을 느꼈다. 두 사람을 청국으로 끌고 가면 큰일이다. 옥정 때문에 조선에 온 이들은 아무런 죄도 없다. 옥정은 사태가 절박해짐을 느꼈다. 갑자기 가슴이 찢어질 듯 아프고 숨이 막혔다. 두 외국인을 생각하니 잠이 오지 않았다. 머리가 깨질 듯 아팠다. 한밤중에는 헛것이 보이기도 했다. 숙영을 불렀다.

"숙영아, 무녀 오례를 불러다 굿 좀 해야겠다. 폭탄 때문에 잠을 못 잤더니 머리가 깨질듯 하고 헛것이 보인다. 시끄럽지 않게 조용히 치르도록 해라."

"마마, 알겠습니다."

숙영은 당장 나가서 오례를 데려왔다. 숙영은 취선당 뒤의 별당에 신당을 차리고 굿할 준비를 했다. 밖에 알려지면 말썽 날 테니까 신당에 겹겹이 병풍을 둘렀다.

오례가 주저하며 말했다.

"마마, 제가 살펴보니 궁 안에 냉기가 가득해서 소름이 느껴집니다. 수일 내로 흉사가 벌어질 것 같습니다. 굿을 나중으로 미루는 게 좋겠습니다."

"그게 무슨 말이냐? 세상사 모두가 운명이거늘 흉사가 벌어지더라도 인력으로 막을 수 없는 것이니 굿을 안 한다고 달라지는 것은 아니다. 그대로 하자."

"마마, 오비이락(烏飛梨落)이라고 까마귀 날자 배 떨어지는 격입니다. 흉사가 벌어지면 굿 때문에 생겼다고 책임을 뒤집어쓸 수도 있어서 드리는 말씀입니다."

"나는 평생 내 의지대로 살았지 예단으로 의지를 꺾은 적은 없다. 내가 밤마다 헛것이 보여 잠을 자지 못한지가 오래됐다. 그냥 시행해라."

"예 마마, 굿 순서를 말씀드립니다. 굿은 사흘 밤 사흘 낮을 합니다. 궁녀 가운데 임신한 적이 없는 깨끗하고 덕 있는 처녀를 대표로 뽑아 굿을 주관해야 합니다. 굿은 신당에 차일을 치고 굿 당을 꾸며 행합니다. 맨 먼저 무당은 부정 굿으로 굿 당을 깨끗이 정화합니다. 부정 굿이 끝나면 당(堂)으로 신을 모시러 가는 '신 모시기'를 합니다. 궁녀 가운데 한 처녀에게 대를 내려 신이 강림한 것을 확인하는 '대내림'이 행하여집니다. 이것은 신의 영력으로 잡귀를 몰아내고 취선당 전체를 정화시킨다는 의미를 가집니다. 다음에 잡귀를 쫓아내는 군웅 굿을 한 뒤, 굿을 시작할 때 굿 당으로 모셔왔던 신을 다시 당으로 돌려보내는 '신 모셔다드리기'를 합니다. 마지막으로 '뒷전'에서 굿에 따라 든 잡귀들을 풀어 먹여 보냅니다."

"이 절차를 숙영과 함께 준비하고 굿을 시행하여라. 내 생각에는 시영(時英)이 대표궁녀로 좋을 것 같다."

시영은 이 역할을 한 때문에 나중에 물고를 당하고 죽게 되는 운명을 맞는다.

"마마, 제가 잘 준비해서 모시겠습니다."

숙영과 오례는 모든 준비를 끝내고 사흘 후 굿을 시작했다. 옥정은 굿을 하는 사흘 밤, 사흘 낮 동안 식음을 전폐하고 지친 몸과 정신을 완전히 내던지듯 맡겼다. 놀랍게도 머리가 맑아지며 몸에 힘이 돌아왔다. 요즘으로 치면 단식을 하면서 주변과 격리하고 굿에 집중하니 스트레스가 날아가 버린 것이라 생각된다.

굿이 끝났을 때 안숙정이 제주도에서 장희재를 면회하고 찾아왔다. 옥정은 오빠의 안부를 전해들은 후 루이텐과 알크마르를 구할 일을 의논했다.

"언니, 오라버니가 없어서 난감한데 혹시 두 사람을 구할 방법이 없을까요?"

"마마, 제가 검계 수장을 잘 아는데 부탁해보면 방법이 있을 것 같습니다."

"그럼 한번 만날 수 있도록 해주세요."

며칠 후 숙정이 몰래 박통을 데리고 왔다.

"마마님, 박통이라고 합니다. 제가 수일 내로 모화관에 갇혀있는 두 외국인을 빼내오겠습니다. 그 다음에 어떻게 해야 하는지만 알려주십시오."

"탈옥 후에는 수표교 다리 밑으로 가세요. 영의정 최석정 대감의 수하가 기다릴 겁니다."

옥정은 꺽쇠에게 최석정의 수하를 수표교 다리로 안내해서 루이텐과 알크마르를 인계하도록 했다. 며칠 후 박통은 야밤에 날렵한 수하 십 명을 데리고 모화관 담을 넘어 옥사로 침입했다. 쥐도 새도 모르게 호위병들을 해치우고 두 사람을 데리고 나왔다. 수표교 밑에서 두 사람을 인계했다.

폐위 압박

폭탄을 개발한 외국인 두 명이 탈옥하자 한양은 발칵 뒤집혔다. 모화관 호위병 두 명이 살해당했으니 큰 야단이 났다. 청 황제의 이름으로 숙종에게 북경으로 들어와 해명하라는 칙서가 내려왔다. 불응하면 군사행동을 하겠다고 했다.

우선 팔기군 중 몽고군이 압록강 변까지 진격했다. 병자호란 때 청의 군대는 몽고군, 한족군, 여진족군의 3개 군단으로 편성돼 있었다. 몽고군은 선발대로 한양을 점령했고, 한족군은 강화도를, 여진족군은 남한산성을 점령했었다. 이번에도 몽고군이 선발대로 이동한 것은 한양까지 진격하겠다는 의지로 해석할 수 있었다.

이순이 입조를 하지 않자 임금을 폐위하겠다는 황제칙서를 가진 사절을 보내왔다. 사절은 팽광회의 후임인 태사 호접몽이었다. 호접몽은 이순이 폐위를 면하려면 청국에 입조(入朝)해야 한다고 압박했다. 노론은 이 일을 꾸민 장희빈이 모든 책임을 져야한다고 들고 일어났다.

이런 와중에 인현왕후가 훙서했다. 숙종 27년(1701) 8월 14일(음력)의 일이다.

"중전마마께서 돌아가셨으니 장희빈이 춤을 추겠네 그려. 이제 중전에 앉으려고 무슨 수작을 쓰는지 두고 보세."

민정중과 조카 민진후, 민진원 형제가 상청을 차려놓고 조객을 받으며 주고받았다. 인현왕후가 죽었으니 장희빈이 다시 중전이 된다는 소문이 퍼졌다. 소문은 확대돼 옥정이 중전이 되기 위해 인현왕후를 죽였다는 데 이르렀다.

옥정은 당황했다. 청국이 군대를 동원해 임금을 폐위하겠다는 상황에 억울한 혐의까지 뒤집어쓰게 되었다. 영의정은 소론 최석정이지만 의정부에는 노론이 다수이다. 임금이라도 그들의 주장을 완전히 막을 수는 없다.

옥정은 기가 막혔으나 노론대신들은 옥정이 모든 책임을 지고 임금을 대신해서 입조해야 한다고 했다. 한성부 판윤인 민진후와 한중택은 괴상한 소문을 퍼뜨렸다. 장희빈이 취선당 안에 신당을 만들고 무녀를 불러다 인현왕후를 저주하는 굿을 했다고 했다. 민진후는 병석에 누운 중전으로부터 들은 얘기라며 격에 맞지 않는 얘기까지 했다(《숙종실록》27년 9월 23일).

"중전께서 돌아가시기 전에 '지금 나의 병증세가 지극히 이상한데 사람들이 반드시 빌미가 있다고 한다'고 나에게 말씀했습니다. '빌미'란 장 씨의 저주로 병에 걸렸다는 뜻입니다."

옥정은 오례가 오비이락을 염려하며 굿을 미루라고 말한 것이 생각났다. 인현왕후의 죽음을 뜻한 것 같았다. 이순은 청국과 얽힌 정국을 돌파하려면 노론의 협조가 필요했다. 노론은 굿을 한 배경을 조사해야 한다고 압박했다. 이순은 할 수 없이 사실을 조사하도록 윤허했다. 이순은 옥정이 그런 굿을 할 사람이 아닌 것을 확신했기에 담담했다. 그러나 노론은 장희빈을 제거하기 위한 작전을 개시했다.

우선 임금에게 국문하도록 압박했다. 민진후는 궁녀 숙영과 시영, 무녀 오례를 잡아다 임금 앞에서 문초했다.

"오례야, 네가 굿에서 중전을 저주한 것이 맞느냐? 이것을 장희빈과 장희재가 시킨 게 사실이냐? 너희들도 사실대로 말한다면 목숨은 살려주마."

"절대로 그런 저주를 한 적이 없습니다. 살려주십시오."

"이년들이 실토할 때까지 주리를 틀어라."

숙영과 오례, 시영 모두 주리가 틀리고 몸이 찢어졌다. 결국 시영은 고신을 견디지 못하고 임금 앞에서 거짓 실토를 했다.

"네, 중전마마를 저주한 굿을 장 영감이 시켜서 한 것이 맞습니다. 소녀를 빨리 죽여주십시오."

숙영과 오례는 끝까지 허위자백을 하지 않았다. 그러자 임금이 판결을 내렸다.

"죄를 자백한 시영을 참수하고 장희재를 사사하라. 숙영과 오례는 고신 받은 것으로 곤장 100대에 갈음하였으니 석방하라."

노론은 임금의 판결에 당황했으나 뒤집을 수도 없었다. 이순은 옥정을 살리기 위해 장희재를 희생시켰다. 옥정은 시영이 굿을 도왔다가 참수당하고 자신은 중전이 되기 위해 굿을 했다는 소문이 걷잡을 수 없이 퍼지자 일대 결심을 했다. 자신이 중전 자리에 야심이 없음을 보여주면 음해도 사라질 것이라고 믿었다. 이는 임금의 입조도 막고 폐위도 막기 위한 일대 결단이기도 했다.

"전하, 이 사태는 제가 처음부터 만든 것입니다. 제가 입조하겠습니다. 저를 버리십시오. 금혼령을 내리시고 중전을 빨리 간택하셔서 저의 야심 없음을 보여주십시오."

옥정은 중전이 되려는 야심이 없음을 고했다. 그리고 입조하겠음을 말했다.

"무슨 말이냐? 너에게 책임을 뒤집어씌울 내가 아니다. 나는 전쟁을 해서라도 주권을 지키겠다. 청국의 내부사정도 어렵다."

옥정은 압록강 변의 팔기군이 제일 큰 문제라고 생각했다. 옥정은 루이텐을 숨겨놓은 비밀장소를 찾아갔다.

"루이텐 박사님, 고생시켜드려서 정말 죄송합니다. 지금 청국 팔기군이 의주로 쳐들어온다고 합니다. 폭탄을 사용할 수 있는지요?"

"마마, 폭탄으로 무력화시킬 수 있습니다. 팔기군이라 해도 칼과 활, 조총 등이 전부일 것입니다. 군사 숫자는 소용없습니다. 전비도 청국보다 백분의 일 정도밖에 들지 않습니다. 전쟁은 전비가 많이 드는 쪽이 지게 돼있습니다. 조선은 너무 패배의식에 사로잡혀 있습니다. 마마처럼 역으로 공격을 해서 적의 항복을 받아내야 합니다."

루이텐은 세계를 누비는 화란인으로서 두려움을 몰랐다.

"박사님, 그 폭탄의 위력이면 몽고군을 이겨낼 수 있을까요?"

"당연합니다. 폭탄 1발이 대략 100명의 군사를 콩가루로 날려 보낼 수 있습니다. 몇천 명 정도는 폭탄 몇 발로 충분합니다. 현재 청군이 3만 명이라고 하는데 폭탄 수십 발로 선발대를 괴멸시키면 승산이 있습니다. 폭탄 수십 발에 적군 선발대가 날라 가면 나머지는 전의를 상실해서 전투의지가 사라집니다. 그러면 백병전에서도 일당백으로 이길 수 있습니다."

"좋습니다. 지금 폭탄이 몇 발이나 있는지요?"

"열흘이면 50발은 만들 수 있습니다. 이미 만들어 놓은 것도 30발 있습니다."

"제가 영의정 영감과 의논해서 실행하도록 하겠습니다."

옥정은 최석정을 만났다. 루이텐과의 대화내용을 상세히 전했다.

"마마, 이 문제는 후일 세자를 위해서 전하와 의논하고 실행하십시오. 노론대신들이 청국과의 전쟁을 반대한다면 실행하기 힘들 것입니다."

"영상대감, 전하는 폭탄개발과 무관하도록 하고 제가 책임을 질 것입니다. 청군을 몰아내는 것도 제가 독단적으로 루이텐 박사와 실행할까 생각하고 있습니다."

"병력을 움직이려면 전하의 윤허가 있어야 가능합니다."

"병력동원은 필요 없습니다. 제기 루이텐 박사와 의주에 가서 평안도절도사의 관군과 통상적인 방어전투로 위장하면 될 것입니다. 너무 걱정하지 마십시오."

"마마는 정말로 북경에서 뵙던 때의 기풍이 그대로 살아계십니다. 저도 이 목숨을 내놓고 마마를 지원하겠습니다."

옥정은 폭탄개발의 책임을 이순에게 전가해서는 안 된다고 생각했다. 만약 청군 공격에 실패하더라도 임금을 지켜내는 방법이라고 생각했다. 이것은 세자를 지키는 길도 된다. 옥정이 모든 책임을 지기로 결심했다.

이순은 강한 임금이었다. 최악의 경우 청국과 일전을 벌일 태세였다. 청국 사정도 어려웠다. 5년 만에 삼번(三藩)의 난을 겨우 평정하고, 정(鄭) 씨 일가의 타이완을 정복해 푸젠성으로 편입한지 얼마 안 되었다. 그리고 골치 덩어리인 외몽골 정복에 강희제가 친정해서 수년 만에 항복을 받아낸 직후라 국력소모가 컸다. 청국은 조선과 장기전을 벌일 여력이 없어보였다.

그러나 압록강변의 몽고군 선발대가 움직이려고 했다. 의주방어선이 무너지면 모든 계획이 물거품이 된다. 조야가 떠들썩하며 옥정이 책임져야 한다고 야단이었다. 노론은 옥정에게 중전을 죽인 오명을 뒤집어씌우려 했다. 국방은 안중에 없었다.

반면, 민진후는 최 숙빈을 만났다.

"숙빈마마, 지금 세자는 연약해서 임금의 막중한 업무를 감당하기 어렵다고 판단됩니다. 연잉군께서는 총명하시고 활달하시며 영특하다고 알려져 있습니다. 연잉군을 세자로 책봉하고자 하는데 마마께서 동의해 주십시오."

"영감께서 하는 말씀은 형제간에 골육상쟁을 하라는 것인데 이는 절대로 할 수 없습니다. 저는 장희빈마마와 목숨을 걸고 그런 짓을 안 하겠다고 약조했습니다."

"거짓을 말씀하라는 게 아니라 본대로만 전하께 고해주시면 됩니다. 장희빈이 오례라는 무녀를 취선당으로 불러들여 굿을 한 것은 사실 아닙니까? 왜 굿을 했겠습니까? 중전을 저주하는 주술을 부리려고 굿을 한 것 아닌가요? 오례는 명성왕후마마도 주술로 돌아가시게 한 무녀입니다. 그런 무녀에게 아무 염원도 없이 굿을 했겠습니까?"

"저도 가끔 남산골에서 무녀를 불러다 신수를 묻곤 하는데 그것도 중전에 대한 저주입니까? 지금까지 얘기는 듣지 않은 것으로 하겠습니다."

그는 최 숙빈을 회유하는 데 실패했다. 연잉군이 후세에 영조로서 걸출한 임금이 된 것은 아버지 이순과 어머니 최숙빈의 유전자를 받은 것 같다. 최석정은 어명으로 즉시 숙영과 오례를 석방했다.

편전에서 대책회의가 열렸다. 민진후는 임금에게 작심한 듯 아뢴다.

"전하께서 청조에 입국하시는 일은 절대로 막아야 합니다. 청국에서는 장희빈마마를 대신 입조시키시라고 합니다. 청국사신 호접몽과 모화관의 당주 패룩치도 이 정도는 양보할 뜻을 보였습니다. 또한 장희빈마마는 중전을 저주하는 굿을 벌였다고 시영이라는 궁녀가 실토했습니다. 그 책임도 물을 겸 장희빈마마를 청국에 입조하도록 명을 내려 주시옵소서."

최석정이 나서며 아뢰었다.

"전하, 희빈마마는 일찍이 과학에 눈을 떠서 소신에게 과학학당을 만들도록 당부하실 정도로 총명하신데 굿으로 중전마마를 저주했다는 것은 사리에 맞지 않습니다. 희빈마마의 입조란 죽음을 뜻하는 것일진대 절대로 받아들일 수 없습니다."

"영상대감, 그렇다면 과인이 입조해야 하는 것입니까?"

"아닙니다. 우리가 병자호란 때를 생각하고 너무 조급한 것 같습니다. 자라보고 놀란 가슴 솥뚜껑 보고 놀라는 격입니다. 청국이 의주를 공격하려고 하나 당장 전쟁을 할 만한 처지는 아니오니 서두를 일이 아니라 생각합니다."

그러자 노론의 이징명이 나서며 아뢴다.

"영상대감의 말 중 그른 부분이 있습니다. 청국이 전쟁을 하지 않는다 해도 이런 상태로 오래 끌면 의주와 서북방면의 백성생활과 행정은 엉망이 됩니다. 희빈마마께서 입조해서 청군을 철수하도록 하고 전하의 입조를 막아야 합니다."

"과인이 알아들었으니 다들 물러가시오. 경들을 믿지 못하겠소. 도승지는 장현 역관을 들라하시오. 장 역관이 청국과 해결할 능력이 있으니 부끄럽게 생각들 하시오."

이순은 비명에 가까운 큰소리로 말했다. 그리고 용상에서 일어나 내전으로 가버렸다. 최석정이 머뭇거리다 대신들에게 말했다.

"청군이 도강하지 않는 것을 보면 그쪽 사정도 전쟁을 굳이 할 수는 없는 것으로 추측됩니다. 장희빈은 세자의 모친인데 입조는 좀 과한 것 같지 않소?"

"이 사건은 장희빈이 모화관의 병사 두 명을 살해하고 서양오랑캐를 탈옥시킨 데서 생긴 것입니다. 전쟁을 막으려면 장희빈이 입조해야 합니다."

우의정 민정중이 큰 소리로 외쳤다.

"좋소. 내가 호접몽 태사와 모화관 당주를 만나 담판을 벌여보겠소."

최석정은 장현을 대동하고 모화관으로 가서 호접몽과 패룩치를 만났다. 장현이 먼저 말했다. 그는 패룩치와 오랜 친분이 있었다.

"당주, 장희빈은 세자의 모친이라 절대 입조할 수 없습니다. 세자가 등극한 후에 우리 대신들은 그 책임을 면치 못해 죽거나 유배가는 일이 벌어질 것입니다."

그러나 패룩치는 들으려 하지 않았다. 의주를 곧 점령할 수 있다는 자신감 때문인지 기고만장했다.

"영상대감, 루이텐을 탈옥시키면서 우리 병사를 둘이나 죽였소. 이것은 외교관례상 용납할 수 없는 것이오. 탈옥시킨 사람이 누구겠소? 장희빈 아닙니까? 장희빈은 입조해서 황제께 죄를 청하고 자진해야 합니다."

장현이 놀라며 말했다.

"당주, 희빈마마께서 입조도 하고 자진도 하셔야 하다니요? 희빈마마는 제 조카딸입니다. 저와의 우정을 생각해 선처 부탁합니다. 만약 당주께서 계속 고집하신다면 전쟁이 일어날 수밖에 없습니다."

호접몽이 크게 놀라며 소리쳤다.

"전쟁을 불사한다고요? 그럼 그렇게 하십시다. 돌아들 가시오!"

최석정이 웃으며 조목조목 답을 했다.

"만약 전쟁을 하게 된다면 사신영감의 책임도 클 것입니다. 청국은 오랜 전쟁으로 지구전을 할 만한 재정여력이 없습니다. 조선은 병자전란 때 경험이 있어서 이번에 전쟁이 난다면 절대로 평야에서 싸우지 않고 산중턱에 병영을 칠 것이오. 그러면 청국기병은 산중턱의 조선군을 공격하기 힘들 것이오. 장기전을 치러야 할 것입니다."

그러자 호접몽은 주춤한다. 조선을 압박하다 전쟁국면으로 치달으면 자기책임도 있다. 그는 한발 슬쩍 물러선다.

"좋습니다. 내가 황제께서도 허락할 마지막 제안을 드리지요. 장희빈이 책임을 지고 입조하는 방법밖에 없습니다. 결자해지(結者解之)입니다. 황제께서 자진을 명하시지 않도록 제가 노력하겠습니다."

"아니, 어찌 마마에게 입조하란 망측한 말을 전할 수 있단 말이오."

최석정이 펄쩍 뛰면서 말한다.

"내가 절충안을 말씀드리는 것입니다."

최석정과 장현은 더 이상 얻을 것이 없음을 알고 돌아와 임금께 보고했다.

"전하, 희빈마마께서 결자해지하는 길밖에 없을 것 같사옵니다."

"결자해지라면 스스로 입조하라는 말 아니오? 그건 죽기보다 더한 수치요."

두 사람은 불경스러워 묵묵부답했다. 이순의 눈에서 갑자기 눈물이 떨어졌다.

선전포고

최석정과 장현은 호접몽에게 미안했다. 그가 많은 양보를 해준 것이다. 모화관 침범만 해도 큰 문제인데 간수를 두 명이나 살해했다. 이 안을 누가 장희빈에게 전할 것인가 고심했다. 결국 영의정 최석정이 맡기로 했다. 취선당으로 옥정을 찾아갔다.

"마마, 입조한다고 행장을 꾸리고 의주로 가서서 평북절도사와 협력해서 청군을 공격하시면 속을 것입니다. 이를 위해 마마께서 신임하시는 유혁연을 초치해서 조선도총관 겸 평북절도사로 배치하겠습니다. 소신이 루이텐 박사를 비밀리에 의주로 보내겠습니다. 폭탄도 감춰서 짐에 꾸려 넣도록 하겠습니다."

"루이텐 박사가 열흘 빌미를 달라고 했으니 시간을 조금 끄십시오. 제가 의주에 가서 유혁연 도총관과 청군을 박멸하고 기회가 보이면 북경까지 진격해 다시는 위협당하는 일이 없도록 하겠습니다. 영상께 한 가지 부탁이 있습니다. 제가 죽더라도 세자 윤이 연잉군과 골육상쟁하며 왕권을 다투지 않도록 노론의 준동을 잘 막아주시기 바랍니다."

"마마의 당부를 목숨을 걸고 지켜서 골육상쟁이 없도록 하겠습니다. 소신이 마마님과 청국에서 서양의 발달을 보고 조선의 과학화를 위해 헌신해야겠다고 대화를 나눴던 일이 주마등처럼 떠오릅니다. 꼭 승리하고 무사히 돌아오시기를 기원합니다."

"감사합니다. 제 성격을 아시지요? 저는 두 번 말하지 않습니다. 제가 모든 책임을 질 테니 전하께는 피해가 없도록 해주십시오."

최석정은 숙연한 마음으로 자리를 떴다.

옥정은 14살 된 세자 윤을 끌어안고 결연한 심정으로 허공을 바라봤다. 최소연에게 입조에 필요한 행장을 꾸리도록 지시했다. 이순이 달려왔다.

"옥정아, 절대로 입조는 안 된다. 차라리 내가 입조하는 게 속 편하다."

"전하, 입조하는 게 아닙니다. 제가 입조한다고 속이고 의주에 갈 속셈입니다. 염려 거두십시오."

이순은 옥정이 그대로 입조할 것이라고는 생각지 않았다. 입조를 속인다는 것은 숨은 뜻이 있음을 알았다.

"네가 뜻한 바를 반드시 성공하기 바란다."

이순은 힘껏 옥정을 끌어안았다.

"이것이 마지막 허그가 되면 안 된다."

"소녀도 그러기를 바라옵니다. 전하."

열흘 후 옥정은 50명의 행차를 꾸려 출발했다. 칠패시장의 김깍쟁이 형제들과 검계를 섞어 구성했다. 짐 속에는 폭탄을 숨겼다. 입조사행단이 동두천에 이르렀을 때 최석정의 전령이 달려왔다.

"유혁연 도총관이 부임하기도 전에 의주가 점령당해 평안도 관찰사가 항복했다고 합니다. 청군이 계속 남하하는데 며칠 후면 한양이 위험할 것이라고 합니다. 급히 돌아와 한양을 방어하는 것으로 전술을 변경한다고 전하라 하셨습니다."

옥정은 루이텐과 긴급히 의논했다.

"루이텐 박사님, 의주가 너무 쉽게 무너졌습니다. 한양 방어가 급선무가 되었다고 판단됩니다. 어떻게 생각하시는지요?"

"한양방어에 폭탄을 쓰면 됩니다. 청군은 큰 손실을 볼 겁니다."

한양에 오니 최석정이 취선당으로 찾아왔다.

"마마, 노론들이 전하께서 서경으로 가서서 강화하라고 야단입니다. 지금 폭탄사용을 해야 할지 고민 중에 있습니다."

"조금 지켜보시지요. 청군의 동태를 관망하면서 작전을 세우기로 하시지요."

"내일 편전에서 대책회의가 있습니다. 소신이 현명하게 대처하겠습니다."

편전에서 대책회의가 열렸다. 최석정이 말문을 열었다.

"전하, 청군이 남하한다고는 하지만 대동강에서 멈추고 있습니다. 그리고 전하의 입조를 즉시 시행하라고 합니다. 청군이 전과 달리 진격속도가 더딘 것은 조선의 폭탄에 대해 약간은 두려워하는 기색도 있사옵니다. 전처럼 무조건 굽힐 것이 아니라 폭탄의 힘을 과시해 군비를 아주 적게 물어주고 퇴각시키는 것이 옳을 줄 아옵니다."

"영상대감, 무슨 소리를 하는 것이오? 조선이 폭탄을 개발해서 이 지경이 되었는데 폭탄을 과시하다니요?"

민정중이 소리치자 그를 따르는 신료들이 모두 이구동성으로 소리쳤다.

"청군이 국경을 넘어온 것은 폭탄에 대한 책임을 묻겠다는 것 아니겠소? 압박해서 싹을 잘라내겠다는 의미 아니오?"

"다들 그만합시다. 과인도 청국에 전비를 배상하고 화전하는 방법이 좋을 듯합니다. 누가 사절로 다녀오겠소?"

"소신, 민정중이 다녀오겠습니다."

"고맙소. 힘든 일을 자진해서 맡아주시니 좋은 결말이 나도록 해주기 바라오."

편전회의가 끝난 후 최석정은 취선당으로 옥정을 찾아갔다.

"마마, 청국에게 전비를 배상해주는 것으로 결론지었습니다."

"영상대감, 그건 말이 안 됩니다. 제가 전하를 설득해 보도록 하겠습니다."

"마마, 그건 안 됩니다. 이미 전하의 결심이 정해졌는데 번복은 큰 논란을 불러올 것입니다. 그리고 마마께 화살이 집중될 것입니다."

"저는 이미 각오가 돼있습니다. 노론의 패배주의 의식을 깨트리고 싶습니다."

최석정은 옥정의 성격을 알기에 물러났다. 옥정은 이순에게 갔다.

"전하, 조선 신하들의 패배주의가 너무 심합니다. 이런 사람들을 믿고 어찌 조국근대화를 이루고 경제를 살릴 수 있겠사옵니까? 내일 진시(辰時)에 세검정에서 연회를 베푸신다고 모이라고 명하십시오. 특히 호접몽과 패룩치를 초청하십시오. 보여줄 것이 있사옵니다. 전하께도 사전에 아뢸 수 없음을 용서해 주십시오."

"알았다. 그리하마."

이순은 옥정의 성격을 알기에 두말하지 않았다. 아마도 신료들에게 깜짝 놀랄 만한 것을 보여줄 것이라고 생각했다.

옥정은 박통과 김깍쟁이를 시켜 세검정에 발석기 두 대를 설치하고 폭탄 두발을 옮겨놓았다. 루이텐과 알크마르는 숨겨놓았다. 다음날 어가행차와 대신들, 호접몽과 패룩치가 세검정에 당도했다.

"영상대감, 여기서 무얼 하겠다는 겁니까? 저기 설치한 발석기는 무엇입니까?"

민진후가 최석정에게 항의했다.

"전하께서 명하신 일이라 나도 잘 모르겠습니다. 기다려보십시다."

잠시 후 옥정이 이순에게 나가 아뢰었다.

"전하, 조선의 폭탄의 위력을 여기 모이신 분들과 구경나온 백성들 앞에서 실험해 보이겠습니다. 조선의 힘이 나약하지 않음을 보여서 청국과 왜국이 함부로 못하도록 과시할 필요가 있사옵니다."

호접몽과 패룩치의 안색이 변했다. 이를 본 민정중이 나서며 아뢰었다.

"전하, 그건 안 될 말씀이옵니다. 절대로 불가합니다."

옥정이 나서며 말했다. 옥정의 얼굴에는 나약함을 비웃는 듯 옅은 미소가 보였다.

"존경하옵는 신료 여러분. 저는 비록 여자의 몸이지만 조선이 이렇게 나약한 채로 대국에 굴종하는 것을 용납하기 어렵습니다. 조선도 한때는 중국의 중원을 괴롭힌 역사가 있습니다. 지금처럼 패배주의가 팽배한 것은 싸워서 이겨보려는 생각조차 하지 않은 때문입니다. 저는 비록 여자지만 오늘 여러분 앞에서 세계에서 최고인 폭탄실험을 하려 합니다. 폭탄의 위력을 보시고 패배주의에서 벗어나시기기 바랍니다."

옥정은 대신들의 반응이 나오기 전에 발사신호를 보냈다. 박통과 김깍쟁이는 수하를 데리고 나가서 발석기에 폭탄을 장착한 후

불을 붙였다. 폭탄은 1,500보 앞의 세검정 야산을 향해 발사되었다. 야산에서 천지를 흔드는 굉음과 함께 나무와 돌, 흙이 하늘 높이 솟아올랐다. 야산이 반쯤은 날아갔다. 흙먼지가 가라앉자 집채만한 구덩이가 파인 것이 보였다. 이어서 또 한 발을 발사했다. 옆 장소에서 똑 같은 장관이 연출되었다. 모든 대신들은 입을 다물지 못한다. 호접몽과 패룩치가 가장 놀라는 듯 보였다.

"여러분, 이 폭탄은 몇 만 명의 대군이라도 흔적도 없이 쓸어냅니다. 어느 나라의 기병이라도 이 폭탄을 발사하면 말들은 놀라서 하늘 높이 날뛸 것이며 기병들은 온몸이 찢어진 채 말에서 떨어져 죽을 것입니다. 청군이 남하한다면 할 수없이 폭탄을 사용할 것입니다."

옥정은 피를 토할 듯이 외쳤다. 아무도 토를 달지 못했다. 구경나온 백성들은 박수를 치며 함성을 질렀다. 호접몽과 패룩치는 아연실색한 표정이 역력했다. 옥정은 즉시 어가를 돌려 환궁하도록 했다.

최석정에게 호접몽과 패룩치가 찾아왔다. 최석정은 이들을 데리고 옥정에게 갔다.

"마마. 오늘 조선은 청국에게 선전포고를 한 것으로 황제께 보고하겠습니다. 전하를 뵙고 정식으로 전쟁이 시작되었음을 알릴 것입니다."

"사신대감. 우리는 전쟁을 하겠다는 것이 아닙니다. 전쟁을 하면

양국에서는 엄청난 군비가 들고 백성들은 도탄에 빠질 것이요. 청국은 수많은 군사의 조선까지 이동과 군량조달에 우리보다 몇 배의 돈이 들것입니다. 또한 조선은 강력한 폭탄이 있어서 돈이 들지 않습니다."

"그렇게 말씀하셔도 소용없습니다. 청국은 300만 대군을 거느린 강국입니다. 일단 전쟁이 시작되면 이기냐 지느냐의 자존심 싸움이 됩니다. 청국에게 전비부담은 문제가 되지 않습니다. 이긴 후 배상을 받으면 될 것입니다."

"좋습니다. 그렇다면 우리는 폭탄을 외몽골과 위구르에도 지원하겠습니다. 그들에게 청국의 배후를 치도록 할 것입니다. 청국이 조선을 공격하려면 나라의 운명을 걸으셔야 할 것입니다."

옥정이 강경하게 말하자 두 사람은 말이 막혔다. 청국의 가장 아픈 허점을 찌른 것이다. 패룩치는 옥정이 닌자를 때려눕힌 것을 알기 때문에 헛소리가 아니라고 생각했다. 두 사람은 맥없이 돌아갔다. 그리고 노론의 민정중과 김만중, 민진후, 한중택 등을 만났다.

"장희빈이 전하를 제치고 청국에게 선전포고를 했소. 그 방자함이 측천무후보다 더해서 나라를 망치고도 남을 것이오. 황제께 조선을 치도록 아뢸 것이오."

호접몽은 옥정의 말한 내용은 거두절미하고 협박조로 말했다.

"사신대감. 이 무슨 말씀이십니까? 조선은 300년이나 중국을 사대해왔는데 선전포고를 하다니요? 우리가 전하를 뵙고 장희빈을 내치도록 하겠습니다."

이들은 즉시 임금을 알현했다.

"전하, 희빈마마께서 호접몽 태사에게 선전포고를 했다고 하는데 이 무슨 망극한 일이옵니까? 한낱 후궁이 전하를 제치고 사신에게 선전포고를 하다니 말이 되옵니까?"

"과인은 금시초문이오. 희빈이 한 말을 사신이 침소봉대하여 전한 것일 것입니다. 내가 알아본 후 다시 의논하도록 합시다."

이순은 이들이 돌아간 후 옥정을 불렀다.

"옥정아, 너무 서두른 것 아니냐? 호접몽이 노론 대신들과 일을 꾸미는 모양이다."

"전하, 이 기회에 노론대신들을 꺾으시고 주관대로 전쟁불사를 선언하십시오. 우리도 힘이 있음을 보시지 않으셨습니까? 만약 청국이 위협하면 외몽골과 위구르에도 폭탄을 주겠다고 위협하십시오."

"참 옳은 말이다. 내가 힘이 나는 것 같구나."

옥정은 임금의 단호한 결심을 보고 안심하고 돌아왔다. 루이텐과 알크마르에게 비밀리에 폭탄을 제조하도록 시켰다. 김깍쟁이는 폭탄이 제조되는 대로 깊은 지하에 보관했다. 모두 합쳐 120개가 되었다.

최석정이 옥정을 찾아왔다.

"마마, 큰일 났습니다. 노론이 전국을 쑥대밭으로 만들고 있습니다. 전국의 서원과 서당을 선동해 곧 전쟁이 일어난다고 떠들게 해서 북쪽 백성들이 피난 짐을 싸서 한양으로 몰려오고 있습니다. 농촌은 텅 비었고 장터마다 아수라장이 되어 문을 닫고 피난행렬에 끼어들고 있다고 합니다. 상업이 마비되고 길은 피난행렬로 가득하다고 합니다. 노론들의 농간을 소신이 예측하지 못한 잘못이 있습니다."

"전하를 뵈러 가십시다. 긴급히 대책을 세워야 하겠습니다."

임금을 알현하자 옥정이 말했다.

"전하, 노론의 음모를 대비하지 못했습니다. 호접몽과 노론 대신들을 불러 전쟁은 없을 것이라고 말씀하셔서 진화해야 할 것입니다. 지금은 이 길밖에 없을 듯하옵니다."

이순은 즉시 편전에 회의를 소집했다. 그리고 호접몽을 초치했다.

"여러분들께 과인이 명백히 밝힐 일이 있어서 이렇게 모이시도록 한 것입니다. 과인은 청국과 전쟁을 할 뜻이 전혀 없습니다. 전국에서 피난행렬이 인산인해를 이루고 있다는데 당장 고향으로 돌아가도록 하시오. 시행이 늦어지는 고을은 책임을 묻겠소."

"청국군은 오늘부로 국경너머로 완전히 철수하겠습니다. 배상도 받지 않겠습니다. 그러나 장희빈은 책임져야 합니다."

호접몽은 폭탄이 외몽골과 위구르에 전해질까 겁을 먹었다.

"전하, 이대로 전쟁기운이 잦아들지는 않을 것이라 사료됩니다. 이런 분란을 초래한 장희빈에게 책임을 물어 사사하시옵소서."

민정중이 앞에 나서며 말했다. 그러자 모든 신료들이 나서며 합창했다.

"통촉하여주시옵소서. 전하"

이번에는 호접몽이 나서며 말했다.

"조선에서 폭탄을 만든 것은 병자년 남한산성에서 항복하고 맺은 정축화약(丁丑和約) 11개 조문 중 제8항에 위배되는 것입니다. 이 모든 책임이 장희빈에게 있으니 사사해야 할 것입니다."

노론 대신들 모두가 앞으로 나와 크게 아뢰었다.

"전하, 장희빈을 사사하시옵소서. 통촉하여주시옵소서."

"그만들 하시오. 그대들은 조선 사람이 아니오? 조선에 처음으로 희망이 보이기 시작했는데 어찌 과거로 돌아가려고 하시오?"

이순은 피를 토하듯 소리쳤다. 그러나 노론대신들은 헛기침을 하는 등 임금의 말에 귀 기울이지 않았다.

"전하, 저는 청국으로 돌아가겠습니다. 조선에 머문 지도 석 달이나 되었습니다. 수일 내로 결단을 내려주십시오."

호접몽도 압박을 했다. 이순은 전쟁소문을 잠재우는 게 시급했다. 이는 노론의 도움이 없이는 불가능했다. 민정중과 김만중, 민진후를 불렀다.

"대감들, 전쟁은 없을 것이오. 즉시 전국 서원과 서당에 알려 피난행렬이 고향으로 돌아가도록 해주시오."

"전하, 장희빈이 책임을 져야 소신들에게도 명분이 생겨 해결할 수 있사옵니다. 그래야 전하와 세자의 폐위압박도 없을 것입니다."

모두가 이구동성으로 같은 말을 했다. 이순도 이를 방치하면 청국이 폐위압박과 폐 세자로 위협할 것이라고 생각했다. 이들을 돌려보낸 후 최석정을 불렀다.

"영상대감, 결국은 희빈을 사사해야 하는 것으로 귀결될 것 같소."

"전하, 노론을 설득하려면 그 길밖에 없을 듯하옵니다. 희빈마마께서는 이미 입조하기로 하셨을 때 결심을 하신 것으로 아옵니다. 결말이 조금 지연된 것에 불과합니다. 소신이 희빈마마를 뵙고 의논드려보겠습니다. 희빈마마께서는 세자의 안위만 보장된다면 어떤 결심도 행하실 것입니다."

이순은 침통했다. 눈물이 흘렀다.

장희빈의 죽음

옥정은 세자를 보호하기 위한 것이라면 어떤 결심도 할 수 있는 강한 여자였다. 최석정을 만나고 난 후 주변을 정리하기 시작했다.

숙영이 들어와 아뢴다. 고문을 받은 상처가 아직 아물지 않은 고통스런 모습이다.

"마마, 어떤 스님이 꼭 뵙겠다고 몇 시간을 기다리셨습니다."

"누구신지 모르느냐? 내가 그동안 스님이라곤 뵌 적이 없는데?"

"직접 뵙고 말씀드리겠다고 하십니다."

누더기 장삼에 수염이 허옇게 난 노스님이 주장자를 문턱에 세운 후 들어와 옥정 앞에 앉았다.

"스님께서 어인 일로 오셨는지요?"

"예 마마, 소승이 깊은 인연이 있습니다. 소승이 이십 년 전 만리

재의 마마 댁에 동냥을 갔다가 처음 뵌 적이 있지요. 마마께서는 한 낱 장사꾼으로 머물 상(相)이 아니었습니다. 그때 소승이 마마의 기상(氣相)을 보고 '중정유경(中正有慶)' 4글자를 적어드렸습니다. 기억나시지요?"

"네, 기억납니다. 한 번도 잊지 않고 그에 따라 행동하려 애썼습니다."

옥정이 벌떡 일어나 허리를 굽혀 인사했다.

"마마께서는 노론의 시비에도 중심을 잃지 않으시고 오직 나라와 백성을 위해 왜란과 호란으로 황폐한 나라를 다시 세우는 데 큰 역할을 하셨습니다. 또한 이복형제 간에 불가피한 골육상쟁을 막기 위해 당신의 아들 윤을 뒷돌 삼아 동생 연잉군이 영출한 임금이 되도록 하는 밝은 미래를 열어놓으셨습니다. 이는 마마께서 중정유경을 실천하신 결과입니다. 이제 왕생극락(往生極樂)하실 것입니다. 나무아비타불~!"

옥정은 마음이 편안해짐을 느꼈다. 스님은 옥정의 짧고 굵게 산 인생을 오래 전에 예견한 모양이다.

"스님, 저의 일생을 예견하시고 살아가는 방도를 일깨워 주셔서 감사합니다. 스님의 가르침대로 전하와 함께 중산층을 키우려 애썼지만 중과부적이었습니다. 스님 덕택에 회한 없는 한 여인의 삶을 살았다고 자부합니다. 제가 마지막 잠이 들기 전에 몇 분을 만나고 싶습니다. 스님께서 옆에서 지켜봐 주십시오."

이때 숙영이 기다렸다는 듯이 말했다.

"마마, 김춘추란 분이 인사드리겠다고 1시간 전부터 기다리셨습니다."

"그래? 들어오시라고 해라."

김춘추가 작은아기와 들어와 무릎을 꿇는다. 그는 변발을 풀고 상투를 올렸다. 치파오를 벗고 한복을 입어 조선선비 모습을 갖추었다. 옥정이 악수를 청하자 그는 놀라며 무릎을 꿇은 채 두 손으로 악수를 했다.

"김 선비님, 나와는 악연이었지요? 이제 그 질겼던 악연도 끝나네요. 인생이란 낯선 여인숙에서의 하루와 같군요. 이제 전하와 조선을 위해 일해주세요."

"마마, 제가 개인적으로는 마마에게 죽을죄를 졌습니다. 왜곡된 사대사상을 고집해서 조국의 자주국방을 훼방했습니다. 저의 단견이 마마의 원대한 꿈을 지연시키고 조국에도 영원히 씻지 못할 죄를 지었습니다. 이제 초야에서 지난 죄를 씻고 어린 아이들을 위해 짧은 지식을 쓸까 합니다."

"김 선비님, 모두 지난 일들입니다. 나는 조선을 다시 태어나게 하고 싶었을 뿐입니다. 조선은 청국에 조공을 바치고 왕과 세자의 첩지를 받아야 했습니다. 국가는 서로 평등하게 주권을 존중해야지 한쪽이 굴종하는 수직관계는 불행합니다. 나는 다시 태어난 조선에서 영달을 취하고 싶은 마음은 추호도 없었습니다. 이런 뜻을 전하께서 아시고 일개 후궁에 지나지 않는 내 의견을 존중해 주셨습니다. 이렇게 자주국방이라는 큰일에 매진할 수 있었던 것도 전하 덕분입니다."

옥정은 작은아기에게 말했다.

"언니, 오빠의 무관심 때문에 고생 많으셨지요? 김춘추 선비와 함께 행복하세요. 오빠가 남긴 돈의 절반을 드리니 가져가세요."

숙영에게 작은 상자를 건네주도록 했다. 작은아기와 김춘추는 뜨거운 눈물을 흘렸다. 두 사람은 뒷걸음으로 방을 나갔다.

숙영에게 밖에서 기다리는 분들을 모시라고 했다. 먼저 안숙정이 들어왔다.

"숙정 언니, 오빠는 돌아가시면서도 언니 때문에 행복해하셨습니다. 고마워요. 언니는 저를 위해서라도 행복하게 살아야 해요. 오빠가 남긴 재산의 절반을 언니에게 드리도록 했어요. 제 대신 세자를 잘 보살펴주세요. 앞으로 세자의 엄마가 돼 주세요."

이어서 허베이 순무부인 김난초가 들어왔다. 옥정은 일어나서 큰절을 올렸다.

"마님께서 암호를 풀어 설계도를 갖는 사람으로 저를 지목해 주신 것을 뒤늦게 알았습니다. 자기를 버린 나라를 위해 폭탄설계도를 전해주신 것을 온 백성과 함께 감사드립니다. 설계도로 폭탄을 소유한 조선은 강소대국이 될 것입니다. 감사드립니다."

"희빈마마, 폭탄개발에 헌신하셔서 제 꿈을 이루게 해주신 것에 감사드립니다. 제 아들 덕팔을 홍문관 종5품 부교리로 발탁해 주신 것도 감사드립니다. 그 아이가 반드시 폭탄을 논리적으로 연구해서 마마의 유지를 완수하도록 하겠습니다."

김난초가 물러났다. 이어 요시다 도주가 들어왔다.

"요시다 도주님, 저와 모화관 사건으로 연을 맺은 후 위험을 무릅쓰고 저를 위해 여러 번 희생적 결단을 내려주신 것을 감사드립니다. 할아버지의 나라 조선의 평화와 안전이 이렇게 진전된 것은 도주님의 은덕입니다. 감사합니다."

"마마, 제 목숨을 청국의 사신으로부터 구해주신 은혜가 지금의 저를 만든 것입니다. 특히 마마의 제언으로 모화관 사건 3년 후 청국이 해금정책을 해제해 주었습니다. 바쿠후에서는 저의 공적으로 인정해주었습니다. 이 모든 것이 마마의 은혜입니다. 임해군 할아버지의 과오를 조금이라도 갚을 수 있었던 것도 마마의 덕택이었습니다. 부디 영생극락 하시옵소서."

옥정은 웃음 띤 얼굴로 요시다에게 악수를 청했다. 요시다가 다가와 두 손으로 옥정의 손을 잡았다.

"슬퍼마세요. 악수는 미래를 약속하는 것입니다. 그간 감사했습니다. 요시다 도주님."

요시다는 떠났다. 그에게는 누가 뭐라 해도 조선의 피가 흘렀다. 그의 눈이 말해줬다. 마지막으로 김깍쟁이가 좌수 두 명을 데리고 들어왔다. 이들은 눈물부터 흘리며 말했다.

"마마님의 은덕으로 인간쓰레기였던 저희 형제들은 지금은 칠패 시장에서 어엿한 가게를 하나씩 가지고 행복하게 살고 있습니다. 저희 자식들은 시집장가도 잘 가서 가게 일을 도우며 돈을 저축하는 재미에 빠져 있습니다. 마마님이 조선의 진정한 구세주셨습니다. 저희 형제들 30여 명은 마마님을 영원히 기억할 것입니다."

옥정은 이들과 이별의 악수를 나눴다. 이들은 눈물을 흘리느라 앞을 보지도 못했다.

모두가 떠났다. 숙영과 배금, 숙정만 남았다.

"숙영아, 그리고 배금아, 호주상회를 잘 운영해주기 바란다. 굶는 사람이 없도록 무료급식소를 계속해주기 바란다. 내가 떠나더라도 절대로 울지 말거라. 언니와 세자를 잘 돌봐주기를 부탁한다. 스님, 감사합니다. 제가 잠들 때까지 독경을 해주세요."

옥정은 병풍으로 침상을 가렸다. 1701년 10월 10일(음력). 스님의 독경은 은은하게 고요를 타고 퍼져나갔다. 불출세의 여걸 장희빈의 파란만장한 43세 인생은 이렇게 마감되었다. 조용한 방에 심장을 파고드는 독경이 파도치듯 퍼지는 가운데 세 여인의 가느다란 흐느낌이 묻어 흘렀다.

옥정이 사라짐으로써 노론은 가장 껄끄러운 정적을 제거했다. 노론의 독점은 거칠 것이 없게 되었다.

마지막을 생중계하듯 옥정의 최후는 이순에게도 전해졌다. 이순은 몇 시간을 요지부동한 채 앉아 있었다. 그의 가슴은 이미 찢어졌고 두 눈에서는 눈물이 말랐다. 남자라기에는 특이하고 여자라기에는 좀 넘치는 별종의 여인 장옥정. 다른 행성에 사람이 산다면 거기서 온 듯 보이는 여인 장옥정. 오죽했으면 조선 역사상 유일하게 승은궁녀로서 궁에서 쫓겨났다가 다시 입궁해서는 궁녀로서 유일무이하게 중전까지 되었을까. 그리고 보니 장옥정은 지구상의 여인이 아니었다. 옥정과 함께 보낸 지난 21년이 주마간산(走馬看山)처럼 이순의 눈앞을 스쳤다. 모든 상념은 한마디로 모아졌다.

"나는 널 사랑했다."

옥정은 이날을 예견하듯 당당하게 살았다. '기(氣)가 바로 서면 좋은 일이 있다(中正有慶)'라는 신념으로 살았다. 이순에게 "전하, 저는 짧고 굵게 살고 싶습니다"라고 농담처럼 말한 적이 있다. 또한 명성왕후가 "전하가 너를 무척 사랑하는데 어찌 너를 죽이겠냐?"라고 묻자, "사람은 여름이 되면 겨울의 추위를 잊게 되고 겨울이 되면 여름의 더위를 잊게 되는 법입니다. 전하도 소녀를 지금은 사랑하시지만 그렇게 소녀를 잊게 될 것입니다."라고 말했었다.

지구의 중력을 인력(引力)이라고도 한다. 지구는 그렇게 장옥정이라는 한 여인을 땅속으로 끌고 들어갔다. 그러나 그 여인에 묻어다니던 선악(善惡)은 지상에 남겼다. 그래서 지금도 장옥정에 대한 얘기 거리가 남아 있는 것이다.

이순의 장송곡

　이순은 최석정으로부터 옥정이 자진했다는 보고를 받았다. 이순은 자괴감에 한없이 눈물이 흘렀다. 그러나 비정하게도 노론은 세자를 폐하고 연잉군으로 바꾸라는 간언을 올렸다. 세자가 자신들에게 복수할 것을 염려한 때문이다. 워낙 강경해서 이순도 뜻을 굽혀야 할 정도였다.

　최석정을 필두로 소론은 일괄사직서를 내면서 강력하게 반대하였다. 이에 힘입어 이순은 세자 윤을 폐위하지 않았다. 최석정은 옥정과의 약조를 목숨을 걸고 지켰다. 그러나 노론의 공세에 밀려 영의정에서 파직되고 진천으로 유배를 갔다. 그는 옥정과의 약속을 지키려고 일인지하(一人之下) 만인지상(萬人之上)인 영의정 자리도 팽개쳤다.

장옥정은 최석정에게 조선의 미래를 다시 보게 했다. 그 영향으로 최석정은 수구적 노론을 거부하고 소론이 되어 새 정치를 펼쳐보려 했다. 1678년 청국사행에서 장옥정을 처음 만난 이후 아름다운 동행이었다.

최석정은 과거를 회상하니 감회가 새로웠다. 청국사행에서, 첫눈에 저렇게 아름다운 미녀가 또 있을까 생각하던 것을, 잠시 후 모두 사라지게 만드는 여인이 장옥정이었다. 하나라도 더 보고 배우려 눈동자가 반짝이던 장옥정. 여자답지 않게 나라 걱정을 그렇게 많이 했던 장옥정. 남자들이 사대할 때 자주국방을 주장하며 폭탄개발에 뛰어들어 목숨까지 내던진 장옥정. 누가 이 여인을 요녀라고 말한단 말인가.

최석정은 이듬해 유배에서 풀려나 판중추부사를 거쳐 다시 영의정이 되었다. 장옥정과 최석정을 유달리 지지하던 남구만도 유배지에서 풀려 낙향했다. 이윤이 임금이 된 후 소론의 대신들은 최석정에게 연잉군을 사사해야 한다고 주장했다. 그러나 형제간에 골육상쟁이 없도록 하겠다는 장옥정과의 약속을 지키기 위해 거부했다.

최석정은 임금의 의중을 받아들여 연잉군을 세제로 책봉함으로써 노론이 노리는 골육상쟁의 씨앗을 잘라버렸다. 세제가 되자 다음 왕위에 오를 사람을 죽이라는 말을 하는 사람은 없었다. 그 덕택에 연잉군은 살아서 왕으로 등극할 수 있었다. 최석정은 노론과 소론의 격렬한 당쟁 속에서 모두 8차례 영의정을 지냈다.

장옥정이 죽음으로써 조선은 자주독립을 포기하고 청국의 압력에 굴복한 셈이 되었다. 장옥정의 꿈은 남자들에 의해 깨졌다. 조선은 강소대국(强小大國)의 기회를 버렸다. 최석정은 루이텐과 알크마르를 숨겼다. 그리고 보유한 폭탄 120발도 숨겨두었다.

장희빈에 대한 혹평은 《인현왕후전》과 《수문록》(노론이 쓴 책), 《숙종실록》(인현왕후 오빠 민진원이 책임편집), 《사씨남정기》(김만중 지음) 등이 악의적으로 기록했기 때문이다.

이런 기록들은 노론이 그만큼 장희빈을 증오하고 미워했다는 증거라고 할 수 있다. 그녀는 시장원리가 몸에 배어서 이익이 없으면 움직이지 않았고 이익이 보이면 저돌적으로 행동했기 때문에 조정과 궁궐 내에 적이 많았던 것이다. 이런 그녀를 당할 수 없는 상대방들이 모함한 것이다.

이순은 청국 때문에 장희빈의 죽음을 택했지만 마음속으로 무척 괴로워했다. 그가 얼마나 애통해 했는지는 장례절차를 보면 알 수 있다. 그는 청국의 눈치를 보지 않은 채 최대한 격조 높은 절차를 직접 명령했다. 《실록》에 기록된 장희빈의 죽음에 대한 예우는 극진하였을 뿐만 아니라 전무후무한 파격적인 것이었다.

이순은 장희빈의 장례를 국장 수준으로 치렀다. 죄를 짓고 죽은 후궁인데도 장례를 궁에서 치르는 것은 청국의 시비대상이 될 수 있었다. 이순은 청국이 뭐라 하든 개의치 않고 조선 역사상 유례없는 장례 절차를 밟아 지극하게 장례를 치러줬다.

1701년 10월 10일, 이순은 장희빈이 자진하였음을 통보받고 아들인 세자 윤 부부에게 상주로서 거애식에 참여하여 망곡례를 행할 것을 명한다. 다음 날에는 세자 윤 부부의 상복에 대한 논의가 있었는데 예조에서는 '서자로서 아버지의 후사가 된 자는 그 어머니를 위해서 시마복(3개월 복)을 입는다'고 말해서 그대로 시행하라 명했지만, 곧 이를 번복하고 장희빈을 위해 3년복을 입도록 했다.

장희빈의 상례부터 장례까지의 모든 절차는 궁에서 주관하고 종친부 1품의 예로 받들었다. 그녀의 무덤도 일반 후궁들과는 달리 왕실 종친인 금천군 이지와 예조참판 이돈이 지관들을 거느리고 여러 곳을 다니며 구하였다. 경기도 양주 인장리로 결정된 장 씨의 묘는 이순의 명으로 종친부 1품의 예로 단장되었다. 장희빈의 장례는 일반 후궁의 장례처럼 3월장으로 치러지지 않고 4월장으로 치러졌는데, 왕과 왕후의 장례인 5월장보다 단지 하루가 부족한 1702년 1월 30일(113일)에 치러졌다. 인현왕후는 5월장(114일)이었다. 장례식 전날에 세자가 친림하였고, 수일 전부터 입관 당일까지 궁에서 식을 거행하였다.

이순은 세자에게 자신의 뒤를 잇게 하겠다고 한 옥정과의 약속을 잊지 않았다. 그리고 약속을 지키는 절차를 준비했다. 옥정이 자진한지 4년 뒤인 1705년(숙종 31), 이순은 건강문제를 들어 세자에게 전위하겠다는 명을 내렸다. 문무백관들은 물론 종실들까지 어명 철회를 요청하고 세자 역시 대죄하면서 명령을 거두어달라고 읍소했다. 그래도 이순이 굽히지 않자, 경기관찰사가 휘하 관리들을 거느리고 상소하고 도성의 백성 880명과 성균관 유생 221명도 공동명의로 상소했다. 전위절차가 더 이상 진행되지 않은 채 논란이 확산되자, 이순은 할 수 없이 전위명령을 거두었다고 윤정 교수는 《국왕 숙종, 잊혀진 창업주 태조를 되살리다》에서 기술하고 있다.

이순의 전위결심은 옥정에 대한 약속을 실행하려는 것이었다. 그러나 45세의 이순이 18세의 세자에게 전위하는 것은 다소 무리가 있었기에 반대할 명분이 있었다. 전위파동 이후 노론과 소론 모두는 장차 세자가 왕이 될 것임을 의심하는 사람이 없게 되었다. 이것만으로도 옥정에게 약속을 지킨 셈이다.

전위파동이 지난 지 12년이 되는 1717년(숙종 43), 이순은 대리청정을 명했다. 이순은 57세이고 세자는 30세였다. 대리청정에는 노론도 반대하지 않았다. 세자는 순조롭게 대리청정을 하였다. 대리청정을 행한 세자가 왕이 되는 것은 명약관화한 사실이었다. 이순은 옥정에 대한 약속을 무리 없이 진행한 것이다.

이순은 대리청정을 맡기고 나니 마음도 편해졌다. 그런데 그해 12월, 장희빈의 묘가 용맥(龍脈)은 있으나 혈(穴)이 없고 물이 차는 등 완전한 곳이 아닌 것 같다는 함일해를 비롯한 많은 선비의 상소가 올라왔다. 이순은 예조참의에게 지사로 이름난 자 10여 명을 대동하여 1년 간 경기도 내 길지(吉地)를 답사케 했다. 가장 평가가 우수한 곳으로 광주 진해촌이 지목되자 병석에 누워있으면서도 직접 검토하고 승인하였다. 그리고 많은 비용이 든다는 노론의 반대에도 불구하고 1718년, 인장리 묘를 천장(이장)하도록 명하였다.

1719년에 치러진 이장식도 궁에서 주관하도록 했다. 이순이 왕세자 부부에게 망곡례를 명함으로써 노론의 극렬한 반발이 있었다. 이장지 또한 초상 때와 마찬가지로 종친부 1품의 예장으로 단장되었다. 장지에서 청룡(좌측의 산맥) 앞의 시야를 가리는 종친의 묘와 많은 민전도 모두 값을 치러주고 옮기도록 하였다.

이순은 옥정의 묘를 잘 정리한 후, 1720년 60세에 파란만장한 일생을 마감했다. 그의 표정은 평안했다. 옥정의 곁으로 가기 때문인지 모른다.

폭탄의 위력

옥정이 죽은 지 3년이 지났다. 청국에서도 폭탄에 대해서는 문제 삼지 않았다. 폭탄의 위력이 호접몽을 통해 전해졌기 때문인지도 모른다. 영의정 최석정은 옥정의 유지대로 루이텐과 알크마르를 비밀장소에 숨겨두었다. 기회를 봐서 네덜란드로 돌려보낼 작정이 었다. 이순은 경연에서 최근의 경제상황에 대한 회고를 했다.

"과인은 20년 전에, '과인이 무능해서 나라를 재건하지 못한다면 물러날 것'이라고 약속했었소. 과인은 20여 년간 조국근대화와 경제개발에 힘써왔소. 유감스럽게도 자주국방은 도중에 무너졌소. 국토개발은 놀라울 정도로 확장됐고, 덕택에 장시가 활발해져서 상업과 수공업이 도처에 생겼소. 이는 일자리를 300여만 개나 창출했고 농촌에도 상업농들이 늘어나서 백성들 생활이 나아지는 데

기여했다고 생각합니다. 아직도 굶거나 방황하는 백성들이 있는
지요?"

"전하, 아직도 국민총생산은 미약해서 개인당 생산액은 1년 먹
을 것이 못 되옵니다. 소수가 빈곤을 벗어나지 못하고 있습니다. 그
원인은 배우지 못한 데 있습니다. 천민들에게도 교육기회를 주어
야 이 문제는 해결될 것입니다."

영의정 최석정이 아뢰었다.

"절대로 안 되옵니다. 천민들에게 교육기회를 준다면 신분질서
가 무너집니다."

노론 김창집(金昌集)이 나서며 아뢰었다. 그는 후일 노론 4대신
의 한 명이 된다.

"경들이 이런 문제로 이견을 가지면 경제는 진전될 수 없습니다.
자주국방이 중도에 좌절된 것도 이견 때문이었소. 우선 영상대감
은《통문관지(通文館志)》편찬부터 설명하시오."

최석정이 대신들 앞에서《통문관지》의 편찬에 대해 이순에게 보
고했다. 통문관지는 역대 역관들의 행적을 기술하는 방대한 사료
로 실록이나 승정원일기, 비변사등록 등에 버금가는 대단한 작업
이었다. 역관들은 사실상 외교관과 정보원 역할을 한 실력자들이
었다. 편찬책임자는 역관 김지남이었다. 그는 북경의 루이텐으로
부터 염초대량생산 방법을 배워온 바 있다.

갑자기 밖이 술렁이더니 경상도 관찰사의 전령이 달려왔다. 전

령은 경상도 관찰사의 긴급장계를 전했다. 최석정이 받아서 읽어 보니 왜적이 침입해 마산과 김해 일대가 위험하고 백성들은 부산 포로 구름 같은 피난행렬을 이루고 있다고 했다. 왜적의 전선이 200척이 넘고 적군은 5,000명이 넘는다고 했다. 관군은 계속 후퇴 하고 있다고 했다.

이순은 대신들에게 대책을 물었다.

"왜적을 물리칠 대책이 있소? 임진년의 악몽보다 더 할지도 모르 오. 그때보다 더 좋은 무기와 화력을 가지고 있을 것이오."

최석정이 답을 올렸다.

"우선 어영대장 권철성에게 5,000군사를 내주어 경상도 관찰사 와 함께 방어하도록 조치하겠습니다. 피난민들을 동래성으로 들인 후 절대로 나가지 말고 수성하는 데만 전력하도록 하겠사옵니다. 소신이 3,000의 군수지원병과 3,000의 기병, 그리고 후방군 5,000 명을 이끌고 가겠사옵니다."

최석정은 권철성에게 중앙군을 수습해서 내려가도록 조치했다. 개인적으로 왜관의 요시다에게 서신을 보냈다. 중앙에서 내려간 군사가 도착하니 김해가 함락 직전이었다. 권철성은 경상도의 군 사와 힘을 합쳐 피난행렬을 동래성으로 안전하게 들어오도록 최선 을 다했다. 왜적은 계속 압박해서 관군은 동래성 오십 리에 방어선 을 쳤다.

최석정은 파발마로부터 요시다의 서신을 받았다.

"전하, 왜적들은 일본 바쿠후와는 무관한 시코쿠(四國)의 해적들이라고 합니다. 시코쿠의 미야쿠보 해협은 조류가 울돌목보다도 거칠어 남해안을 쉽게 드나든다고 합니다."

"해적이라니 다행입니다. 과인은 임진년의 악몽이 재현되는가 심히 걱정했습니다."

최석정은 전황보고를 수시로 받으면서 왜구의 화력이 임진년 때보다 훨씬 강한 것에 긴장했다. 최석정은 루이텐 박사를 비밀리에 불러내 자초지종을 설명했다.

"루이텐 박사님, 왜구를 관군의 창칼로는 막을 수 없습니다. 루이텐 박사께서 개발한 폭탄으로 물리칠 수는 없습니까?"

"제가 경상도로 갈 수 있도록 해주십시오. 제가 폭탄의 위력을 보여줘서 다시는 왜구가 침입하지 못하도록 하겠습니다."

최석정은 루이텐과 알크마르를 관군에 편입해 경상도로 파견명령을 내렸다. 그러자 노론대신들은 모화관 감옥을 탈옥한 죄인을 관군에 편입하는 것은 역모행위라고 주장했다. 민정중, 민진후, 이이명이 적극 반대했다.

"전하, 서양 오랑캐를 관군에 편입시켜 남해안으로 보내는 것은 절대로 불가하옵니다. 이들이 왜구에게 항복해서 도망갈 수도 있습니다."

"민 대감, 그렇다면 왜구를 막아낼 다른 좋은 방법이 있는 것이오?"

"소신 민진후 아뢰옵니다. 오랑캐 두 명이 할 수 있는 일은 미약할 것입니다. 대신 청국에 구원병을 요청하심이 옳은 줄 아옵니다."

최석정이 반박했다.

"아직 한양이 위협도 받지 않는데 구원병을 요청하면 내주겠소? 루이텐 박사의 도움으로 폭탄을 사용해서 왜구를 물리치는 방법밖에는 없습니다."

"폭탄개발로 전하가 입조할 뻔했는데 지금 폭탄을 사용한다면 청국을 속인 것이 발각되는 것 아니오? 절대로 서양오랑캐를 관군에 편입할 수 없습니다."

반대론자들은 뾰족한 대책도 내놓지 못하면서 사리만 따졌다. 시간을 끄는 사이 동래성이 위험하다는 장계가 도착했다. 더구나 권철성이 동래성 전투에서 조총을 맞고 전사했다는 보고가 도착했다. 곧 동래성과 밀양이 함락될 것이라고 했다. 조정은 술렁거리다 못해 청국에 구원병을 요청해야 한다고 야단이었다.

이순이 편전에 대신들을 불러 모았다.

"이 모두가 과인의 불찰이오. 권철성 대감의 전사는 실로 가슴 아픈 일입니다. 과인은 특단의 결심을 하였소. 지도층이 모범을 보여야 합니다. 임진왜란 때 사대부의 자식들은 하나도 참전하지 않은 채 백성을 버리고 의주로 피난 가서 원망을 샀습니다. 우선 사대부 자제들부터 긴급히 징발해서 경상도로 파병하기 바랍니다. 과

인도 세자 윤이 17세가 되었으니 참전하도록 할 것이오. 또한 종3
품 이상의 관료들은 군마를 한 필씩 징발하도록 하시오. 훈련대장
김해일 대감은 명에 따라 시행하고 소집된 자들로 별동대를 편성
하여 이끌고 가도록하시오."

갑자기 편전이 찬물을 끼얹은 듯이 조용해졌다. 이윽고 분위기
가 술렁거리기 시작했다. 나라를 걱정하는 듯 발언했던 사람들이
제 자식이 강제징집 당하게 되자 좌불안석이었다. 최석정은 이 기
회를 이용해 발언했다.

"전하, 사대부 자식들과 성균관 유생들, 그리고 여러 가지 이유
로 역을 면제 받는 자들을 징집해서 동래성으로 이끌고 가겠사옵
니다. 제 자식부터 징집하도록 하겠사옵니다. 이들이 참전하더라
도 며칠을 못 버틸 것입니다. 그러나 상징성이 있는 훌륭하신 결단
이시옵니다."

며칠을 버티지 못한다는 것은 참전하는 아들들이 전사한다는 의
미였다.

"영상대감은 즉시 실행토록 하시오."

임금의 결단에 숨소리도 사그라졌다. 한참 조용하더니 민진후가
발언했다.

"영상대감, 다시 생각해보니 루이텐을 동래성으로 보내는 것도
좋을 듯합니다."

민진후가 말하자 그렇게 반대하던 대신들이 이구동성으로 찬성

했다. 모두가 제 자식이 희생될 것을 염려해서였다.

"좋으신 견해십니다. 루이텐 박사가 개발한 폭탄을 사용하면 아군의 희생없이 적군을 꺾을 수 있을 것입니다. 지난번 세검정에서 위력을 보셨을 것입니다. 돌아가신 장희빈마마께서 목숨을 바치고 개발하신 폭탄입니다. 아마도 마마께서 이런 날이 올 것을 대비해서 폭탄을 개발한 것이라 사료됩니다. 이 폭탄이 나라를 구할 것이라 믿어 의심치 않습니다."

노론 대신들은 헛기침을 하면서 최석정의 말을 무시하려 했다. 그렇게 미워하던 장옥정의 공적을 치하하는 데 비위가 거슬렸기 때문이리라. 그러나 자식들의 생사가 달려있으니 대놓고 반박하지도 못했다.

김해일이 사대부의 자식들을 징발하니 1,000명이나 되었다. 이들로 별동대를 편성했다. 별동대는 군수지원단과 기병대, 후방군과 함께 동래성으로 출발했다. 최석정은 루이텐과 알크마르를 대동하고 동래성으로 갔다. 동래성에 도착한 루이텐은 알크마르에게 별동대를 성루에 배치하도록 했다. 그리고 성루에 발석기 10대를 설치했다. 별동대에게 발석기에 폭탄을 탑재하고 발사하는 방법을 훈련시켰다. 폭탄은 폭발할 위험이 있었다.

밤늦게 동래성으로 요시다가 최석정을 찾아왔다. 최석정은 요시다를 장옥정을 대신해 극진히 영접했다.

"영상대감, 적선은 대략 200척이 되는데 총탄과 화약이 실려 있습니다. 제가 밤중에 부하들을 이끌고 물속에 들어가서 왜구의 후미 선박들을 얽어매겠습니다. 그러면 후퇴하는 데 시간이 걸릴 것이니 화공작전을 쓰면 전멸할 것입니다."

"정말 고맙소. 전하께 말씀드려 이 은혜를 꼭 갚겠습니다."

"아닙니다. 제가 오늘이 있게 된 것은 장옥정 마마의 은혜인 걸요. 저는 목숨을 빚진 사람으로 당연히 할 일을 하는 것입니다."

해가 뜰 무렵 왜구 1,000명이 개미떼처럼 몰려오며 조총으로 공격해왔다. 알크마르는 왜구들이 성벽 500보 거리에 근접할 때까지 기다리게 했다. 왜구들이 500보 내에 도달하자 폭탄 50발을 연속 발사했다. 놀랍게도 폭탄은 한 번 터질 때마다 왜구를 무더기로 날려 보냈다. 1,000명이 순식간에 흩어져버렸다. 용맹을 자랑하던 장수들도 모두 폭사했다. 지휘체계가 무너졌다. 폭탄이 터진 곳에는 집채보다 큰 웅덩이가 파여 있고 왜구들은 팔다리가 조각조각 찢어진 채 날아가서 여기저기에 흩어졌다.

왜구들은 이렇게 굉장한 폭발력을 가진 폭탄을 처음 보았다. 놀란 정도가 아니라 공포에 떨었다. 후진부대에서 진격명령이 떨어지는 소리가 크게 들렸는데도 누구하나 전진하려고 하지 않았다. 왜구는 멀찌감치 후퇴하고는 다시 공격할 엄두를 내지 못했다. 이때 관군이 성문을 열고 공격을 가하자 전의를 상실한 왜구는 바다까지 도망쳤다.

김해일은 루이텐에게 발석기를 마차에 싣고 추격하도록 했다.

왜구들은 모두 배를 타고 도망하려고 했다. 알크마르는 발석기를 바닷가에 설치해 폭탄을 퍼부었다. 폭탄이 배를 향해 날아가 터지자 서로 얽힌 선박들은 후퇴하지 못한 채 침몰했다. 불과 60여 발의 폭탄에 모든 배는 가라앉았다. 왜구는 전멸했다. 폭탄의 위력이 증명되었다.

관군은 너무나 쉬운 대승에 놀라움 반 기쁨 반으로 춤을 추었다. 상상도 못했던 승리였다. 조선에 이렇게 강력한 폭탄이 있는지 몰랐던 관군들이었기에 더욱 흥분했다.

전승으로 끝나자 최석정은 세자 윤을 모시고 김해일 훈련대장과 관찰사, 절도사, 동래성장, 감군위, 루이텐, 알크마르 등을 수루(戍樓)에 모이게 했다. 그리고 사람을 보내 요시다도 초청했다. 최석정은 전투결과 평가회의를 주재했다.

"세자 저하, 감군위에서 조사한 바, 성에서 발사한 폭탄 50발 가운데 40발만 목표에서 터졌다고 합니다. 바닷가에서 발사한 것은 60발 중에 40발이 성공했습니다. 나머지는 발사하자마자 수십 보 앞에서 터졌습니다. 목표에서 터진 것은 위력이 대단했습니다. 아군 병사는 20명 전사에 30명 부상이었습니다. 대부분이 대신들의 아들이었습니다. 이것은 적에게 당한 손실이 아니라 우리 폭탄이 날아가다 터진 파편 때문에 생긴 것입니다. 반면 폭탄으로 왜군은 1,000명 이상의 시체가 쌓였고 적의 배는 거의 침몰했습니다. 수장된 적의 수는 알 수 없었습니다. 압도적 대승입니다."

"영의정과 여러분들의 공이 참으로 큽니다. 특히 루이텐 박사와 알크마르의 도움이 컸습니다. 제가 아바마마께 크게 치하하도록 하겠습니다."

최석정은 세자에게 요시다를 소개했다.

"저하, 요시다 도주는 임해군의 증조외손자로 일본에서 자랐습니다. 도주께서는 조선을 위해 목숨을 걸고 도와주었습니다."

"할아버지 얘기는 알고 있었습니다. 자손이 이렇게 훌륭하게 존재하셨다니 참으로 기쁩니다. 제게는 당숙이 되십니다. 아바마마께 아뢰어 뵙도록 하겠습니다. 귀한 어른을 만나서 기쁩니다."

"저는 증조외할아버지께서 지으신 죄 값을 대신하는 것일 뿐입니다. 황공하옵니다."

최석정은 모인 공로자들에게 치사를 했다.

"모두들 수고가 많았소. 폭탄의 위력이 천하에 증명되었소. 이번 전투를 이렇게 이기리라고 생각한 관료들은 없었을 것입니다. 또한 왜관의 요시다 도주께서 바다에 들어가 적선을 묶어놓은 공로가 진실로 컸습니다. 성장께서는 전하께 장계를 자세히 올려주기 바랍니다. 여러분들의 공로를 전하께 품신하겠습니다."

동래성장은 대승을 거둔 데 대해 장계를 올려 폭탄의 위력을 아뢰었다. 동래성장은 전승을 축하하는 잔치를 열었다. 잔치가 한창 벌어진 때 다섯 명의 여인이 찾아왔다. 여수에서부터 전란을 무릅쓰고 온 것이다. 그녀들의 모습은 조선인과 서양인의 모습이 섞여 있었다. 그녀들은 루이텐 박사를 찾았다.

"나를 왜 찾으시나요?"

그녀 중 한 여인이 나서며 말했다.

"혹시 제 아버지 소식을 알고 계시나해서입니다."

"아버지가 누구신데 저에게 물어보시나요?"

"제 아버지는 헨드릭 하멜이라고 화란 선원이었는데 제주도에 표류했다가 한성의 훈련도감에서 일했습니다. 그 후 11년간 남원, 여수, 순천, 해남 등을 전전했습니다. 아버지는 말년에 강진에서 7년을 저희와 보냈습니다. 그러다 동료 7명과 일본으로 탈출하셨는데 소식이 궁금해서 찾아왔습니다."

"그럼 당신이 내 동생이란 말인가? 아버지는 늘 조선에 두고 온여섯 살 된 딸을 그리워했지. 이렇게 만나다니 아버지도 기뻐할 것이다. 이름이 무엇인가?"

"하분례라고 합니다. 아버지의 첫 함자를 따서 하 씨로 했지요."

루이텐은 와락 동생을 끌어안으며 소리친다.

"아버지가 그렇게 보고 싶어 하던 너를 내가 보게 되다니! 참으로 기구한 인연이다. 그래 어머니는 어떻게 지내시는가?"

"어머니는 조개를 캐서 살고 계셔요. 오라버니, 여기 같이 온 동무들의 아버지 소식은 모르는지요?"

"함께 탈출했던 친구 분들은 아버지처럼 벌써 돌아들 가셨다. 돌아가실 때까지는 아버지하고 가까이 지냈지. 나는 커서 영국에 가서 공부했기 때문에 그 후 소식은 잘 모른다."

"오라버니, 저희 집에 가시면 어머니가 기뻐하실 텐데요."

"그것보다 네가 나와 함께 한양으로 가서 새 생활을 하면 안 되겠냐? 아버지가 무척 기뻐하실 것이다. 당장 가서 어머니를 이리로 모시고 오너라. 그리고 너희들 아버지가 돌아가셨지만 나중에 너희 어머니와 함께 화란으로 오도록 주선하마."

그러자 그들은 무척 기뻐했다. 어머니를 모시러 떠난 지 사흘 후 어머니를 모시고 분례가 도착했다. 루이텐과 알크마르는 최석정에게 개인적 사정이 있어 조금 뒤에 한양으로 돌아가겠다며 동래에 남았다. 알크마르는 긴급히 연락해서 요제프를 동래로 불러왔다.

이순은 장계를 받고 기쁨에 취했다. 대신들도 의외의 승리소식에 발칵 뒤집혔다. 그럼에도 노론대신들은 장옥정의 공로라고는 말하지 않았다. 루이텐 박사는 죄인에서 영웅이 됐다. 이제 폭탄이 모두 목표물에서 터지도록 연구하면 동양의 최강국이 될 수 있다고 기뻐했다. 루이텐의 군사편입을 반대하던 대신들도 승리를 축하했다. 루이텐 덕에 자식들이 온전했기 때문이었다.

조정에서는 루이텐 박사와 알크마르를 표창하고 관작을 내렸다. 루이텐에게 남도정벌 평장사를, 알크마르에게는 대군지휘 도독의 관작을 내렸다. 이제야 조정에서는 일치단결해서 서둘러 폭탄개발을 거국적으로 진행해야 한다고 주장했다.

며칠 뒤 최석정에게 루이텐의 서신이 전해졌다.

"영상대감, 저는 제 새 어머니와 여동생 분례, 그리고 알크마르 부부와 함께 고향으로 돌아가고자 합니다. 전하께서 조국근대화와 경제발전을 위해 애쓰시는 모습에 감명 받았습니다. 반면, 성리학 자들에게 휘둘리시어 나라발전이 멈추고 있는 것이 안타깝습니다. 그 동안 장옥정 마마를 대신해서 저를 돌봐주신 은혜에 감사드립니다."

최석정은 깜짝 놀랐다. 그러나 그가 한양에 머물면 청국 동창과 노론이 살려두지 않을 것이라고 생각했다. 최석정은 즉시 답을 썼다.

"루이텐 박사님, 저희가 생명을 보장할 수 없으니 귀국을 하시는 길이 옳다고 생각합니다. 제가 왜관의 요시다 도주에게 서신을 써 드리겠으니 만나서 도움을 청하시면 될 것입니다. 부디 건강하게 고국에 돌아가시기를 바랍니다."

루이텐은 왜관에 가서 요시다를 만났다. 이미 최석정의 서신을 받았다고 했다. 요시다는 루이텐 일행을 상선에 태워 후쿠오카로 보냈다. 그곳에서 네덜란드 상선으로 고향으로 보내주었다. 루이텐은 옥정과의 인연으로 파란만장한 세월을 조선에서 보냈다. 아버지 하멜이 파란만장한 한을 남기고 탈출한 조선 땅을 루이텐도 탈출했다. 옥정이 죽고 없는 조선에 머물 이유가 없었다.

편전에 대신들이 모였다. 최석정이 아뢰었다.

"전하, 돌아가신 장희빈 마마의 폭탄개발로 나라를 구할 수 있었사옵니다. 장희빈 마마에게 내려진 죄인의 오명을 거두시고 직첩을 환속하심이 옳을 줄로 아옵니다."

직첩의 환속이란 중전의 지위를 회복해주고 회수했던 토지와 노비들을 그의 권속에게 되돌려주는 것이다. 국가로서 대단한 재정적 부담이 있어서 함부로 시행하기 힘든 것이었다.

"좋으신 말씀이오. 곧 시행토록 하시오."

민지원이 나서며 말했다.

"전하, 죄인은 중전이신 인현왕후를 무고해서 폐위시킨 죄를 받은 것인데 이번 왜구 사건과는 무관한 것이오니 환급은 불가하옵니다. 굽어 살피시옵소서."

"잘 알았소. 하지만 장옥정 덕에 폭탄이 개발돼 그대들의 자식들이 무사히 살아 돌아온 것이 아니요?"

"그렇게 생각할 수도 있사오나, 사실은 루이텐 박사의 희생정신으로 병화를 막아낸 것입니다. 현재 동래에 머물고 있는 루이텐 박사를 불러 내리신 관작을 직접 하사하시고 포상하심이 옳을 줄로 아옵니다."

그러자 노론의 모든 대신들이 합창하듯 아뢴다.

"통촉하여 주시옵소서."

"잘 알았소. 장희빈의 직첩환급은 보류하겠소. 대신 루이텐 박사에게 후한 상을 내리겠소. 누가 동래로 내려가서 루이텐 박사를 모셔올 것이오?"

"소신 민진원이 하겠사옵니다."

"소신도 동행하겠사옵니다."

민정중이 나서며 말했다.

최석정은 실소를 금할 수 없었다. 얼마 전에는 루이텐을 관군에 편입하자 역모에 해당한다고 반대하던 그들이 이렇게 표변한 데 놀랐다.

"전하, 루이텐 박사와 알크마르 가족은 모두 고국으로 돌아갔사옵니다. 어제 밤에 소신에게 서신을 보내왔는데 앞으로 조선에 더 머물다가는 대신들의 마음이 언제 또 변할지 몰라 죽기 전에 조선을 떠난다고 했습니다."

최석정의 말에 편전은 갑자기 번개에 맞은 듯 조용해졌다. 잠시 후 술렁거리기 시작했다.

"그럼 폭탄개발은 어떻게 되는 것입니까?"

민진후가 소리쳤다.

"루이텐 박사가 떠났으니 폭탄개발도 끝난 것이겠지요. 여러분들이 얼마나 그를 죽이려고 했습니까?"

이순이 놀라며 크게 말했다.

"이 어찌된 일이오? 여기서 감옥에서만 몇 년을 보내고 이제 과인이 대접 좀 하며 가까이 지내려 했는데. 참으로 애석한 일이오! 이번 일로 과인의 꿈인 자주국방을 이룰 수 있다고 믿었는데 통탄할 일이오."

"전하, 루이텐 박사가 서신에서 부탁한 것이 있사옵니다."

"무엇이오?"

"앞으로 노론의 성리학자들을 상대하시지 말라는 것이옵니다."

갑자기 여기저기서 헛기침 소리와 웅얼거리는 소리가 났다.

"영상대감! 무슨 해괴한 소리요? 당신은 성리학자가 아니란 말이요?"

민정중이 소리쳤다.

"저도 성리학을 공부했습니다. 그러나 루이텐 박사의 말이 맞는다고 생각합니다. 조선이 폐쇄된 사고에 갇혀 있는 것을 안타까워한 말일 것입니다. 저는 성리학자의 한 사람으로 루이텐박사의 말을 전한 것에 염치없음을 통감하고 영의정에서 물러나서 낙향하겠습니다. 루이텐 박사는 전하께도 서신을 남겼습니다. 전하께 올리오니 친람하여주시옵소서."

최석정은 앞으로 나가 상선을 통해 서신을 임금에게 전했다.

"전하, 신 루이텐 삼가 조선을 하직하옵니다. 전하께서 청국의 눈을 피해 장옥정 마마에게 폭탄개발을 명하신 것에 내심 탄복하였습니다. 그래서 소신도 하멜 아버지를 생각해서 목숨을 걸고 위험을 감수하게 된 것입니다. 전하 곁에 장옥정 마마 같은 훌륭한 내조자가 있었음은 행운이셨습니다. 소신은 북경에서 장옥정 마마의 자주국방과 강소대국에 대한 열의와 배짱에 감동하여 목숨을 걸기로 약조하고 연구에 참여하게 되었습니다. 이것이 조선을 왜구의 침략에서 구할 수 있었음을 영원히 잊지 못할 것입니다. 이번에 사용한 폭탄은 세계에서 제일 위력이 큰 것이옵니다. 폭탄의 위력이 워낙 강했기 때문에 앞으로 다시는 왜적의 침입은 없을 것이옵니다. 전하께서는 절대로 폭탄이 없음을 공표하시지 마시기 바랍니다. 그래야 주변국들은 내심 두려워할 것입니다. 제 아버지 헨드릭 하멜께서도 기뻐하실 것이라 생각되옵니다. 그러나 죄송하게도 폭탄설계도는 소신이 가지고 돌아가옵니다. 설계도를 두고 가면 신하들은 청국을 빙자하여 폐기할 것이 뻔합니다. 조선은 장옥정 마마가 돌아가심으로써 폭탄제조는 끝난 것으로 판단되옵니다. 도둑이 떠나듯 하직함을 용서해주시기 바라옵니다. 전하, 무례를 통촉하여 주시옵소서. 만수무강하시옵소서. 헨드릭 루이텐 배상."

루이텐의 말대로 남해안에 다시는 왜구의 침입이 없었다. 청국도 폭탄의 위력을 반신반의하면서 조선에 시비를 걸지 못했다.

숙종의 국방력과 경제력덕택에 영조와 정조는 평화스런 부강한 왕조를 이끈 걸출한 왕으로 기록되었다. 영조의 경제정책에서 가장 높이 평가받는 것은 균역법의 개정이었다. 양민들이 국방의무를 대신해 세금으로 내던 포목을 2필에서 1필로 줄여 백성들의 군역 부담을 크게 감소시켰다. 정조 역시 특별한 경제성장 정책은 없으면서도 국비로 엄청난 화성행궁을 지었다. 또한 규장각 등 문화사업을 화려하게 펼쳤다. 영조와 정조는 숙종의 조국근대화와 경제성장정책의 성공으로 국방과 재정의 안정을 누려 이런 업적을 쌓을 수 있었다.

안타깝게도 숙종의 자주국방과 경제개발의 위력은 100년을 가지 못했다. 정조가 죽은 후 노론(안동 김씨 세력)과 영조의 계비 정순왕후는 숙종이 일으킨 성장동력을 말살했다. 그 결과 조선의 자주국방과 경제력도 말살됐다. 자주국방을 팽개친 결과 청일전쟁에서 청국이 패하자 청의 안보우산은 걷히게 되었고, 조선은 개국 528년 만에 일본에 병탄되었다. 노론은 '사대국을 중국에서 일본으로 바꾼 것'이라는 헛소리를 했다. 자주국방을 훼방한 노론은 대의명분을 내세우려고 자기변명까지 했다.

이주한은《노론 300년 권력의 비밀》에서 "1910년 대한제국을 강점한 일제와 결탁한 이들도 노론이다. 나라를 팔아먹는 데 조직적으로 가담한 노론은 한일강제병합 이후 일제에게 작위와 막대한 은사금을 받은 76명의 수작자(受爵者) 중 80퍼센트에 가까운 57명이다. 제일 매국노 이완용과 왕실 인사들을 제외하면 '노론인 명단'이라 해도 과언이 아니다"라고 말한다.

그래도 하늘은 우리나라를 버리지 않았다. 박정희 대통령은 숙종 사후 300년이 지난 뒤 조국근대화와 경제개발을 또 한번 성공적으로 이뤄내 현재 세계 10대 경제대국의 길을 터주었다. 그런데 대한민국에서는 아직도 노론 잔재가 큰 역할을 하고 있다.

이들은 현대적 '노론계파'를 만들어 정치권 핵심에 앉아서 '공천권'을 주무르고 있다. 한심한 것은 젊은이들이 공천에 목을 매며 이들의 주구(走狗)가 되고 있다는 사실이다. 이들은 300년 전 노론처럼 세계가 변하고 있는 것에는 관심 없이 자당(自黨)의 이익만 쫓는다. 숙종과 장옥정의 열정이 그 어느 때보다 절실히 필요한 시대다.

〈하권 끝〉

숙종, 장옥정과 경제대국을 이루다

경제대왕 숙종 〈하〉

초판 1쇄 2014년 10월 10일
　　2쇄 2014년 11월 20일

지은이 정기인
펴낸이 전호림　**편집총괄** 고원상　**담당PD** 권병규　**펴낸곳** 매경출판㈜
등　록 2003년 4월 24일(No. 2－3759)
주　소 우)100－728 서울특별시 중구 퇴계로 190 (필동 1가) 매경미디어센터 9층
홈페이지 www.mkbook.co.kr
전　화 02)2000－2610(기획편집)　02)2000－2636(마케팅)
팩　스 02)2000－2609　**이메일** publish@mk.co.kr
인쇄·제본 ㈜M－print　031)8071－0961

ISBN 979－11－5542－168－0(04810)
　　　979－11－5542－169－7(set)
값 13,000원